Bernhar

Selbs Betrug

Roman

Die Erstausgabe erschien 1992
im Diogenes Verlag
Die Figur des Privatdetektivs Gerhard Selb,
seine Freunde und sein Kater Turbo
treten erstmals in dem von Bernhard Schlink
gemeinsam mit Walter Popp
verfaßten Roman *Selbs Justiz* auf
(Diogenes Verlag, 1987)
Umschlagzeichnung von
Hans Traxler

Veröffentlicht als Diogenes Taschenbuch, 1994

150/98/8/6
ISBN 3 257 22706 x

Erster Teil

1

Ein Paßbild

Sie erinnerte mich an die Tochter, die ich mir manchmal gewünscht habe. Wache Augen, ein Mund, der gerne lacht, hohe Wangen und volle braune Locken bis auf die Schultern. Ob sie klein war oder groß, dick oder dünn, krumm oder gerade, zeigte das Photo nicht. Es war nur ein Paßbild.

Ihr Vater hatte mich angerufen, Ministerialdirigent Salger aus Bonn. Seit Monaten sei die Familie ohne Nachrichten von Leonore. Man habe zuerst einfach gewartet, dann bei Freunden herumtelephoniert, schließlich die Polizei benachrichtigt. Nichts. »Leo ist ein selbständiges Mädchen und geht ihrer Wege. Aber Kontakt hat sie immer gehalten, Besuche und Anrufe. Zuletzt haben wir noch gehofft, daß sie zu Semesterbeginn wieder auftaucht. Sie studiert Französisch und Englisch am Heidelberger Dolmetscherinstitut. Nun, das Semester hat vor zwei Wochen angefangen.«

»Ihre Tochter hat sich bei der Universität nicht wieder eingeschrieben?«

Er antwortete gereizt: »Herr Selb, ich wende mich an einen privaten Ermittler, damit er ermittelt und nicht ich. Ich weiß nicht, ob Leo sich wieder eingeschrieben hat.«

Ich erklärte ihm geduldig, daß in der Bundesrepublik Deutschland jährlich Tausende als vermißt gemeldet werden und daß die meisten freiwillig unter- und auch wieder auftauchen. Sie wollen mit den besorgten Eltern, Gatten und Geliebten, die sie als vermißt melden, einfach eine Weile nichts zu tun haben. Solange man über sie nichts hört, besteht eigentlich kein Grund zur Besorgnis. Wenn etwas Schlimmes passiert, Unfall oder Verbrechen, hört man's.

Das alles wußte Salger. Die Polizei habe es ihm bereits gesagt. »Ich respektiere Leos Selbständigkeit durchaus. Sie ist mit fünfundzwanzig kein Kind mehr. Ich verstehe auch, wenn sie Distanz braucht. Es hat in den letzten Jahren Spannungen zwischen uns gegeben. Aber ich muß wissen, wie sie lebt, was sie macht, wie es ihr geht. Sie haben wohl keine Tochter?«

Ich sah nicht ein, was ihn das anging, und antwortete nicht.

»Es geht auch nicht nur um meine Sorge, Herr Selb. Was meine Frau seit Wochen durchmacht... Also berichten Sie uns bald. Dabei will ich nicht, daß Sie Leo ansprechen und bloßstellen. Sie soll von der ganzen Suche nach ihr nichts merken, und ihr soziales Umfeld auch nicht. Ich fürchte, daß sie das ganz, ganz falsch verstehen würde.«

Das klang nicht gut. Man kann jemanden heimlich beschatten, wenn man ihn hat, und offen suchen, wenn man ihn nicht hat. Ihn nicht haben und so suchen, daß er und sein Umfeld von der Suche nichts merken, geht schlecht.

Salger drängte. »Sind Sie noch dran?«

»Ja.«

»Dann gehen Sie sofort an die Arbeit, und berichten Sie so bald wie möglich. Meine Telephonnummer...«

»Herr Salger, ich werde Ihren Auftrag nicht übernehmen. Guten Tag.« Ich legte auf. Mir ist eigentlich gleichgültig, wie gut oder schlecht die Manieren meiner Klienten sind. Ich bin jetzt bald vierzig Jahre Privatdetektiv und habe sie alle erlebt, die mit und die ohne Kinderstube, die Schüchternen und die Anmaßenden, Angeber und Feiglinge, arme Teufel und feine Pinkel. Dann waren noch die, mit denen ich davor als Staatsanwalt zu tun gehabt hatte, Klienten, die lieber keine gewesen wären. Aber bei aller Gleichgültigkeit – in dem Ministerialorchester, in dem der herrische Ministerialdirigent Salger den Taktstock führte, wollte ich meine Flöte nicht spielen.

Als ich am nächsten Morgen wieder zu meinem Büro in der Augustaanlage kam, hing an der Klappe unten in der Tür der kleine gelbe Zettel der Deutschen Bundespost: »Sehen Sie bitte sofort in Ihren Hausbriefkasten!« Das wäre nicht nötig gewesen; die Briefe fallen durch die Klappe auf den Boden des ehemaligen Tabakladens, in dem mein Schreibtisch, dahinter ein Sessel, davor zwei Stühle, ein Aktenschrank und eine Zimmerpalme stehen. Ich hasse Zimmerpalmen.

Der Eilbrief war dick. Ein Bündel Hundertmarkscheine zwischen einer gefalteten beschriebenen Seite.

Sehr geehrter Herr Selb, bitte verstehen und entschuldigen Sie mein Verhalten vorhin am Telephon aus der Anspannung, unter der meine Frau und ich seit Wochen stehen. Ich kann nicht annehmen, daß Sie wegen des fehlgelaufenen Telephongesprächs Ihre Hilfe verweigern. Erlauben Sie, daß ich als Anzahlung für Ihre Bemühungen DM 5000.– beilege. Bitte bleiben Sie über o. a. Telephonnummer in Kontakt mit mir. Zwar werden Sie in den nächsten Wochen nur meinen Anrufbeantworter erreichen; ich muß meine Frau aus der Hölle des Wartens herausreißen. Aber ich höre meinen Anrufbeantworter auch aus der Ferne regelmäßig ab und werde Sie auf Wunsch alsbald zurückrufen.

Salger.

Ich holte den Sambuca, die Kaffeedose und das Glas aus dem Schreibtisch und schenkte mir ein. Dann saß ich im Sessel, ließ die Bohnen zwischen den Zähnen knacken und das klare, ölige Zeug Zunge und Kehle hinunterrollen. Es brannte, und der Rauch der ersten Zigarette tat in der Brust weh. Ich sah durch das ehemalige Schaufenster hinaus. Es regnete in dichten, grauen Schnüren. Im Rauschen des Verkehrs war das Zischen der Reifen auf der nassen Straße lauter als das Brummen der Motoren.

Nach dem zweiten Glas zählte ich die fünfzig Hundertmarkscheine. Ich drehte und wendete den Umschlag, der ebenso wie der Brief keine Adresse von Salger trug. Ich rief die angegebene Bonner Telephonnummer an.

»Sie sind mit dem automatischen Anrufbeantworter der Telephonnummer 41 17 88 verbunden. Ihre Nachricht, die von beliebiger Länge sein kann, wird innerhalb von 24 Stunden abgehört und beantwortet. Bitte sprechen Sie jetzt.«

Ich rief auch die Auskunft an und war nicht erstaunt, daß für Salger in Bonn keine Telephonnummer vermerkt war. Vermutlich stand er auch nicht im Adreßbuch. Das war grundsätzlich in Ordnung, der Mann schützte seine Privatsphäre. Aber warum mußte er seine Privatsphäre gegen den eigenen Privatdetektiv schützen? Und warum konnte er nicht so kooperativ sein, mir die Heidelberger Adresse seiner Tochter mitzuteilen? Außerdem waren 5000 Mark viel zuviel.

Dann fühlte ich, daß noch etwas im Umschlag war. Leos Bild. Ich holte es heraus und lehnte es an den kleinen steinernen Löwen, den ich vor Jahren aus Venedig mitgebracht habe und der auf meinem Schreibtisch das Telephon und den Anrufbeantworter, Füllhalter, Bleistifte und Notizen, Zigaretten und Feuerzeug bewacht. Ein überhell ausgeleuchtetes Automatenphoto auf billigem Papier. Es mußte vier oder fünf Jahre alt sein; Leo sah mich an, als habe sie sich gerade entschlossen, erwachsen zu werden, nicht mehr Mädchen, sondern Frau zu sein. Noch etwas lag in ihren Augen: eine Frage, eine Erwartung, ein Vorwurf, ein Trotz – ich konnte es nicht deuten, aber es rührte mich an.

2

Jugend dolmetscht

Die Polizei hat ihre Routineprozedur, wenn Angehörige jemanden vermissen und verlangen, daß der Apparat in Aktion tritt. Sie fertigt ein Protokoll mit mehreren Durchschriften, läßt sich Photos geben, befestigt diese mit Heftklammern am Protokoll und an den Durchschriften, verschickt den Vorgang an die Landeskriminalämter, die ihn einordnen und ablegen, und wartet. Zunehmend wird der Vorgang statt in der Akte im Computer abgelegt. Aber hier wie dort ruht er, bis etwas passiert, gefunden und gemeldet wird. Nur bei Minderjährigen und beim Verdacht einer Straftat geht die Polizei an die Öffentlichkeit. Wer erwachsen ist und nicht mit dem Gesetz in Konflikt kommt, kann seine Zelte abbrechen und aufschlagen, wann und wo er will, ohne daß es die Polizei interessiert. Wäre auch noch schöner.

Ich werde in Vermißtenfällen beauftragt, damit ich es mir schwerer mache als die Polizei. Ich rief beim Studentensekretariat der Universität Heidelberg an und erfuhr, daß Leonore Salger nicht mehr als Studentin geführt wurde. Sie war im Wintersemester eingeschrieben gewesen, hatte sich aber zum Sommersemester nicht zurückgemeldet: »Das muß nichts heißen. Manchmal vergessen's die Studenten einfach und denken erst wegen der Arbeit oder beim Examen wieder dran. Nein, die Adresse kann ich Ihnen nicht geben, weil sie doch nicht mehr eingeschrieben ist.«

Arbeit – das brachte mich darauf, beim Kanzler der Universität anzurufen, mich mit der Personalstelle, Abteilung Studentische Hilfskräfte verbinden zu lassen und zu fragen, ob Leonore Salger hier geführt werde.

»Wer bitte möchte diese Auskunft haben? Nach unseren Bestimmungen zum Schutz personenbezogener Daten...« Sie sagte es so streng, wie sie mit ihrem piepsigen Stimmchen konnte.

Ich ließ dem Datenschutz keine Chance: »Selb, Beamtenheimstättenwerk. Guten Tag, Frau Kollegin. Vor mir liegt die Akte Leonore Salger, und ich stelle fest, daß die Arbeitnehmersparzulage noch immer nicht bei uns eingeht. Ich muß Sie doch sehr bitten, das endlich in Ordnung zu bringen. Mir ist, ehrlich gesagt, nicht verständlich, warum Sie...«

»Wie ist bitte der Name?« Jetzt war das Stimmchen schrill vor Erregung über meine Anschuldigung. Der Datenschutz war vergessen, die Akte wurde befragt, und schließlich bekam ich triumphierend mitgeteilt, daß Frau Salger schon seit Februar nicht mehr bei der Universität arbeite.

»Wie denn das?«

»Das kann ich Ihnen auch nicht sagen.« Jetzt klang sie spitz. »Professor Leider hat keinen Antrag auf Verlängerung gestellt und im März die Stelle anders besetzt.«

Ich setzte mich in meinen Kadett, fuhr über die Autobahn nach Heidelberg, fand in der Anlage einen Parkplatz und in der Plöck das Institut für Übersetzen und Dolmetschen und dort im ersten Stock das Vorzimmer von Professor Dr. K. Leider.

»Wen darf ich melden?«

»Selb vom Bundesminister für Bildung und Wissenschaft. Ich habe einen Termin mit Herrn Professor.«

Die Sekretärin sah auf den Terminkalender, mich an und wieder auf den Terminkalender. »Einen Moment.« Sie verschwand im Nebenzimmer.

»Herr Selb?« Auch die Professoren werden immer jünger. Dieser war eine elegante Erscheinung, trug einen Anzug aus dunkler Waschseide, ein helles Leinenhemd, und ein ironisches Lächeln im gebräunten Gesicht. Er bat mich ins Nebenzimmer zur Sitzgruppe. »Was führt Sie zu uns?«

»Nach dem Erfolg von *Jugend forscht* und *Jugend musiziert* hat der Bundesminister für Bildung und Wissenschaft vor einigen Jahren weitere Jugendprogramme initiiert und im letzten Jahr erstmals *Jugend dolmetscht* realisiert. Sie erinnern sich an unser letztjähriges Anschreiben?«

Er schüttelte den Kopf.

»Sehen Sie, Sie erinnern sich nicht mehr. Ich fürchte, *Jugend dolmetscht* hat im letzten Jahr nicht die nötige *promotion* bekommen, nicht in den Schulen und nicht an den Universitäten. Ab diesem Jahr zeichne ich für das Programm verantwortlich, und der Kontakt zu den Universitäten ist mir ein besonderes Anliegen. Einer Teilnehmerin des letzten Jahres verdanke ich den Hinweis auf Sie und auch auf eine Ihrer Mitarbeiterinnen, Frau Salger. Mir schwebt vor...«

Das ironische Lächeln war nicht aus seinem Gesicht gewichen. »Jugend dolmetscht? Was soll denn das?«

»Nun, es erschien zunächst einfach als natürliche Fortsetzung von *Jugend forscht, Jugend musiziert, Jugend baut, Jugend heilt*, um einige unserer Programme zu nennen. Inzwischen meine ich im Hinblick auf 1993, daß *Jugend dolmetscht* sogar eine besonders wichtige Rolle spielen wird. Bei *Jugend betet* arbeiten wir sehr segensreich mit den theologischen Fakultäten zusammen, bei *Jugend richtet* mit den juristischen. Mit Ihren Fakultäten bzw. Instituten wurde die Etablierung der erforderlichen Zusammenarbeit bisher leider versäumt. Ich denke an einen wissenschaftlichen Beirat, einige Professoren, den einen oder anderen Studenten, jemanden vom Sprachendienst der Europäischen Gemeinschaften. Ich denke an Sie, Herr Professor Leider, und ich denke an Ihre Mitarbeiterin Frau Salger.«

»Wenn Sie wüßten... Aber Sie wissen nicht.« Er hielt mir einen kleinen Vortrag darüber, daß er Wissenschaftler sei, Linguist, und von der Dolmetscherei und Übersetzerei nichts halte. »Eines Tages werden wir wissen, wie Sprache funktioniert, und dann brauchen wir keine Übersetzer und Dolmetscher mehr. Als Wissenschaftler habe ich nicht die Aufgabe, mich darum zu kümmern, wie man sich bis zu diesem Tag schlecht und recht durchwurstelt. Ich habe dafür zu sorgen, daß das Durchwursteln ein Ende findet.«

Dolmetschprofessor sein und ans Dolmetschen nicht glauben – war das die Ironie seines Lebens? Ich dankte für seine Offenheit, pries kritische, kreative Vielfalt und bat, wegen des Beirats in Kontakt bleiben zu dürfen. »Und was halten Sie davon, Frau Salger als Studentin in den Beirat zu berufen?«

»Ich möchte vorausschicken, daß sie nicht mehr für mich arbeitet. Sie hat mich ... hat mich gewissermaßen sitzengelassen. Nach den Weihnachtsferien ist sie nicht mehr gekommen, sie ist ohne Erklärung oder Entschuldigung weggeblieben. Natürlich habe ich mich bei den Kollegen und Lektoren umgehört. Frau Salger ist in keiner Lehrveranstaltung mehr aufgetaucht. Ich habe mir damals lange überlegt, ob ich die Polizei anrufen soll.« Er schaute besorgt, und erstmals war das ironische Lächeln verschwunden. Dann kehrte es zurück. »Vielleicht hatte sie einfach genug von Studium, Universität und Institut – ich würde das verstehen. Vielleicht war ich auch ein bißchen gekränkt.«

»Wäre Frau Salger die Richtige für *Jugend dolmetscht*?«

»Obwohl meine Mitarbeiterin, ist sie von meines Gedankens Blässe nie angekränkelt gewesen. Ein zupackendes Mädchen, eine tüchtige Dolmetscherin mit dem flotten Mundwerk, das man in diesem Beruf braucht, und als Tutorin bei den Erstsemestern beliebt. Doch, doch, wenn Sie sie finden, dann nehmen Sie sie. Sie können sie von mir grüßen.«

Wir standen auf, und er brachte mich zur Tür. Im Vorzimmer bat ich die Sekretärin um Frau Salgers Adresse. Sie schrieb sie mir auf einen Zettel: Häusserstraße 5, 6900 Heidelberg.

3
Katastrophisches Denken

1942 kam ich als junger Staatsanwalt nach Heidelberg und nahm mit meiner Frau Klara eine Wohnung in der Bahnhofstraße. Das war damals keine gute Adresse, aber ich mochte den Blick auf den Bahnhof, die ein- und ausfahrenden Züge, den aufschäumenden Dampf der Lokomotiven, die Pfiffe und das Rumpeln der nächtlich rangierenden Waggons. Heute führt die Bahnhofstraße nicht mehr am Bahnhof entlang, sondern an neuen Behörden- und Gerichtsgebäuden von glatter, grauer Funktionalität. Wenn das Recht wie die Architektur ist, in der es gesprochen wird, steht es nicht gut um das Recht in Heidelberg. Wenn es dagegen wie die Brötchen, das Brot und der Kuchen ist, die das Justizpersonal um die Ecke kaufen kann, muß einem um das Recht nicht bange sein. Von der Bahnhofstraße geht die Häusserstraße ab, und gleich hinter der Ecke hat sich aus der kleinen Bäckerei, in der Klara und ich vor mehr als vierzig Jahren Kommißbrot und Wasserwecken gekauft haben, eine einladende Backwarenboutique entwickelt.

Daneben, vor dem Klingelbrett in der Häusserstraße 5, setzte ich meine Lesebrille auf. Beim obersten Knopf stand ganz selbstverständlich ihr Name. Ich klingelte, die Tür schnappte auf, und ich stieg das düstere, nach Alter riechende Treppenhaus hoch. Mit meinen neunundsechzig bin ich nicht mehr so schnell. Im zweiten Stock mußte ich verschnaufen.

»Hallo?« Von oben rief's ungeduldig, eine hohe Männer- oder tiefe Frauenstimme.

»Ich komme.«

Die letzte Treppe führte ins Dachgeschoß. Ein junger

Mann stand in der Tür, durch die ich in eine Mansardenwohnung mit Gauben und schiefen Wänden sehen konnte. Er mochte Ende zwanzig sein, hatte sein schwarzes Haar glatt nach hinten gekämmt, trug zu schwarzen Cordhosen einen schwarzen Pullover und musterte mich ruhig.

»Ich suche Frau Leonore Salger. Ist sie da?«

»Nein.«

»Wann kommt sie wieder?«

»Ich weiß nicht.«

»Das ist doch ihre Wohnung, oder?«

»Ja.«

Ich komme nicht mehr mit, was sich junge Leute heute alles einfallen lassen. Neue Schweigsamkeit? Neue Innerlichkeit? Kommunikative Anorexie? Ich versuchte es noch mal: »Mein Name ist Selb. Ich habe ein kleines Dolmetsch- und Übersetzungsbüro drüben in Mannheim, und Frau Salger wurde mir genannt als jemand, der kurzfristig einspringt. Jetzt könnte ich sie dringend brauchen. Können Sie mir bitte helfen, Frau Salger zu erreichen? Und darf ich mich in der Wohnung auf einen Stuhl setzen? Ich bin außer Atem, mir zittern die Beine, und mein Genick wird starr, weil ich zu Ihnen aufschauen muß.« Am Treppenende war kein Absatz, der junge Mann stand auf der obersten Stufe und ich fünf Stufen tiefer.

»Bitte.« Er gab die Tür frei und winkte mich in ein Zimmer mit Bücherregalen, einer Tischplatte auf zwei Holzböcken und einem Stuhl. Ich setzte mich. Er lehnte sich ans Fenstersims. Die Tischplatte war mit Büchern und Papieren bedeckt, ich las französische Namen, die mir nichts sagten. Ich wartete, aber er machte keine Anstalten zu reden.

»Sind Sie Franzose?«

»Nein.«

»Wir haben das als Kinder gespielt. Einer denkt an etwas, die anderen müssen durch Fragen herauskriegen, an was, und der eine darf nur mit Ja oder Nein antworten. Gewonnen hat, wer's als erster errät. Zu mehreren kann das lustig sein, zu zweit macht es keinen Spaß. Ob Sie wohl in ganzen Sätzen…«

Er gab sich einen Ruck, als habe er geträumt und sei aufgewacht. »Ganze Sätze? Ich sitze jetzt seit zwei Jahren an meiner Arbeit, und seit einem halben Jahr schreibe ich, ich schreibe ganze Sätze, und alles wird immer falscher. Sie denken vielleicht…«

»Seit wann wohnen Sie hier?«

Er war über meine platte Frage sichtbar enttäuscht. Aber ich erfuhr, daß er die Wohnung vor Leo bewohnt und an sie weitergegeben hatte, daß die Vermieterin einen Stock tiefer, seit Anfang Januar ohne Lebenszeichen und dann auch ohne die Miete von Leo, ihn im Februar besorgt angerufen hatte und daß er seitdem provisorisch in der Wohnung hauste, weil er in seiner lebhaften Wohngemeinschaft nicht ruhig schreiben konnte. »Außerdem hat sie so die Wohnung noch, wenn sie zurückkommt.«

»Wo ist sie?«

»Ich weiß nicht. Sie wird's schon selbst wissen.«

»Hat niemand nach ihr gefragt?«

Er fuhr sich mit der Hand über den Kopf, strich das glatte Haar noch glatter und zögerte einen Moment. »Sie meinen sicher wegen Arbeit, ob jemand wie Sie… Nein, da war niemand da.«

»Was glauben Sie – schafft Frau Salger das: eine kleine Konferenz über Technisches, zwölf Teilnehmer, deutsch-englisch und englisch-deutsch? Ist sie fit?«

Aber er ließ sich nicht in ein Gespräch über Leo verwikkeln. »Da sehen Sie, daß die ganzen Sätze nichts nützen. Ich habe Ihnen in ganzen Sätzen gesagt, daß sie nicht da ist, und Sie fragen, ob sie für Ihre kleine Konferenz fit ist. Sie ist weg… auf und davon… husch, husch…« Er flatterte mit den Armen. »Alles klar? Ich will ihr ausrichten, daß Sie da waren, wenn sich's ergibt.«

Ich ließ ihm meine Karte da, nicht die vom Büro, sondern

die von der Wohnung. Ich erfuhr, daß er eine philosophische Doktorarbeit schrieb, über katastrophisches Denken. Und daß er Leo in einem Studentenwohnheim kennengelernt hatte. Leo hatte ihm Französischunterricht gegeben. Als ich schon auf der Treppe war, warnte er mich nochmals vor den ganzen Sätzen: »Sie müssen nicht meinen, Sie seien zu alt, das zu begreifen.«

4
Wie süß, der alte Onkel

Zurück im Büro rief ich bei Salger an. Der Anrufbeantworter notierte meine Bitte um Rückruf. Ich wollte wissen, in welchem Studentenwohnheim Leo gewohnt hatte. Dort nach ihren Freunden und nach ihrem Verbleib forschen – es war keine heiße Spur, aber ich hatte keine große Wahl.

Der Rückruf kam am Abend, als ich auf dem Heimweg vom Kleinen Rosengarten noch mal im Büro vorbeischaute. Ich war zu früh dort gewesen, das Lokal war halbleer und ungemütlich, Giovanni, der mich sonst kellnerisch betreut, machte Urlaub in Italien, und die Gorgonzolaspaghetti waren zu schwer. Ich hätte bei meiner Freundin Brigitte besser gegessen. Aber am letzten Wochenende hatte sie sich gefreut, daß ich bei ihr vielleicht doch noch lerne, mich verwöhnen zu lassen: »Wirst du mein lieber, alter Kater?« Ich will kein alter Kater werden.

Salger war diesmal von ausgesuchter Höflichkeit. Er sei sehr dankbar, daß ich mich um Leo kümmere. Seine Frau sei sehr dankbar, daß ich mich um Leo kümmere. Ob es ausreiche, wenn mir nächste Woche eine weitere Abschlagszahlung zugehe. Er bitte mich um unverzügliche Benachrichtigung, wenn ich Leo gefunden habe. Seine Frau bitte mich...

»Herr Salger, welche Anschrift hatte Leo vor der Häusserstraße?«

»Wie meinen Sie?«

»Wo hat Leo gewohnt, bevor sie in die Häusserstraße gezogen ist?«

»Ich fürchte, daß ich Ihnen das auf Anhieb nicht sagen kann.«

»Bitte schauen Sie nach oder fragen Sie Ihre Frau – ich brauche die alte Adresse. Es war ein Studentenwohnheim.«

»Richtig, das Studentenwohnheim.« Salger verstummte. »Liebigstraße? Eichendorffweg? Im Schnepfengewann? Ich komme jetzt nicht darauf, Herr Selb, mir gehen die verschiedensten Straßennamen durch den Kopf. Ich will mit meiner Frau reden und ins alte Adreßbuch schauen, falls wir es dabeihaben. Sie hören von mir. Beziehungsweise wenn Sie morgen früh nichts auf Ihrem Anrufbeantworter haben, dann können wir Ihnen von hier aus nicht weiterhelfen. Wär's das? Ich darf Ihnen eine gute Nacht wünschen.«

Salger wurde mir nicht sympathischer. Leo lehnte am Löwen und sah mich an, hübsch, wach, mit der Entschlossenheit im Blick, die ich zu verstehen glaubte, und der Frage oder dem Trotz, die ich nicht deuten konnte. So eine Tochter haben und ihre Adresse nicht kennen – schämen Sie sich, Herr Salger.

Ich weiß nicht, warum Klara und ich keine Kinder hatten. Sie hat mir nie erzählt, daß sie deswegen beim Frauenarzt gewesen sei, und von mir nie verlangt, zum Männerarzt zu gehen. Wir waren nicht sehr glücklich miteinander, aber zwischen Eheunglück und Kinderlosigkeit, Eheglück und Kinderreichtum bestehen ohnehin keine eindeutigen Zusammenhänge. Ich wäre gerne Witwer mit Tochter gewesen, aber das ist ein ungehöriger Wunsch, und ich gestehe ihn mir erst ein, seit ich alt bin und keine Geheimnisse mehr vor mir habe.

Ich telephonierte einen Vormittag lang, bis ich Leos Studentenwohnheim fand. Am Klausenpfad, unweit von Freibad und Tiergarten. Sie hatte in Zimmer 408 gewohnt, und über verslumte Treppen und Korridore fand ich im vierten Stock in einer Gemeinschaftsküche drei beim Tee zusammensitzen, zwei Studentinnen und einen Studenten.

»Entschuldigen Sie, ich suche Leonore Salger.«

»Hier wohnt keine Leonore.« Der Student saß mit dem Rücken zu mir und redete über die Schulter.

»Ich bin Leos Onkel, komme gerade durch Heidelberg und habe dieses Studentenwohnheim als ihre Heidelberger Adresse. Können Sie...«

»Ach, wie süß, der alte Onkel besucht die junge Nichte. Guck mal, Andrea!«

Andrea drehte sich um, der Student drehte sich um, und die drei betrachteten mich neugierig. Mein Freund Philipp, der als Chirurg bei den Städtischen Krankenanstalten Mannheim mit famulierenden Medizinern zu tun hat, berichtet mir von der Wohlerzogenheit der Studenten der neunziger Jahre. Der Sohn meiner alten Freundin Babs wird Jurist und ist gewandt und höflich. Seine Freundin, eine adrette angehende Theologin, die ich mit »Frau« anredete, wie's mich die Frauenbewegung gelehrt hat, wies mich sanft zurecht, sie sei »Fräulein«. Die drei vor mir mußten Soziologen sein. Ich setzte mich auf den vierten Stuhl.

»Seit wann wohnt Leo nicht mehr hier?«

»Ich weiß nichts von...«

Andrea unterbrach: »Das war vor deiner Zeit. Leo ist vor einem Jahr raus, in die Weststadt, glaube ich.« Sie wandte sich mir zu: »Ich habe Leos neue Adresse nicht. Aber auf der Verwaltung müssen sie sie haben. Ich muß auch dort vorbei – wollen Sie mitkommen?«

Sie ging vor mir die Treppe hinunter. Der schwarze Pferdeschwanz wippte, und der weite Rock schwang. Sie war ein kräftiges Mädchen, aber anmutig anzuschauen. Die Verwaltung war nicht mehr besetzt, es ging auf vier Uhr. Unschlüssig standen wir vor der verschlossenen Tür.

»Können Sie mir mit einem neueren Bild von Leo helfen?« Ich erzählte, daß Leos Vater, mein Schwager, demnächst Geburtstag hat, das Fest auf dem Drachenfels gefeiert wird und auch die Vettern und Basen aus Dresden kommen. »Ich wollte Leo vor allem treffen, weil ich das Album mit allen Verwandten und Freunden vorbereite.«

Sie nahm mich auf ihr Zimmer. Wir saßen auf der Couch,

und aus einem Schuhkarton voller Photos kramte sie ein Studentenleben mit Fastnachts- und Examensfesten, Urlaubsreisen, einem Seminarausflug, der einen und anderen Demonstration, einem Wochenende der Arbeitsgruppe und Bildern vom Freund, der gerne auf seinem Motorrad posierte. »Hier, das war auf einer Hochzeit.« Sie gab mir Leo im Sessel, dunkelblauer Rock und lachsfarbene Bluse, Zigarette in der Rechten und die Linke nachdenklich an die Wange gelegt, das Gesicht konzentriert, als höre sie zu oder beobachte. Nichts Mädchenhaftes mehr, das war eine junge, durchsetzungsbereite, etwas angespannte Frau. »Hier kommt sie aus dem Standesamt, sie war Trauzeugin, und hier gehen wir alle zum Neckar, wir haben auf dem Schiff gefeiert.« Ich schätzte sie auf einssiebzig, sie war schlank, ohne dünn zu sein, und hielt sich gerade.

»Wo ist das?« Leo kam aus einer Tür, Jeans und dunkler Pullover, Tasche umgehängt und Mantel über dem Arm. Sie hatte Ringe unter den Augen, das rechte zugekniffen, über dem linken die Braue gehoben. Ihr Haar war zerzaust und der Mund ein schmaler, böser Strich. Ich kannte die Tür und das Haus. Aber woher?

»Das war nach der Demo im Juni, die Bullen hatten sie festgenommen und erkennungsdienstlich behandelt.« Ich erinnerte mich an keine Demo im Juni. Aber ich erkannte jetzt, daß Leo aus der Polizeidirektion Heidelberg kam.

»Kann ich die beiden haben?«

»Das auch?« Andrea schüttelte den Kopf. »Sie wollen doch dem Vater eine Freude machen und Leo keinen Ärger, oder? Dann lassen Sie das böse mal und nehmen das liebe. Wie sie da sitzt, das geht in Ordnung.« Sie gab mir Leo im Sessel und packte die anderen Photos zurück in den Karton. »Wenn Sie Zeit haben, können Sie im Drugstore vorbeischauen. Da hat Leo früher jeden Abend rumgehangen, und ich hab sie im Winter noch dort getroffen.«

Ich ließ mir den Weg zum Drugstore beschreiben und

dankte ihr. Als ich das Lokal in der Kettengasse gefunden hatte, erinnerte ich mich. Da hatte einmal jemand unter meiner Beschattung seinen Kaffee getrunken und Schach gespielt. Er lebt nicht mehr.

Ich bestellte einen Aviateur, aber der Bar fehlte es am Grapefruitsaft und am Champagner, und so trank ich den Campari alleine. Immerhin kam ich mit dem gelangweilten Burschen hinter der Bar ins Gespräch und zeigte ihm Leo im Sessel. »Wann haben Sie sie zuletzt gesehen?«

»Da schau einer an, die Leo. Ein nettes Bild. Und was wollen Sie von ihr? – Klaus, komm mal her.« Er winkte einem stämmigen Kleinen mit roten Haaren, randloser Brille und blitzgescheiten Augen. So stelle ich mir die Intellektuellen unter Irlands Whiskytrinkern vor. Die beiden redeten halblaut miteinander. Unter meinem interessierten Blick verstummten sie. So wandte ich den Kopf ab und spitzte die Ohren. Ich verstand, daß ich nicht der erste war, der im Drugstore nach Leo forschte. Im Februar war schon einmal jemand dagewesen. Auch Klaus fragte: »Was wollen Sie von ihr?«

Ich erzählte, wie es mir als Onkel im Studentenwohnheim am Klausenpfad ergangen war und daß Andrea mich hierher geschickt hatte. Sie blieben mißtrauisch. Sie hätten Leo seit Januar nicht mehr gesehen – mehr erfuhr ich nicht. Und sie ließen mich nicht aus den Augen, als ich den zweiten Campari trank, zahlte, hinausging und von draußen noch mal durchs Fenster sah.

5
Turbo auf meinem Schoß

Als nächstes klapperte ich die Krankenhäuser ab. Zwar benachrichtigen sie die Angehörigen von Patienten, die nicht sprechen können. Auch teilen sie der Polizei mit, wenn Patienten zweifelhafter Identität eingeliefert werden. Aber nur ausnahmsweise veranlaßt der Arzt die Benachrichtigung der Angehörigen gegen den Willen des Patienten. Einer, den seine Angehörigen vermissen, kann ein paar Straßen weiter im Krankenhaus liegen. Vielleicht ist ihm egal, daß seine Lieben sich die Augen nach ihm ausweinen. Vielleicht ist's ihm gerade recht.

Beides paßte nicht zu dem Eindruck, den ich von Leo bisher gewonnen hatte. Und selbst wenn ihr Verhältnis zu den Eltern zerrütteter war, als ihr Vater mich hatte wissen lassen – warum hätte sie Professor Leider und dem Katastrophenphilosophen den Krankenhausaufenthalt verheimlichen sollen? Aber der Teufel ist ein Eichhörnchen, und so machte ich sie durch, die Heidelberger Universitätskliniken, die Städtischen Krankenanstalten Mannheims, die Kreiskrankenhäuser und die Hospitäler der Kirchen. Hier lief ich keine Gefahr, Leos soziales Umfeld scheu zu machen. Ich mußte nicht in fremde Rollen schlüpfen, sondern konnte Privatdetektiv Selb sein, den der besorgte Vater mit der Suche nach der verlorenen Tochter betraut hat. Ich verließ mich nicht aufs Telephon. Darüber kriegt man zwar ziemlich verläßlich heraus, ob jemand im Krankenhaus liegt. Wenn man aber auch wissen will, ob er in den vergangenen Wochen oder Monaten Patient war, spricht man besser vor. Ich tat es zwei ganze Tage lang. Von Leo keine Spur.

Dann kam das Wochenende. Der Regen, der den April bislang begleitet hatte, hörte auf, und beim sonntäglichen Spaziergang durch den Luisenpark schien die Sonne. Ich hatte die Tüte mit altem Brot dabei und fütterte die Enten. Ich hatte auch die Süddeutsche Zeitung dabei und wollte mich zum Lesen in einen der bereitstehenden Liegestühle legen. Aber die Aprilsonne wärmte noch nicht richtig. Oder meine Knochen werden nicht mehr so schnell warm wie früher. Ich war froh, als sich zu Hause mein Kater Turbo in meinen Schoß kringelte. Er schnurrte und streckte wohlig die kleinen Tatzen.

Ich wußte, wo Leo gewohnt, studiert und verkehrt hatte und daß sie jedenfalls in Heidelberg und Umgebung nicht im Krankenhaus lag oder gelegen hatte. Seit Januar war sie verschwunden, im Februar hatte jemand nach ihr geforscht. Im Juli letzten Jahres war sie von der Polizei festgenommen und erkennungsdienstlich behandelt worden. Der Professor hatte sich positiv über sie geäußert, die Bekannten, an die ich geraten war, nicht negativ. Der Kontakt zu den Eltern war dürftig. Sie rauchte. Ich wußte auch, wo Freunde und Bekannte, Kollegen und Lehrer von Leo zu finden waren. Ich konnte im Dolmetscherinstitut, im Drugstore und in den Geschäften der Nachbarschaft recherchieren. Aber das ging nicht ohne Irritationen des sozialen Umfelds ab. Also mußte ich Salger vor die Wahl stellen, entweder den Auftrag zu beenden oder in Kauf zu nehmen, daß Leo von der Suche erfährt. Das war der zweite Punkt, den ich für Montag vormerkte.

Der erste hätte schon auf die Traktandenliste der letzten Woche gehört: das Psychiatrische Landeskrankenhaus vor den Toren Heidelbergs. Ich hatte es nicht vergessen. Ich hatte mich davor gedrückt. Eberhard hat anderthalb Jahre in der Anstalt verbracht, ich habe ihn oft besucht, und mich haben die Besuche immer fertiggemacht. Eberhard ist mein Freund. Ein stiller Mensch, lebt von seinem kleinen Vermögen, ist

Schachgroßmeister und kam 1965 von einem Turnier in Dubrovnik völlig verwirrt zurück. Philipp und ich haben ihm Haushälterinnen besorgt, die es aber nicht bei ihm aushielten. So kam er in die Anstalt. Die Patienten waren in großen Sälen zusammengepfercht, schliefen in doppelstöckigen Betten, hatten nicht einmal eigene Schränke oder Fächer und brauchten auch keine, weil sie alle persönliche Habe, selbst Armbanduhr und Ehering, abgeben mußten. Das Schlimmste war für mich der süßliche Geruch nach Essen, Putz- und Desinfektionsmitteln, Urin, Schweiß und Angst. Wie Eberhard unter diesen Bedingungen wieder gesund geworden ist, bleibt mir ein Rätsel. Aber er hat es geschafft und spielt sogar wieder – gegen den Rat des Arztes, der Stefan Zweigs *Schachnovelle* gelesen hat. Dann und wann spielen wir. Er siegt immer. Aus Freundschaft läßt er mich manchmal glauben, es sei ein hartes Stück Arbeit für ihn.

6
Was denken Sie denn?

Das Psychiatrische Landeskrankenhaus liegt in den Ausläufern der Berge. Ich hatte keine Eile und fuhr über die Dörfer. Das schöne Wetter hielt an, der Morgen war hell, und das junge Grün und die Farben der Blüten explodierten. Ich machte das Schiebedach auf und legte die Kassette mit der Zauberflöte ein. Es war eine Lust zu leben.

Das Zentrum der Krankenhausanlage ist der alte Bau. Er wurde in Form eines großen U gegen Ende des letzten Jahrhunderts als Kaserne eines badischen Velozipedistenregiments errichtet. Im Ersten Weltkrieg diente er als Lazarett, nach Kriegsende als Landesarmenhaus und seit den späten zwanziger Jahren als Heil- und Pflegeanstalt. Der Zweite Weltkrieg hat aus dem großen U ein großes L gemacht. Die Mauern, die den alten Bau zum länglichen Geviert geschlossen hatten, sind verschwunden, der Hof weitet sich in das hügelige Gelände, auf dem inzwischen viele neue Funktionsbauten entstanden sind. Ich parkte, schloß das Schiebedach und machte die Musik aus. Der säulengeflankte Eingang war zusammen mit dem ganzen Bau eingerüstet. Um die Fenster leuchtete der rohe Backstein. Man hatte augenscheinlich gerade Thermoglas eingesetzt. Jetzt waren die Maler dabei, alles in zartem Gelb neu zu streichen. Einer pfiff die Arie der Königin der Nacht weiter, während ich über den Kies zum Portal ging.

Der Pförtner wies mir den Weg in die Verwaltung, erster Stock links. Breite, ausgetretene Sandsteinstufen führten nach oben. Neben der Tür zu Zimmer 107 stand: Verwaltung / Aufnahme. Ich klopfte und wurde hineingerufen.

Der Name Leonore Salger sagte der Sachbearbeiterin nichts. Sie wandte sich wieder den Krankenblättern zu. An einigen hefteten Paßbilder, und das brachte mich auf den Gedanken, ihr Leos Photo zu zeigen. Sie nahm es, betrachtete es gründlich, bat mich, einen Moment zu warten, schloß ihren Schrank und ging hinaus. Ich schaute durch das Fenster in einen Park. Die Magnolienbäume und Forsythiensträucher blühten, der Rasen wurde gerade gemäht. Auf den Wegen schlenderten Patienten in Alltagskleidung, andere saßen auf den weißgestrichenen Bänken. Wie hatte sich alles verändert! Als ich damals Eberhard besuchte, war unter den Bäumen die Erde einfach festgetreten. Auch damals schon konnten die Patienten ins Freie, aber in grauer Anstaltskleidung, und es war ein Hofgang wie im Gefängnis, zu fester Stunde, für zwanzig Minuten, hintereinander im Kreis.

Die Sachbearbeiterin kam nicht allein zurück.

»Dr. Wendt«, stellte er sich vor. »Wer sind Sie, und in welcher Beziehung stehen Sie zu ihr?« Er hielt Leos Photo in der Hand und sah mich unfreundlich an.

Ich überreichte meine Karte und erzählte von meiner Suche.

»Es tut mir leid, Herr Selb, aber wir geben Auskünfte über unsere Patienten nur an autorisierte Personen weiter.«

»Also ist sie...«

»Ich möchte dazu nichts weiter sagen. In wessen Auftrag, sagten Sie, arbeiten Sie?«

Ich hatte den Brief von Salger einstecken und holte ihn hervor. Wendt las ihn mit gerunzelter Stirn. Er schaute nicht auf, obwohl er mit Lesen längst fertig sein mußte. Schließlich gab er sich einen Ruck. »Kommen Sie bitte mit rüber.«

Ein paar Türen weiter bat er mich in ein Sprechzimmer mit Sitzgruppe. Der Blick ging wieder in den Park. Hier waren die Handwerker noch nicht fertig. Das Fenster, aus dem die alten Rahmen und Scheiben schon herausgebrochen waren, war provisorisch mit durchsichtiger Plastikfolie geschlossen. Auf Tisch, Regal und Aktenbock lag feiner weißer Staub.

»Ja, Frau Salger war Patientin bei uns. Sie kam vor etwa drei Monaten. Sie wurde von jemandem gebracht, der sie als Anhalterin... Also was genau auf und vor dieser Autofahrt passiert ist, wissen wir nicht. Der Mann sagte, er habe sie eben aufgelesen und mitgenommen.« Der Arzt stockte wieder und guckte nachdenklich. Er war noch jung, trug Cordhosen mit kariertem Hemd unter dem offenen weißen Kittel und sah sportlich aus. Sein Gesicht hatte eine gesunde Farbe, sein dichtes braunes Haar war kunstvoll zerzaust. Die Augen standen zu eng beieinander.

Ich wartete. »Herr Dr. Wendt?«

»Auf der Fahrt hat sie zu weinen angefangen und überhaupt nicht mehr aufgehört. Das ging über eine Stunde, der Mann hat sich am Ende nicht anders zu helfen gewußt, als sie zu uns zu bringen. Und bei uns ging es so weiter, bis sie die Valiumspritze bekam und einschlief.« Er sann wieder vor sich hin.

»Und dann?«

»Oh, dann habe ich mit der Therapie angefangen, was denken Sie denn?«

»Ich meine, wo ist Leonore Salger jetzt? Warum haben Sie niemanden verständigt?«

Wieder ließ er sich Zeit. »Wir hatten... Ich weiß doch erst von Ihnen, wie sie richtig heißt. Wenn nicht unsere Dame an der Aufnahme«, seine Hand deutete in Richtung von Zimmer 107, »zufällig ein paarmal mit ihr zu tun gehabt hätte... Meistens kriegt sie unsere Patienten gar nicht zu sehen. Und daß Sie dann auch noch mit einem Paßbild kommen müssen...« Er schüttelte den Kopf.

»Haben Sie sich mit der Polizei in Verbindung gesetzt?«

»Die Polizei...« Er fummelte ein zerknautschtes Päckchen Roth-Händle aus der Tasche seiner Hose und bot mir eine an. Ich rauchte lieber meine eigenen und holte die Sweet Afton hervor. Wendt schüttelte noch mal den Kopf. »Nein, von Polizei in unserem Krankenhaus halte ich nicht viel, und in diesem Fall wäre eine polizeiliche Vernehmung zunächst therapeutisch gänzlich unvertretbar gewesen. Und dann ging es ihr schon bald besser. Sie war freiwillig hier, hätte statt zu bleiben auch gehen können, und sie war volljährig.«

»Wo ist sie jetzt?«

Er setzte ein paarmal an. »Ich kann Ihnen ... muß Ihnen ... Frau Salger ist tot. Sie ist ...« Er vermied meinen Blick. »Ich weiß nicht, was genau passiert ist. Ein tragischer Unglücksfall. Sagen Sie bitte dem Vater, wie sehr ich Anteil nehme.«

»Herr Dr. Wendt, ich kann doch den Vater nicht anrufen, um ihm nur zu sagen, daß seine Tochter bei einem tragischen Unglücksfall ums Leben gekommen ist.«

»Natürlich. Sie sehen«, er zeigte zum Fenster, »daß bei uns gerade neue Scheiben reinkommen. Letzten Dienstag hat sie ... Wir haben im dritten Stockwerk große, vom Fußboden bis fast unter die Decke reichende Fenster im Flur, und sie ist durch die Plastikfolie nach unten in den Hof gestürzt. Sie war auf der Stelle tot.«

»Und wenn ich jetzt nicht gekommen wäre, hätten Sie sie beerdigen lassen, ohne daß die Eltern auch nur ein Sterbenswörtchen erfahren? Was für eine verrückte Geschichte erzählen Sie mir denn da, Herr Dr. Wendt!«

»Ich bitte Sie, selbstverständlich wurden die Eltern benachrichtigt. Ich weiß nicht, was unsere Aufnahme im einzelnen unternommen hat, aber benachrichtigt hat man die Eltern ganz gewiß.«

»Wie hat man das gemacht, wenn Sie doch erst von mir den richtigen Namen erfahren haben?«

Er zuckte nur mit den Schultern.

»Und die Beerdigung?«

Er sah auf seine Hände, als könnten sie ihm sagen, wo Leo begraben werden soll. »Damit wird wohl auf die Entscheidung der Eltern gewartet.« Er stand auf. »Ich muß jetzt auf die Station. Sie können sich nicht vorstellen, was bei uns los ist. Der Sturz, die Sirenen des Krankenwagens, seitdem gibt's große Unruhe. Erlauben Sie, daß ich Sie hinausbegleite.«

»Nein«, sagte er, als ich mich vor der Tür zu Zimmer 107 von ihm verabschieden wollte, »hier ist jetzt geschlossen.« Er zog mich weiter. »Ich möchte Ihnen doch noch sagen, daß ich über Ihr Kommen sehr froh bin. Bitte reden Sie bald mit dem Vater. Ihre Überlegung vorhin war natürlich richtig, vielleicht hat die Aufnahme nicht geschafft, die Eltern zu benachrichtigen.« Wir standen unter dem Portal. »Auf Wiedersehen, Herr Selb.«

7
In jedem Schwaben ein kleiner Hegel

Ich fuhr nicht weit. Beim Baggersee vor Sankt Ilgen hielt ich an, stieg aus und trat ans Ufer. Ich versuchte, Kieselsteine übers Wasser hüpfen zu lassen. Es ist mir schon als Junge am Wannsee nicht geglückt. Ich werde es auch nicht mehr lernen.

Darum lasse ich mir von einem jungen Bürschchen in weißem Kittel aber noch lange nichts vormachen. Wendts Geschichte war faul. Wo war die Polizei geblieben? Eine junge Frau ist seit drei Monaten im Psychiatrischen Landeskrankenhaus, stürzt aus dem schlecht gesicherten dritten Stockwerk, und niemand denkt an fahrlässige Tötung oder Schlimmeres und holt die Polizei? Gut, Wendt hatte nicht gesagt, daß die Polizei nicht dagewesen wäre und ermittelt hätte. Aber er hatte nur Krankenwagen erwähnt, nicht Polizeiwagen. Und wenn am Dienstag die Polizei zugezogen worden wäre, hätte Salger spätestens am Donnerstag Bescheid gehabt, falscher Name hin oder her. Daß es Frau Wie-auch-immer nicht gibt, daß aber Leonore Salger vermißt wird und daß also Frau Wie-auch-immer in Wahrheit Leonore Salger ist – das herauszufinden braucht die Polizei nicht lange. Und wenn Salger am Donnerstag Bescheid gehabt hätte, hätte er mich doch wohl inzwischen benachrichtigt.

Ich aß in Sandhausen zu Mittag. Kein kulinarisches Mekka. Als ich nach dem Essen in meinen Kadett stieg, den ich auf dem Marktplatz in der Sonne geparkt hatte, stand drinnen die Hitze. Es wurde Sommer.

Um halb drei war ich wieder im Krankenhaus. Mir ging's wie dem Hasen mit dem Igel. Die Sachbearbeiterin in Zimmer 107, ein anderes Gesicht als am Morgen, ließ nach Dr. Wendt suchen, konnte ihn aber nicht finden. Schließlich zeigte sie mir den Weg zur Station, über weite und hohe Gänge, in denen die Schritte hallten. Dort war Dr. Wendt erst recht nicht zu sprechen, die Schwester bedauerte. Übrigens müsse ich vorne in der Verwaltung warten, hier auf der Station zu warten sei gegen die Vorschrift. In der Verwaltung drang ich bis zum Vorzimmer von Direktor Prof. Dr. H. Eberlein vor und erklärte der Sekretärin, der Herr Direktor wolle mich sicher empfangen, lieber mich als die Polizei. Ich hatte eine ziemliche Wut im Bauch. Die Sekretärin sah mich verständnislos an. Ich möge mit meinem Anliegen in Zimmer 107 vorsprechen.

Als ich wieder auf dem Gang stand, öffnete sich die nächste Tür. »Herr Selb? Eberlein. Sie machen Ärger, höre ich.«

Er war Ende fünfzig, klein und dick, zog das linke Bein nach und stützte sich auf einen Stock mit silbernem Knauf. Unter schütterem schwarzem Haar und dichten schwarzen Brauen musterte er mich aus tiefliegenden Augen. Die Tränensäcke und die Backen hingen schlaff. In näselndem Schwäbisch kommandierte er mich an die Seite seiner hinkenden Gemütlichkeit. Auf dem Weg schlug der Stock Synkopen.

»Jede Anstalt ist ein Organismus. Hat ihren Kreislauf, atmet, nimmt auf und scheidet aus, hat Infekte und Infarkte, entwickelt Abwehr- und Heilungskräfte.« Er lachte. »Was sind Sie für ein Infekt?«

Wir gingen die Treppe hinunter und hinaus in den Park. Die Wärme des Tages war schwül geworden. Ich sagte nichts. Auch er hatte beim langsamen Herabsteigen der Stufen nur schwer geschnauft.

»Sagen Sie was, Herr Selb, sagen Sie was. Sie wollen lieber hören? *Audiatur et altera pars* – Sie halten's mit dem Recht? Sie sind so was wie das Recht, nicht wahr?« Er lachte wieder, ein behäbiges Lachen.

Die Steinplatten endeten, und unter unseren Füßen

knirschte der Kies. Der Wind rauschte in den Bäumen des Parks. Am Rande der Wege standen Bänke, auf dem Rasen Stühle, und viele Patienten waren draußen, einzeln oder in kleinen Gruppen, mit und ohne weißbekitteltes Personal. Eine Idylle – bis auf den zuckenden und hüpfenden Gang einiger Patienten, bis auf die blicklosen Gesichter mit den offenen Mündern anderer. Es war laut; gegen den alten Bau hallte das Gewirr von Rufen und Lachen wie das unverständliche, undurchdringliche Sirren der Stimmen in einem Hallenbad. Manchmal nickte oder grüßte Eberlein nach links und rechts.

Ich versuchte es. »Gibt es hier zwei Seiten, Herr Dr. Eberlein? Eine Unfallseite und eine andere? Und was ist die andere – fahrlässige Tötung? Oder hat jemand Ihre Patientin umgebracht? Sie sich selbst? Wird hier was vertuscht? Dazu würde ich gerne etwas hören, aber meine Fragen scheinen niemanden zu interessieren. Jetzt kommen Sie und reden von Infekten und Infarkten. Was wollen Sie mir sagen?«

»Ich sehe, ich sehe. Mord und Totschlag, mindestens Selbstmord. Sie lieben den dramatischen Effekt? Sie denken sich gerne etwas aus? Wir haben viele hier, die sich gerne etwas ausdenken.« Er beschrieb mit dem Stock einen großen Bogen.

Das war dreist. Ich schaffte nicht ganz, meinen Ärger herunterzuschlucken. »Nur Patienten oder auch Ärzte? Aber Sie haben recht, wenn die Geschichten, die man mir erzählt, Löcher haben, dann denke ich mir aus, was in die Löcher passen könnte. Die Geschichte, die mir Ihr junger Kollege erzählt hat, stimmt hinten und vorne nicht. Was hat der Direktor zum Fenstersturz einer jungen Patientin zu sagen?«

»Ich bin kein junger Mann mehr, wäre es auch mit linkem Bein nicht. Und Sie«, er sah mich freundlich von unten bis oben an, »sind's auch nicht. Sie waren verheiratet? Ja? Die Ehe ist auch ein solcher Organismus, in dem Bakterien und Viren arbeiten und kranke Zellen wachsen und wuchern.

Schaffe, schaffe, Häusle baue – sind rechte Schwaben, die Bakterien und Viren.« Wieder das gemütliche Lachen.

Ich dachte an meine Ehe. Klärchen ist vor dreizehn Jahren gestorben und meine Trauer um meine Ehe schon lange davor. Eberleins Bild ließ mich kalt. »Und was ist es, das im Organismus des Psychiatrischen Landeskrankenhauses schwärt?«

Eberlein blieb stehen. »Es hat mich gefreut, Sie kennenzulernen. Suchen Sie mich auf, wann immer Sie Fragen haben. Ich bin ein bißchen ins Philosophieren gekommen, es steckt eben in jedem Schwaben ein kleiner Hegel. Sie sind ein Mann der Tat, des klaren Blicks und nüchternen Verstands – aber bei dem Wetter sollten Sie in Ihrem Alter auf den Kreislauf achten.«

Er ging ohne Gruß. Ich schaute ihm nach. Sein Gang, die gespannten Schultern, der kurze Ruck des ganzen Körpers, mit dem er das linke Bein um seine Achse nach vorne schwang, das feste Aufsetzen des Stocks mit dem silbernen Knauf – da war nichts Weiches, Schlaffes. Der Mann war ein Bündel an Kraft. Wenn er mich hatte verwirren wollen, war es ihm gelungen.

8
Dawai, dawai

Die ersten Tropfen fielen, und der Park wurde leer. Die Patienten rannten zu den Häusern. In der Luft hing das laute Zwitschern der aufgeregten Vögel. Ich fand in einem alten, halboffenen Fahrradunterstand Schutz, zwischen schräg nach oben laufenden, rostigen Schienen, in die schon lange kein Fahrrad mehr geschoben worden war. Es blitzte und donnerte, und der dichte Regen lärmte auf dem Wellblechdach. Ich hörte eine Amsel singen, streckte den Kopf raus, um nach ihr zu sehen, und zog ihn naß wieder zurück. Sie saß unter dem Regimentswappen oben an der Ecke des alten Baus. Die erste Amsel dieses Sommers. Dann sah ich durch den strömenden Regen langsam zwei Gestalten auf mich zukommen. Der Wärter im weißen Kittel redete geduldig auf den Patienten im viel zu weiten grauen Anzug ein und schob ihn sachte voran. Er hielt den Arm des anderen auf dessen Rücken, in einem Polizeigriff, der nicht weh tat, aber jederzeit gefügig machen konnte. Als sie näher kamen, verstand ich die Worte des Wärters, begütigende Sinnlosigkeiten, dazwischen immer wieder ein scharfes »dawai, dawai«. Beiden klebten die Kleider am Leib.

Als sie neben mir unter dem Wellblech standen, ließ der Wärter den Patienten nicht los. Er nickte mir zu. »Neu hier? Bei der Verwaltung?« Er wartete die Antwort nicht ab. »Die da oben schieben eine ruhige Kugel, und unsereiner macht die Drecksarbeit. Nichts gegen Sie persönlich, ich kenne Sie nicht.« Er war breit, schwer und überragte mich. Die Nase war ein derber Knollen. Der Patient zitterte und schaute in den Regen. Sein Mund formte Worte, die ich nicht verstand.

»Ist Ihr Patient gefährlich?«

»Weil ich ihn im Griff habe? Keine Angst. Was machen Sie da oben?«

Es blitzte. Immer noch stürzte der Regen hinunter, dröhnte aufs Wellblech und spritzte vom Kies an die Beine. Rinnsale flossen auf den Zementboden des Fahrradschuppens, und es roch nach nassem Staub.

»Ich bin von draußen. Ich untersuche den Unfall der Patientin am letzten Dienstag.«

»Polizei?«

Der Donner kam und knatterte trocken über uns weg. Ich zuckte zusammen, der Wärter mochte das für ein Nicken und mich für einen Polizisten halten.

»Was für ein Unfall?«

»Drüben im alten Bau, der tödliche Sturz aus dem dritten Stock.«

Der Wärter sah mich verständnislos an. »Was reden Sie da? Ich weiß nichts von einem Sturz am letzten Dienstag. Und wenn ich nichts weiß, dann war nichts. Wer soll da gestürzt sein?«

Ich gab ihm ein Photo von Leo.

»Die Kleine... Wer hat Ihnen denn den Bären aufgebunden?«

»Dr. Wendt.«

Er gab mir das Photo zurück. »Da will ich mal lieber nichts gesagt haben. Wenn der Dr. Wendt... wenn dem Direktor sein Liebling...« Er zuckte mit den Schultern. »Hatten wir halt einen Unfall. Einen tödlichen Sturz aus dem dritten Stock vom alten Bau.«

Ich verschob die Würdigung dessen, was der Wärter lieber nicht gesagt haben wollte, auf später. »Und Ihr Patient?«

»Das ist einer von unseren Russen. Kriegt manchmal seinen Rappel. Aber er muß ja auch an die Luft, und ich hab ihn im Griff. Gell, Iwan?«

Der Patient wurde unruhig. »Anatol, Anatol, Anatol...«

Er schrie den Namen. Der Wärter verstärkte den Griff, und das Schreien hörte auf. »Ist ja gut, Iwan, die tun dir schon nichts, der Blitz und der Donner, wer wird denn gleich, was soll denn der Herr Polizist denken.« Er redete in dem Singsang, mit dem man Kinder beruhigt.

Ich holte meine Sweet Afton aus der Tasche, und der Wärter nahm eine. Dann bot ich dem anderen eine an. »Anatol?« Er fuhr zusammen, sah mich an, knallte die Hacken zusammen, machte einen Diener und tastete mit abgewandtem Kopf eine Zigarette aus dem Päckchen.

»Heißt er Anatol?«

»Was weiß denn ich, aus denen kriegt man nichts raus.«

»Wer sind ›die‹?«

»Oh, wir haben alle Sorten. Die sind vom Krieg übrig. Waren Arbeiter im Reich oder Hiwis oder kämpften mit irgendeinem russischen General. Dann die aus dem KZ, die dort gesessen oder bewacht haben. Wenn sie verrückt sind, sind sie alle gleich.«

Der Regen wurde schwächer. Ein junger Wärter rannte mit wehendem Mantel in großen Sätzen an uns vorbei, sprang über die Pfützen. »He, beeil dich«, rief er, »ist gleich Feierabend.«

»Na, dann wollen wir mal.« Der Wärter neben mir ließ die Zigarette fallen, und sie verlosch auf dem nassen Boden. »Auf Iwan, Essen fassen.«

Auch der Patient hatte seine Zigarette fallen lassen, ausgetreten und mit dem Fuß sorgsam im Kies vergraben. Wieder schlug er die Hacken zusammen und machte einen Diener. Ich sah den beiden auf ihrem langsamen Weg zum neuen Funktionsbau am anderen Ende des Parks nach. Der Donner grollte weit weg, und der Regen rauschte in sanftem Gleichmaß. Unter den Türen tauchten Gestalten auf, ab und zu ging ein Arzt oder Wärter mit Regenschirm und raschem Schritt durch den Park. Die Amsel sang immer noch.

Ich erinnerte mich an den Vermerk des Generalstaatsanwalts, der 1943 oder 1944 über meinen Schreibtisch bei der Staatsanwaltschaft Heidelberg gegangen war und verfügt hatte, daß wer von den russischen und polnischen Arbeitern lässig arbeitet, Zwangsarbeit im Konzentrationslager bekommt. Wie viele hatte ich dorthin geschickt? Ich starrte in den Regen. Mich fröstelte, die Luft nach dem Gewitter war klar und frisch. Nach einer Weile hörte ich nur noch die Tropfen von den Blättern der Bäume fallen. Der Regen war vorbei. Im Westen riß der Himmel auf, und die Wasserperlen funkelten in der Sonne.

Ich ging zurück zum Hauptgebäude, durchs Treppenhaus, an der Pforte vorbei und trat aus dem Portal. Es war fünf Uhr, Schichtwechsel, das Personal strömte heraus. Ich wartete und hielt nach Wendt Ausschau, sah ihn aber nicht. Als einer der letzten kam der Wärter von eben vorbei, und ich fragte ihn, ob ich ihn irgendwo absetzen könne. Als wir im Wagen nach Kirchheim fuhren, versicherte er mir noch mal, daß er nichts gesagt haben wollte.

9
Nachträglich

Nachträglich kam das Erschrecken über die Nachricht von Leos Tod. Nachträglich kam auch die Erleichterung darüber, daß die Nachricht nicht stimmen konnte. Wenn der Wärter nichts wußte, dann war nichts. Das glaubte ich ihm. Auch Eberlein hätte anders reagiert, wenn sich der tödliche Fenstersturz tatsächlich ereignet hätte. Hatte er mich überhaupt nur provozieren und aushorchen wollen? Jedenfalls hatte er in unserem Gespräch mehr von mir erfahren als ich von ihm. Daß mir auch das erst nachträglich aufging, ärgerte mich.

Als ich zu Hause war, rief ich Philipp an. Manchmal ist die Welt klein – vielleicht wußte Philipp als Chirurg an den Städtischen Krankenanstalten etwas über das Psychiatrische Landeskrankenhaus und dessen Ärzte. Er war auf dem Weg zur Visite und versprach zurückzurufen. Aber nach einer Stunde klingelte es, und er stand vor der Tür. »Ich dachte, ich schaue lieber bei dir vorbei. Wir sehen uns so selten.«

Wir saßen bei offener Balkontür auf den Ledersofas in meinem Wohn- und Arbeitszimmer. Ich entkorkte den Wein und erzählte Philipp von meinen Recherchen im Psychiatrischen Landeskrankenhaus: »Ich blicke nicht durch. Wendt mit seinen dummen Lügen, der Finsterling Eberlein und die Andeutungen des Wärters über den Liebling des Direktors – kannst du dir einen Reim darauf machen?«

Philipp trank das Glas mit meinem guten Elsässer Riesling auf einen Zug leer und hielt es mir wieder hin. »Am Freitag haben wir im Yachtclub Frühlingsfest. Ich nehme dich mit, und du kannst in Ruhe mit Eberlein reden.«

»Eberlein hat eine Yacht?«

»Die *Psyche*. Eine Halberg-Rassy 352, Segeleigenschaften wie ein Dreivierteltonner, das Feinste vom Feinen.« Philipps Glas war schon wieder leer. »Du nennst Eberlein einen Finsterling – ich weiß nur, daß er als energischer, eigenwilliger Chef bekannt ist. Das LKH war ziemlich runtergekommen, und er hat es wieder hochgebracht. Fachlich gilt er als Traditionalist, aber ich glaube nicht, daß ein Reformer es anders und besser gemacht hätte. Daß er Wendt protegiert, paßt nicht ins Bild. Er wird nicht alle Ärzte gleich schätzen. Vielleicht mag er Wendt besonders. Aber wenn Wendt, von dem ich noch nie gehört habe, den Mist gemacht hat, den du beschreibst, möchte ich nicht in seiner Haut stecken.«

»Und in deiner Haut?« Philipp hatte auch das dritte Glas hinuntergestürzt, drehte den Stil zwischen den Fingern und schaute unglücklich.

»Füruzan ist bei mir eingezogen.«

»Einfach so?«

Er lächelte säuerlich. »Wie im Werbefilm der Bausparkasse. Es klingelte, sie stand mit Sack und Pack vor der Tür, mit einem Typen, einem Spediteur, der ihre Sachen in meine Wohnung schaffte.«

Ich war beeindruckt. Seit ich ihn kenne, bandelt Philipp mit Frauen an, führt sie ein paarmal aus und ins Bett, und das war's. Mit Krankenschwestern, pflegt er zu sagen, ist es wie mit Krankenhäusern: Entweder du bist schnell wieder weg, oder du bist ein hoffnungsloser Fall. Also paßt er bei Krankenschwestern besonders auf. Auch wegen des Betriebsklimas. Und alles das wirft Füruzan, die stolze, üppige türkische Krankenschwester, im Handstreich und mit Erfolg über den Haufen.

»Wann war das?«

»Vor zwei Wochen. Ich hätte damals die Tür sofort wieder zumachen müssen. Zumachen und abschließen. Das war nicht fair von ihr. Aber ich hab's einfach nicht gepackt.«

Turbo kam von den Dächern über den Balkon ins Zimmer.

Philipp machte »miez, miez« und streckte die Hand aus. Der Kater stolzierte an ihm vorbei. »Siehst du, so steht es mit mir. Er riecht den kastrierten Mann und wendet sich ab.«

Ich roch etwas anderes. Philipp war nicht nur vorbeigekommen, weil wir uns so selten sehen. Als ich die nächste Flasche aus der Küche brachte, rückte er damit heraus. »Danke, mir nur noch einen kleinen Schluck. Ich muß gleich weg, und wenn Füruzan hier anrufen und nach mir fragen sollte... ich weiß nicht, ob sie das macht, aber wenn... könntest du dann bitte... Ich meine, als Privatdetektiv weißt du doch, wie man so eine Situation handhabt. Könntest du ihr zum Beispiel sagen, daß ich mit dem Auto Ärger hatte und zu einem Mechaniker gefahren bin, den du kennst und der nur noch heute abend... bei dem warte ich, und er hat kein Telephon. Verstehst du?«

»Wer ist sie denn?«

Er hob bedauernd Schultern und Hände. »Du kennst sie nicht. Sie ist Schwesternschülerin, kommt aus Frankenthal, aber hat eine Figur... Brüste, sage ich dir, Brüste wie reife Mangofrüchte und einen Hintern wie... wie...«

Ich schlug Kürbisse vor.

»Genau, Kürbisse. Oder vielleicht Melonen, nicht die gelben, sondern die grünen mit dem roten Fleisch. Oder auch...« Es fiel ihm nicht ein.

»Sag Füruzan meinethalben, daß du und ich ausgegangen sind. Ich nehme das Telephon heute abend nicht mehr ab.«

Dann war er weg, und ich saß, schaute in die Dämmerung und dachte über meinen Fall und meinen Freund Philipp nach. Füruzan rief nicht an. Um zehn Uhr kam Brigitte. Ich war nun doch neugierig geworden. Ehe sie das Nachthemd überstreifte, guckte ich schnell und scharf. Kürbis? Nein, und auch nicht Melone, weder Zucker- noch Wassermelone. Belgische Tomate.

10

Scott am Südpol

Hauptkommissar Nägelsbach ist stets von gleichbleibender, zurückhaltender Höflichkeit. So war er schon, als wir uns im Krieg bei der Staatsanwaltschaft Heidelberg kennenlernten, und so ist er mir gegenüber geblieben, als wir Freunde wurden. Das Alter, in dem Freundschaften von Herzensergüssen leben, ist für uns beide lange vorbei.

Als ich ihn am nächsten Morgen in der Polizeidirektion Heidelberg besuchte, stimmte etwas nicht. Er blieb hinter dem Schreibtisch sitzen und ergriff meine ausgestreckte Hand erst, als ich sie schon wieder zurückziehen wollte. »Nehmen Sie Platz!« Er winkte mich zum Stuhl, der neben dem Schrank stand, Meter entfernt vom Schreibtisch. Als ich den Stuhl holte und mich an den Schreibtisch setzte, runzelte er die Stirn, als träte ich ihm zu nahe.

Ich faßte mich kurz: »Ein Fall hat mich ins Psychiatrische Landeskrankenhaus geführt. Dort kam mir manches spanisch vor. Sagen Sie – hat die Polizei unlängst dort zu tun gehabt?«

»Ich sehe mich außerstande, Ihnen Einblick in unsere Arbeit zu geben. Es ist gegen die Vorschriften.«

Wir haben uns noch nie um die Vorschriften gekümmert, sondern einander die Arbeit und das Leben leichter gemacht. Er weiß, daß ich keinen Unfug mit dem treibe, was er mir anvertraut, und ich weiß es ebenso, wenn ich ihm etwas anvertraue. Ich verstand nicht: »Was ist denn in Sie gefahren?«

»Gar nichts ist in mich gefahren.« Er schaute mich feindselig durch die kleinen, runden Gläser seiner Brille an. Ich hatte eine scharfe Antwort auf den Lippen. Dann begriff ich. Der

Blick war nicht feindselig, sondern unglücklich. Jetzt hatte er ihn gesenkt und sah vor sich auf die Zeitung. Ich stand auf und trat neben ihn.

Monumente Italiens, in Kork modelliert – der Zeitungsartikel berichtete über eine Ausstellung in Kassel, auf der antike Bauten, vom Pantheon bis zum Kolosseum, zwischen 1777 und 1782 von Antonio Chichi in Rom in Kork gefertigt, zu bewundern waren. »Lesen Sie den Schluß!« Ich beeilte mich. Am Ende des Berichts wurde ein Leipziger Kunsthändler zitiert, der 1786 nichts fähiger fand, einen richtigen und erhabenen Begriff der Originale zu geben, als meisterhafte Korkmodelle. In der Tat hätte ich die Abbildung des Modells vom Kolosseum bei entsprechendem Hintergrund für ein Bild des Originals genommen.

»Ich fühle mich wie Scott, der am Südpol das Zelt von Amundsen findet. Helga meint, wir sollten am Wochenende nach Kassel fahren; ich würde sehen, daß es wie Äpfel und Birnen ist. Aber ich weiß nicht.«

Auch ich wußte nicht. Mit fünfzehn hat Nägelsbach angefangen, bedeutende Baudenkmale aus Streichhölzern nachzubilden. Gelegentlich hat er sich an anderem versucht, an Dürers *Betenden Händen* und am Goldhelm von Rembrandts *Mann mit dem Goldhelm*, aber sein Lebensehrgeiz und sein Ruhestandsvorhaben ist der Nachbau des Vatikans. Ich kenne und schätze Nägelsbachs Arbeiten, aber eine den Korkmodellen vergleichbare Illusion von Wirklichkeit vermitteln sie tatsächlich nicht. Was sollte ich ihm sagen? Daß Kunst nicht Abbilden, sondern Gestalten bedeutet? Daß im Leben nicht das Ziel zählt, sondern der Weg? Daß die schöne Literatur sich nicht Amundsens angenommen hat, sondern Scotts?

»Woran arbeiten Sie gerade?«

»Ausgerechnet am Pantheon. Seit vier Wochen. Warum habe ich mich nicht für die Brooklyn-Brücke entschieden.« Er ließ die Schultern hängen.

Ich wartete eine Weile: »Kann ich morgen noch mal kommen?«

»Psychiatrisches Landeskrankenhaus sagten Sie? Ich ruf Sie an, wenn ich was weiß.«

Mit einem tiefen Gefühl der Vergeblichkeit fuhr ich zurück nach Mannheim. Der Kadett schnurrte über den Asphalt. Manchmal knatterten die Reifen auf den gelben Knöpfen, die bei den Baustellen die Änderung der Fahrbahn markieren. Zu scheitern fällt im Alter nicht leichter als in der Jugend. Zwar erwischt es einen nicht zum erstenmal, aber womöglich zum letzten.

Im Büro klang Salgers gepreßte Stimme vom Anrufbeantworter. Er bitte dringend um Nachricht. Ich solle ihn über seinen Anrufbeantworter vom Stand der Ermittlungen unterrichten. Er habe eine weitere Abschlagszahlung auf den Weg gebracht. Auch seine Frau bitte dringend um Nachricht. Er wolle nicht drängen, und dann drängte er, bis mein Anrufbeantworter ihm nach zwei Minuten das Wort abschnitt.

11

Bilder einer Ausstellung

Nägelsbach ließ mich nicht lange warten. Er habe ein bißchen herumgehört, viel gebe es nicht: »Ich kann Sie gleich am Telephon ins Bild setzen.« Ich wollte ihn lieber treffen. »Heute abend? Nein, das geht nicht. Aber morgen früh bin ich wieder im Büro.«

Es wurde eine Fahrt, die ich nicht vergessen werde. Beinahe wäre alles zu Ende gewesen. Bei der Baustelle in Friedrichsfeld, wo weder Mittelstreifen noch Leitplanken die Fahrbahnen der Autobahn trennen, kam ein Möbelwagen ins Schleudern, zog von der anderen über meine Fahrbahn gegen die Böschung und stürzte um. Ich war wie gelähmt. Der Möbelwagen schob sich über die Fahrbahn, mein Auto trieb auf ihn zu, als wolle es ihn rammen, der Möbelwagen wurde größer, war nah und hoch über mir. Ich habe nicht gebremst und mein Auto nicht nach links gezogen. Ich war völlig gelähmt.

In Sekundenbruchteilen war alles vorbei. Der Möbelwagen stürzte krachend um, Bremsen und Hupen schrien, und ein Auto, das die Spur verrissen hatte, schrammte kreischend an einem anderen entlang, das zum Stehen gebracht worden war. Ich hielt auf dem Seitenstreifen der Autobahn, stieg aus und konnte keinen Schritt tun. Dann fing das Zittern an, ich mußte die Muskeln anspannen und die Zähne aufeinanderbeißen. So stand ich, sah die Schlange der Autos wachsen, den Fahrer des Möbelwagens aus dem Führerhaus klettern, Schaulustige um die aufgesprungene Ladetür klumpen, den Polizeiwagen kommen und auch den Krankenwagen, der gleich wieder wegfuhr. Manchmal schlugen mir die Zähne aufeinander.

Aus dem Wagen, der hinter mir gehalten hatte, kam ein Mann zu mir. »Soll ich Ihnen einen Arzt holen?« Ich schüttelte den Kopf. Er faßte meine beiden Arme, schüttelte mich, nötigte mich an der Böschung zum Sitzen und zündete eine Zigarette an. »Mögen Sie?«

Ich konnte nur daran denken, daß man in den Monaten mit ›r‹ nicht auf bloßem Boden sitzen soll, und wir hatten April. Ich wollte aufstehen, hatte Angst um Blase und Prostata, aber der Mann hielt mich fest.

Nach der Zigarette ging's allmählich wieder. Der Mann redete drauflos. Ich wußte schon wenige Sätze später nicht mehr, was er erzählt hatte. Als er ging, wußte ich auch nicht mehr, wie er aussah. Aber vor den Polizisten konnte ich meine Aussage schon wieder machen, ohne zu zittern.

Der Verkehr wurde Auto um Auto am gestürzten Möbelwagen vorbeigewunken. Aus der aufgesprungenen Ladetür war Umzugsgut auf die Autobahn gefallen, Bilder einer Ausstellung in Mannheim. Sie sollten unter Aufsicht des Custos der Mannheimer Kunsthalle geborgen werden. Über eine fast leere Autobahn fuhr ich nach Heidelberg.

Was Nägelsbach wußte, wußte er aus einer Akte eines Kollegen. Der war zur Zeit in Kur. »Seine Berichte sind sehr dürftig. Ihm ging's wohl schon lange schlecht. Jedenfalls steht fest, daß es in den letzten Jahren gelegentlich Ärger im Psychiatrischen Landeskrankenhaus gab.«

»Ärger? Was ist das? Ist es Ärger, wenn ein Patient aus dem Fenster stürzt und sich den Hals bricht?«

»Um Gottes willen, nein. Ich rede von kleinen Pannen, kleinen Unfällen. Vielleicht ist Ärger überhaupt schon zuviel gesagt. Daß die Heißwasserversorgung zusammenbricht, Essen verdorben ist, die Fenster, die eingebaut werden sollen und im Hof stehen, zerschlagen werden, ein Patient ein paar Tage zu spät entlassen wird, ein Wärter von der Treppenleiter fällt – hat es überhaupt etwas zu bedeuten? Die Anzeigen sind auch nie von der Leitung gekommen, sondern nur von

Patienten, Angehörigen oder anonym. Wenn man heute bei Anstalten und Heimen nicht so höllisch aufpassen müßte ...«

»Geht es über das hinaus, was in jeder großen Organisation eben so passiert?«

Nägelsbach stand auf: »Kommen Sie mit.« Wir gingen auf den Flur, bogen um die Ecke und schauten durchs Fenster in den Hof der Polizeidirektion. »Was sehen Sie, Herr Selb?«

Links waren drei Polizeiwagen geparkt, rechts war der Boden aufgegraben und wurden Leitungen verlegt, die Fenster zum Hof waren teils offen, teils zu. Nägelsbach schaute zum blauen Himmel, über den ein frischer Wind kleine weiße Wolken trieb. »Einen Moment noch«, sagte er, und dann, als eine Wolke die Sonne verdeckte, gingen an allen Fenstern die Jalousien runter. Die Wolke zog weiter, und die Jalousien blieben unten.

»Von den drei Wagen stehen zwei fast immer hier, weil sie kaputt sind, die Abwasserleitung ist in diesem Jahr schon einmal aufgegraben und wieder zugeschüttet worden, und die Jalousien lassen sich jeden Sommer einen neuen Schabernack einfallen. Ist das noch, was in jeder großen Organisation eben so passiert? Oder stecken die Terroristen dahinter, die Autonomen, die Anarchos, die Skinheads?« Nägelsbach schaute mich ausdruckslos an.

Wir gingen zurück in sein Zimmer. »Und haben Sie etwas über einen Dr. Wendt?«

»Einen Moment. Das Terminal steht in einem anderen Zimmer.« Er kam ohne Ausdruck zurück. »Im Computer haben wir nichts. Aber wenn ich den Namen höre, klingelt's. Ob zu Recht, weiß ich nicht. Ich muß die Akten wälzen, die wir aus Datenschutzgründen vernichten sollten und nicht im Computer nachweisen können. Ich will mich beeilen, aber ganz schnell wird es nicht gehen. Wann brauchen Sie's?«

Ich sagte »gestern« und meinte es auch. Was ich zu tun hatte, war allerdings auch ohne Akte Wendt klar. Wendt war meine Spur, egal ob heiß, warm oder auch kalt. Ich mußte rauskriegen, was für einer er war, mit wem er verkehrte, ob er mit Leo Kontakt hatte. Leo und ihr soziales Umfeld durften von meiner Suche nichts merken. Bei Wendt mußte ich nicht so zimperlich sein.

12
Vergebens

Als Wendt am Abend gegen sieben Uhr aus dem Psychiatrischen Landeskrankenhaus kam, sich in den Wagen setzte und Richtung Heidelberg fuhr, folgte ich ihm. Ich hatte seit zwei Stunden gewartet und die Zigarettenstummel aus dem Fenster geworfen, weil sie nicht mehr in den Aschenbecher paßten. Die Sweet Afton ist eine filterlose Zigarette, die rückstandslos und umweltfreundlich ausbrennt.

Die B 3 fährt sich gut, und mit seinem kleinen Renault legte Wendt ein flottes Tempo vor. Ich verlor ihn manchmal aus dem Auge, holte ihn immer wieder an roten Ampeln ein, folgte ihm in die Rohrbacher Straße, bog hinter ihm in den Gaisbergtunnel, ums Karlstor und in die Hauptstraße. Der Kadett holperte über das Kopfsteinpflaster. Wir parkten unter dem Karlsplatz. Wendts Parkplatz war für Behinderte reserviert, meiner für Frauen. Wendt hastete aus dem Auto, stürzte die Treppe hoch, rannte über den Platz, die Hauptstraße entlang, an Kornmarkt und Heilig-Geist-Kirche vorbei. Ich schaffte es nicht, hinter ihm herzurennen. Seine Gestalt im wehenden hellbeigen Regenmantel wurde kleiner. Ich blieb an der Rathausecke stehen, preßte die Hand gegen die Seite und versuchte, das stechende Pochen zu beruhigen.

Hinter der Florin-Gasse, unter einem Schild mit einer goldenen Sonne, eilte er in einen Hauseingang. Ich wartete, bis das Pochen schwächer wurde. Marktplatz und Hauptstraße lagen ruhig; zum Einkaufen war es zu spät und zum Flanieren zu früh. An den Häusern um den Marktplatz hat steuerbegünstigter denkmalschützender Sanierungseifer seine Spuren hinterlassen. Mir fiel auf, daß in der Nische an der Ecke des

Rathauses der in Stein gehauene Kriegsgefangene fehlte, der hier jahrzehntelang in langem Mantel, mit eingefallenem Gesicht und ausgemergelten Händen gewartet hatte. Wer mochte ihn heimgeholt haben und wohin?

Unter dem Schild mit der goldenen Sonne war das Ristorante Sole d'Oro. Ich warf einen Blick hinein; Wendt und eine junge Frau bekamen gerade die Speisekarten gereicht. Gegenüber, im Café Bistro Villa fand ich einen Tisch am Fenster und hatte den Eingang im Visier. Lange nach der Cassata, beim zweiten Espresso und zweiten Sambuca traten Wendt und seine Begleiterin auf die Straße. Sie schlenderten ein paar Häuser weiter zum Kino Gloria. Ich sah den Film drei Reihen hinter ihnen. Ich erinnere mich an die Verzweiflung einer Frau, die schizophren wird, und den Anblick alter, herrschaftlicher Fassaden, eines festlich gedeckten Tisches auf einer Terrasse über dem Meer und der Sonne, die groß und rot am dunstigen Abendhimmel hängt. Als ich aus dem Kino kam, war ich benommen von den Bildern und paßte nicht auf. Die beiden waren weg. Durch die Hauptstraße schob sich ein dichter Strom von Studenten, manche mit bunten Mützen und Bändern, von Amerikanern, Holländern und Japanern, von lauten jungen Leuten aus dem Umland.

Lange wartete ich beim Parkhaus auf Wendt. Als er kam, war er allein. Er fuhr ruhig, Friedrich-Ebert-Anlage, Kurfürstenanlage, am Neckar entlang bis Wieblingen. Er parkte am Ende der Schustergasse. Ich konnte die Hausnummer nicht erkennen, aber sah ihn das Gartentor auf- und zuschließen, um das Haus herum- und eine Treppe hinuntergehen. Dann wurden die Fenster der Souterrainwohnung hell.

Ich fuhr über die Dörfer nach Hause. Der Vollmond warf sein weißes Licht auf Felder und Dächer. Zu Hause ließ er mich lange nicht einschlafen. Dann träumte ich von ihm; er schien auf eine Terrasse mit festlich gedecktem Tisch, und ich wartete vergebens auf Gäste, die ich nicht eingeladen hatte.

13
Ja und nein

Ein Vorteil des Alters ist, daß einem alle alles glauben. Wir sind nur zu müde, unsere Chancen als Hochstapler und Heiratsschwindler zu nutzen. Was sollten wir auch mit dem Geld?

Als ich mich als Wendts Vater vorstellte, zweifelte die Vermieterin keinen Moment.

»Ah, Sie sind der Herr Vater vom Herrn Doktor!«

Frau Kleinschmidt musterte mich neugierig. Ihre geblümte Kittelschürze hielt zwei Zentner, die zwischen den Knöpfen kleine Wülste warfen. Die unteren Knöpfe hatten beim Bükken gestört und standen offen, der blaßrosa Unterrock schien hervor. Frau Kleinschmidt hatte sich gerade um die Erdbeeren gekümmert, als ich die Treppe zu Wendts Souterrainwohnung hinabgestiegen war und vergebens geklingelt und geklopft hatte. Als ich wieder hochgekommen war, hatte sie mich zu sich gerufen.

Ich sah kopfschüttelnd auf meine Uhr: »Um fünf wollte mein Sohn heute zu Hause sein, aber jetzt haben wir viertel nach, und er ist noch nicht da.«

»Normalerweise kommt er nie vor dreiviertel sieben.«

Ich hoffte, auch heute nicht. Vor zwanzig Minuten war sein Auto noch vor dem Psychiatrischen Landeskrankenhaus gestanden. Ich hatte um halb fünf Posten bezogen, plötzlich die Lust am Warten verloren und mich der Glaubwürdigkeit des Alters erinnert. »Ich weiß, er arbeitet sonst bis sechs oder länger, aber er hat gesagt, daß er heute früher wegkann. Ich hatte geschäftlich in Heidelberg zu tun und muß heute abend wieder weg. Darf ich mich auf die Bank setzen?«

»Ich kann Sie doch in die Wohnung von Ihrem Herrn Sohn lassen, warten Sie, ich hol gerade den Schlüssel.« Mit dem Schlüssel brachte sie einen Teller mit Marmorkuchen. »Ich hätt's ihm sonst vor die Tür gestellt.« Sie drückte mir den Teller in die Hand und schloß auf. »Vielleicht mögen Sie versuchen. Was, haben Sie gesagt, haben Sie in Heidelberg gemacht?«

»Ich bin bei der Badischen Beamtenbank.« Immerhin habe ich dort mein Konto. Und der alte graue Anzug, den ich anhatte, paßt zu einem badischen Beamten, der sich ins Bankfach verirrt hat. Frau Kleinschmidt fand mich hinreichend reputierlich und nickte mehrmals respektvoll. Das Kinn verdoppelte, verdreifachte, vervierfachte sich.

In Wendts Wohnung war es kühl. Vom Gang gingen vier Türen ab, links ins Badezimmer, rechts in ein Wohnzimmer, in ein Arbeits- und Schlafzimmer und geradeaus in die Besenkammer. Die Küche lag hinter dem Wohnzimmer. Ich wollte um sechs wieder draußen sein und beeilte mich. Nach dem Telephon suchte ich vergebens; Wendt hatte keines. Also lag auch kein Büchlein mit Namen, Adressen und Telephonnummern neben dem Telephon. In den Schubladen der Kommode waren nur Hemden und Wäsche, im Schrank nur Hosen, Jacken, Pullover. In den Holzkästen, die Wendt als Böcke für die Schreibplatte benutzte, standen Leitzordner, Fachbücher und ein Lexikon, noch in Klarsichtfolie eingeschweißt, lagen Briefe, lose und in Bündeln, Rechnungen, Mahnungen, Strafzettel und dicke Stöße weißes Papier. Als hätte er ein großes Buch schreiben wollen und sich schon einmal mit Papier eingedeckt. An dem Korkbrett über der Schreibplatte hingen das Kinoprogramm vom ›Gloria‹, ein Prospekt für eine Mundddusche, eine Ansichtskarte aus Istanbul und eine aus Amorbach, ein Schlüssel, ein Einkaufszettel und ein Cartoon mit zwei Männern. »Fällt es Ihnen eigentlich schwer, Entscheidungen zu treffen?« fragte der eine den anderen. »Ja und nein.«

Ich nahm die Ansichtskarten ab. Aus Istanbul grüßten ein dankbarer ehemaliger Patient und seine Frau, aus Amorbach Gabi, Klaus, Katrin, Henner und Lea. Amorbach im Frühling sei wunderschön, die Kinder und Lea vertrügen sich prächtig, der Umbau der Mühle sei fast fertig, und er solle die Einladung nicht vergessen. Gabi hatte geschrieben, Klaus mit Schwung und Schnörkel unterzeichnet, Katrin und Henner hatten mit Kinderschrift gekrakelt, und von Lea stammte: »Hi, Lea.« Ich sah genau hin, aber es blieb dabei, Lea, nicht Leo.

In den Leitzordnern waren das Material und die Entwürfe zu Wendts Doktorarbeit. Die gebündelten Briefe waren zehn und mehr Jahre alt; in den offenen berichtete die Schwester von ihrem Leben in Lübeck, die Mutter aus den Ferien und ein Freund über Fachliches. Ich wühlte auf der Schreibplatte im Durcheinander von Büchern, Zeitungen, Krankenberichten und Papieren, fand ein Sparbuch, ein Scheckheft und einen Paß, Prospekte für Kanada, den Entwurf einer Bewerbung an ein Krankenhaus in Toronto, die Nachrichten der Wieblinger Kreuzkirchengemeinde, einen Zettel mit drei Telephonnummern und den Anfang eines Gedichts.

Daß im Unendlichen
sich Parallelen
schneiden
wer kann das wissen?
Daß du und ich . . .

Für »du und ich« hätte ich gerne eine optimistische Fortsetzung gehabt. Daß Parallelen sich im Unendlichen schneiden, hat schon mein Vater, Beamter bei der Reichsbahn, unter Hinweis auf deren Schienenstränge widerlegt.

Ich schrieb die drei Telephonnummern ab. Im Bücherregal fand ich ein Photoalbum, das Wendts Kindheit und Jugend dokumentierte. Im Badezimmer hatte er das Photo eines nackten Mädchens an den Spiegel geklemmt. Unter dem Spiegel lag ein Päckchen mit Präservativen.

Ich gab auf. Was immer Wendt verbarg – seine Wohnung gab es nicht preis. Ich stand noch ein paar Minuten bei Frau Kleinschmidt zwischen den Erdbeeren. Ich zeigte ihr Leos Bild und erzählte, wie glücklich meine Frau und ich seien, daß unser Sohn diese nette junge Frau gefunden habe. Sie kannte Leo nicht.

14
Zwanzig Schlümpfe

Im Büro lag der Umschlag mit Salgers weiterer Abschlagszahlung. Es waren wieder fünfzig Hundertmarkscheine. Ich rief Salgers Anrufbeantworter an, bestätigte den Eingang und erzählte, daß Leo im Psychiatrischen Landeskrankenhaus gewesen sei, daß sie es wieder verlassen habe und daß ich mehr noch nicht wisse.

Dann rief ich die Telephonnummern an, die Wendt notiert hatte, eine Münchener, eine Mannheimer und eine, die mir die Auskunft als Amorbacher Nummer identifizierte. In München nahm niemand ab, in Mannheim meldete sich das Zentralinstitut für Seelische Gesundheit, und in Amorbach antwortete eine Frauenstimme mit dickem amerikanischem Akzent.

»Hallo, hier bei Dr. Hopfen.« Im Hintergrund lärmten Kinder.

Ich versuchte es einfach: »Ist Herr Dr. Hopfen da? Wir haben in der Mühle isoliert, und ich soll noch mal nachprüfen.«

»Ich höre Sie so schlecht«, die Kinder waren näher und lauter, »wer sind Sie?«

»Selb, Isolationsdienst. Der Keller der Mühle war feucht, und wir haben ...«

»Einen Moment, bitte.« Sie hielt die Hand auf den Hörer, aber ich hörte jedes Wort, mit dem die Kinder einander überschrien und das sie dagegenhielt. Dreiundzwanzig Schlümpfe hatte Henner Katrin zum Spielen gegeben, nein, einundzwanzig hatte Katrin von Henner bekommen, und nur achtzehn hatte er von ihr zurückbekommen, nein, neunzehn hatte sie ihm zurückgegeben. »Achtzehn!« »Neunzehn!« »Siebzehn!« Lea erhob Beweis. »Eins, zwei, drei ... zwanzig.

Zwanzig Schlümpfe habt ihr, und das ist mehr, als du gezählt hast, und du hast mehr als genug.« Zwanzig – das brachte die Kinder erst einmal in Verwirrung und zum Schweigen. »Sie wollen Herrn Dr. Hopfen sprechen, weil Sie in der Mühle wollen? Die Maler sind dort, Sie können ohne Problem in die Keller. Das heißt, jetzt ist Feierabend, aber morgen werden die Maler wieder arbeiten.«

»Vielen Dank. Sie sind aus England?«

»Ich bin aus Amerika, das Au-pair von die Hopfen-Familie.«

Einen Augenblick warteten wir beide, ob der andere noch etwas sagen werde. Dann legte sie wortlos auf. Ich gab der Zimmerpalme Wasser. Mir ging etwas im Kopf herum, aber ich wußte nicht, was.

Philipp rief an: »Ich wollte dich erinnern, Gerd, das Frühjahrsfest im Yachtclub ist morgen abend. Es geht um sieben los, die meisten kommen zwischen acht und neun. Acht ist eine gute Zeit, wenn du Eberlein nicht erst im Trubel suchen willst. Bring Brigitte mit!«

Ich verbrachte den nächsten Tag in der Stadtbücherei und las über Psychiatrie. Ich hoffte, als informierter Gesprächspartner mehr von Eberlein über das Psychiatrische Landeskrankenhaus und darüber zu erfahren, was Wendt dort für, mit oder gegen Leo gemacht hatte und verbarg. Ich lernte die Auflösung der Psychiatrischen Anstalt in Triest und die Reform des Psychiatrischen Landeskrankenhauses in Wunstorf kennen. Ich sah, daß die Veränderungen, die mir im hiesigen Psychiatrischen Landeskrankenhaus aufgefallen waren, Bestandteil einer großen Entwicklung von der verwahrenden zur heilenden Psychiatrie waren. Ich fand geistige Gesundheit als die Fähigkeit definiert, das soziale Spiel gut zu spielen. Geistig krank ist, wen wir nicht mehr ernst nehmen, weil er nicht oder schlecht mitspielt – mir kroch es kalt den Rücken hoch.

15
Porzellan zerschlagen

Yachtclubs, Ruderclubs, Reitclubs, Tennisclubs – ihre Häuser sehen aus, als seien sie, mal mehr und mal weniger aufwendig, von den Angehörigen ein und derselben phantasielosen Architektenfamilie gebaut. Unten die Boots-, Geräte-, Dusch- und Umkleideräume, oben die Halle mit Bar für gesellschaftliche Ereignisse, ein bis zwei Nebenräume und eine Terrasse. Diese ging zum Rhein und zur Friesenheimer Insel.

Bei meinem Weg durch die Halle verlor ich Brigitte. Im Auto hatten wir wieder einmal gestritten, weil sie heiraten möchte und ich nicht. Oder jedenfalls noch nicht. Sie sagt dann, daß ich mit meinen neunundsechzig Jahren nicht jünger werde, ich sage, daß man nie jünger wird, und sie sagt, daß ich Unsinn rede. Wo sie recht hat, hat sie recht. Also verstumme ich verstockt. Als wir zwischen den vielen Mercedes, BMW und sogar zwei Jaguars und einem Rolls-Royce geparkt hatten, ich um das Auto herumgegangen war und ihr die Tür aufgemacht hatte, war sie schön und abweisend ausgestiegen.

Sie standen an der Brüstung der Terrasse, Philipp mit Füruzan und Eberlein, bei dem sich eine junge Frau eingehängt hatte.

»Gerd!« Füruzan gab mir auf beide Backen einen Kuß, Philipp drückte meinen Arm.

Eberlein stellte mich seiner Frau vor und nahm rasch das Heft in die Hand. »Laßt uns ein bißchen allein, Kinder, wir alten Herren haben miteinander zu reden.«

Er lenkte mich zu einem Tisch. »Sie kommen, um mit mir zu sprechen, und was soll ich Sie auf die Folter spannen. Sie haben in der Anstalt nach einer jungen Dame geforscht und nichts erfahren, außer daß sie bei uns Patientin war. Wendt hat Sie mit irgendeiner Geschichte abgespeist, und ich bin ins Philosophieren gekommen. Nun wollen Sie mich auf neutralem Boden ein wenig aushorchen. Ist schon recht, ist schon recht.« Er hatte wieder sein gemütliches Lachen, war ganz Harmlosigkeit. Er nahm eine Zigarette an, lehnte das Feuer ab und drehte das weiße Stäbchen zwischen den Kuppen von Daumen und Mittelfinger, während ich rauchte. Seine dicken Finger vollführten die Bewegung ganz zärtlich.

»Aushorchen – meinethalben können wir's so nennen. Da erzählt mir ein junger Arzt Ihrer Anstalt, eine Patientin, die ich im Auftrag ihres Vaters suche, sei aus dem Fenster gestürzt und gestorben. Niemand sonst weiß von diesem Unfall. Ich soll mir keinen Bären aufbinden lassen, sagt ein Mitarbeiter Ihrer Anstalt, als ich ihm berichte, was ich gehört habe. Als er erfährt, von wem ich es gehört habe, will er nichts gesagt haben. Dann höre ich von Pannen und Unfällen im Psychiatrischen Landeskrankenhaus, und Sie erzählen mir von Infekten und Infarkten, Viren und Bakterien. Ja, ich bin für jede Aufklärung dankbar.«

»Was wissen Sie über Psychiatrie?«

»Ich habe einiges gelesen. Vor Jahren war ein Freund von mir im Psychiatrischen Landeskrankenhaus, und ich habe gesehen, wie es damals zuging und daß sich seitdem vieles verändert hat.«

»Und was wissen Sie von der Verantwortung und Belastung psychiatrischer Arbeit? Von den Sorgen, die man nicht mit dem weißen Kittel in den Spind hängen kann, die einen nach Hause begleiten, in den Schlaf verfolgen und am nächsten Morgen beim Aufwachen erwarten? Was wissen Sie davon? Sie mit Ihren Scherzen über Viren, Bakterien, Infekte und Infarkte ...«

»Aber Sie haben doch ...« Ich kam nicht mit. Oder, dachte ich, ist's mit den Psychiatern wie mit den Feuerwehrmännern, die verkappte Brandstifter, und den Polizisten, die verkappte Verbrecher sind? Ich sah ihn verwirrt an.

Er lachte und klopfte mehrmals vergnügt mit dem Stock auf den Boden. »Kann man mit einem derart leicht zu lesenden Gesicht Privatdetektiv sein? Aber keine Bange, ich verwirre Sie nur ein bißchen, damit Sie die Verwirrungen besser verstehen, zu denen Sie mich befragen.« Er lehnte sich zurück und ließ sich Zeit. »Seien Sie nicht zu streng mit dem jungen Wendt, fassen Sie ihn nicht zu hart an. Er tut sich nicht leicht. Dabei kann er einmal ein guter Arzt werden.«

Jetzt brauchte ich Zeit, ehe ich weiterreden konnte. »Hart anfassen – ich wollte ihm davor noch eine Chance geben.« Ich hatte keine klare Vorstellung davon, wovon ich redete. Natürlich war mir durch den Kopf gegangen, Nägelsbach von Wendts Verhalten zu erzählen oder jemandem von der Ärztekammer oder von der zuständigen kassenärztlichen Einrichtung. Aber ich sah nicht, was ich davon haben würde. Wendt mochte Ärger dadurch bekommen, und so konnte ich versuchen, ihn mit der entsprechenden Drohung unter Druck zu setzen. Aber da war auch noch das Problem, daß Leo von der Suche nichts merken sollte und ich nicht wußte, ob sich das beim Wahrmachen der Drohung vermeiden lassen würde.

»Natürlich war es töricht von Wendt, einen tödlichen Unfall zu erfinden. Aber stellen Sie sich vor, Sie sind engagierter Therapeut, erkennen die Beziehung zwischen Ihrer Klientin und deren Vater als Problemfokus, arbeiten daran, haben Erfolge, Rückschläge und schließlich den Durchbruch, bringen Ihre Klientin auf einen guten Weg. Da kommen auf einmal Sie, und in Ihnen droht der Vater – Wendt hat einfach die nächste dumme Lüge genommen, um Sie abzuwimmeln und seine Klientin abzuschirmen.«

»Und wo ist sie?«

»Herr Selb, ich weiß es nicht. Ich weiß auch nicht, ob sich die Geschichte so zugetragen hat, wie ich sie Ihnen erzählt habe. Ich habe sie Ihnen erzählt, damit Sie verstehen, was einen Arzt wie Wendt dazu bringen kann, törichte Geschichten zu erfinden.«

»Es kann also auch ganz anders gewesen sein?«

Er überging meine Frage. »Ich habe das Mädchen gemocht, unter dem depressiven Rauhreif ein fröhliches Geschöpf und überdies aus gutem Stall. Ich hoffe, sie schafft's.« Er sann vor sich hin. »Wie auch immer – jetzt habe ich meine Frau lange genug vernachlässigt. Kommen Sie!«

Er stand auf, und ich folgte ihm. Inzwischen hatte die Band zu spielen und hatten die Paare sich zu drehen begonnen. Kein Durchdrängen, kein Durchschlängeln – vor Eberlein wichen Stehende wie Tanzende unaufgefordert zur Seite. Wir fanden die anderen, und ich tanzte mit Frau Eberlein, nachdem er mit dem Stock an sein Holzbein geklopft und mich auffordernd angeschaut hatte, mit Füruzan und mit einer Frau, die mich bei der Damenwahl ansprach und um Hauptesgröße überragte. Um halb zwölf wurden mir die Menschen zuviel, der Raum zu klein, die Musik zu laut.

Ich fand Brigitte auf der Terrasse. Sie flirtete mit einem Niemand in türkisem Anzug und mit öliger Locke.

»Ich gehe. Kommst du mit?«

Sie blieb. Ich fuhr nach Hause. Um halb sieben klingelte es, und Brigitte stand mit frischen Brötchen in der Tür. Ich habe sie nicht gefragt, woher sie kam. Über dem Frühstück wollte ich um ihre Hand anhalten, aber als sie aufstand und die Eier vom Herd nahm, trat sie Turbo auf den Schwanz.

16
Breiter, gerader, schneller

Der Groschen fiel nach dem Mittagessen. Ich war im Herschelbad ein paar Bahnen geschwommen, wegen meines Rückens, und hatte auf dem Heimweg vom Markt Giovanni in der Tür zum Kleinen Rosengarten stehen sehen.

Ich begrüßte ihn. »Kollega zurück? Nix mehr Mamma mia und Sole mio?« Aber er mochte unser Deutscher-unterhält-sich-mit-Gastarbeiter-Spiel heute nicht spielen. Er hatte von Haus und Hof in Radda zu erzählen und tat sich dabei in seinem flüssigen Deutsch leichter als in unserem holprigen Kauderwelsch. Dann brachte er mir das Essen, das wieder stimmte; er selbst hatte am Morgen auf dem Großmarkt und im Schlachthof eingekauft, das Kalbsschnitzel war saftig und die Sauce aus frischen Tomaten püriert und mit frischem Salbei gewürzt. Espresso und Sambuca kamen unaufgefordert.

»Zählen Sie auf italienisch?« Giovanni stand mit Block und Stift neben meinem Tisch und rechnete zusammen.

»Sie meinen, obwohl ich gut Deutsch spreche? Ich glaube, beim Zählen fallen alle in ihre Vatersprache zurück. Obwohl Zahlen eigentlich nicht schwer sind.«

Ich dachte an das Au-pair von die Hopfen-Familie. Eins, zwei, drei... zwanzig Schlümpfe hatte sie gezählt. Auf deutsch, trotz ihres dicken Akzents und obwohl sie die Familie nicht deklinieren konnte. Brigittes Sohn Manu, der lange bei seinem Vater in Brasilien gelebt hat, inzwischen aber ein ordentliches Mannheimerisch spricht, läßt sich dadurch, daß ich ihm bei den Haus- und Rechenaufgaben helfe, vom Zählen auf portugiesisch nicht abhalten. Aber hatte Lea nicht für die streitenden Kinder Beweis erhoben?

Ich wollte sie sehen. Nur wußte ich nicht mehr, wo ich mein Auto geparkt hatte. Beim Herschelbad? Am Marktplatz? Zu Hause? Es ist traurig, den detektivischen Spürsinn zur Kompensation der eigenen Altersdefizite gebrauchen zu müssen. Das Etikett auf dem Shampoo half weiter. Es stammte aus einer Drogerie in der Neckarstadt. Mir fiel ein, daß ich nach dem Frühstück Brigitte in ihre Wohnung in der Max-Joseph-Straße gefahren, dort das Shampoo gekauft hatte und über die Kurpfalzbrücke ins Herschelbad gelaufen war.

Ich holte das Auto, fuhr über die Autobahn nach Heidelberg und am Neckar entlang bis Eberbach. Ich hatte nicht gewußt, daß die B 37 überall im Ausbau ist, breiter, gerader und schneller wird und bei Hirschhorn sogar den Berg untertunnelt. Wird sie eines Tages Autobahnformat haben? Wird eines Tages statt der würdigen Viadukte aus Sandstein, auf denen der Großherzog die Eisenbahn über die Schluchten des Odenwalds geführt hat, die Trasse einer Magnetbahn ihre Schneise durch Wald und Flur und Berg und Tal schlagen? Wird in Ernsttal eines Tages der Club Mediterranée den verwunschenen Komplex aus altem Gasthaus, Jagdhaus und stillgelegter Fabrik übernehmen? Dort, an der Straße von Kailbach nach Ottorfszell, sind die Bäume am grünsten und ist der Sandstein am rötesten und schmeckt das Bier auf der schattigen Terrasse wie ambrosischer Nektar. Warum muß es nachmittags immer Kaffee und Kuchen sein? Ich aß ein Wiener Schnitzel zum Bier und einen Salat, dessen Sauce nicht aus der Flasche kam, und blinzelte in die Sonnenstrahlen, die durchs Blätterdach brachen.

In Amorbach stieß ich am Marktplatz auf die Praxis von Dr. Hopfen und auf einen Patienten, der mir den Weg zum Privathaus wies. »Am Bahnhof vorbei, über die Bahngleise rüber und zum Hotel Frankenberg hoch. Sie fahren immer dem Schild ›Sommerberg‹ nach. Dem Doktor sein Haus ist das letzte links vor der Hotelzufahrt.«

Als ich das enge und steile Sträßlein geschafft und in der

Hotelzufahrt gewendet hatte, machte gerade ein kleines Mädchen vor dem Haus Hopfen das Zauntor auf, ließ einen Rover heraus, machte das Zauntor wieder zu und hüpfte in den Wagen. Zwei weitere Kinder tollten auf den Rücksitzen, eine Frau saß am Steuer. Ein paarmal starb der Motor ab, und ich sah mich um: Obstbäume am Hang, das Baustofflager im Tal und hinter der Bahnlinie die Kirche von Amorbach mit den zwei Zwiebeltürmen. Dann ging's zurück ins Städtchen. Vor der Abtei ließen die vielen Touristenautos gerade noch einen Parkplatz für den Rover und einen für meinen Kadett.

Ich folgte der Frau und den drei Kindern zu Fuß zum Marktplatz. Dabei war ich noch nicht sicher. Aber dann gingen sie in die Praxis, und als sie wieder herauskamen, hatte ich sie voll im Blick, und es blieb kein Zweifel. Die junge Frau war Leo. Leo mit rosa Sonnenbrille, wasserstoffsuperoxydblondem Lockenkopf und kariertem Männerhemd über den Jeans. Was sie tun konnte, um wie ein Au-pair-Mädchen aus dem mittleren Westen Amerikas auszusehen, hatte sie getan.

Ich folgte Leo und den Kindern. Sie kauften in der Metzgerei und im Käseladen ein, und während den Kindern beim Friseur die Haare geschnitten wurden, stöberte Leo in der Buchhandlung gegenüber. Bevor sie ins Auto stiegen und nach Hause fuhren, schauten sie in der Kirche mit den Zwiebeltürmen vorbei. Auch ich trat ein und freute mich an dem hellen, weiten Raum und an den Klängen der Orgel, auf der gerade der Organist übte. Im Kirchenschiff wurde Sankt Sebastian mit Pfeilen beschossen und von Irene geborgen. In der letzten Reihe kniete Leo mit den Kindern. Das kleine Mädchen guckte in der Kirche umher, und die beiden Buben ließen Kaugummiblasen knallen. Leo stützte die Hände auf die Lehne und den Kopf auf die Hände und sah ins Leere.

17
Im Wege der Amtshilfe

Um halb fünf war ich wieder in Mannheim. Ich war auf der Fahrt nicht dahintergekommen, was ich von allem halten sollte. Ich wollte mit Salger reden, nicht am Telephon und schon gar nicht über den Anrufbeantworter. Er mußte mehr wissen, als er mich bislang hatte wissen lassen.

Ich fuhr geradewegs in die Max-Joseph-Straße. Brigitte begrüßte mich, als hätten wir nie Streit gehabt. Wir hielten uns in den Armen, sie fühlte sich gut an, warm und weich, und ich ließ sie erst los, als Manu eifersüchtig an uns zerrte.

»Geht doch mit Nonni los«, schlug sie vor, »und kommt um halb acht wieder. Ich mache meine Steuererklärung fertig und koche, um halb acht ist der Sauerbraten fertig.«

Nonni ist Manus Hund, ein winziges Geschöpf, ein Suppenhund. Manu nahm ihn an die Leine, und wir machten den großen Stadtspaziergang, Neckarufer, Luisenpark, Oststadt und Wasserturm. Es ging nur langsam voran. Ich bin sonst skeptisch, was Evolution und Fortschritt angeht. Aber daß bei uns Menschen erotische Ausstrahlung nicht mehr über das Beschnüffeln von Baumstämmen und Hausecken funktioniert, ist zweifellos ein evolutionärer Fortschritt.

Von Brigitte aus rief ich bei Salger an. Der Anrufbeantworter war nicht eingeschaltet. War Salger also wieder in Bonn? Das Telephon klingelte lange vergebens. Ich versuchte es um neun und um zehn noch mal, und wieder nahm niemand ab.

Auch am Sonntag und selbst am Montagmorgen um acht waren meine Versuche umsonst. Um neun brachte ich Manu in die Schule und Brigitte in ihre Massagepraxis im Collini-Center und fuhr weiter zur Hauptpost. Wenn Salger zurück in Bonn war, war er wohl auch wieder bei der Arbeit. Im Telephonbuch Nr. 53 fand ich Bonn und unter ›Bundesregierung‹ den Bundeskanzler und siebzehn Bundesminister. Ich fing einfach vorne an, mit Bundeskanzleramt und Presse- und Informationsamt. Sie hatten keinen Ministerialdirigenten Salger. Man kannte ihn nicht beim Bundesministerium für Arbeit und Soziales, nicht bei den folgenden Bundesministerien und auch nicht beim letzten, beim Bundesministerium für Wirtschaftliche Zusammenarbeit. Beim Justizministerium nahm bis viertel nach zehn niemand ab. Dann war die Dame zwar ausgeruht und ausnehmend freundlich, konnte mir aber auch nicht mit einem Ministerialdirigenten Salger dienen. Ich griff zum Telephonbuch Nr. 39 und telephonierte in Düsseldorf die Landesregierung durch. Mir schien immerhin denkbar, daß Salger in Bonn wohnte und in Düsseldorf arbeitete. Aber es gab auch bei keinem Landesminister Nordrhein-Westfalens einen Ministerialdirigenten Salger.

Ich fuhr in die Städtischen Krankenanstalten. Jetzt wollte ich's wissen. Wollte meinen Auftraggeber stellen, diesen mysteriösen Ministerialdirigenten ohne Ministerium, Telephoninhaber ohne Telephonbucheintrag, Absender von 5000-Mark-Briefen ohne Anschrift. Ich hatte seine Telephonnummer, und die Post rückt zu einer Telephonnummer den Namen und die Adresse entweder im Wege der Amtshilfe oder bei Notfällen heraus. Ein Arzt, der beim bewußtlosen Patienten nur die Telephonnummer findet und den Namen und die Adresse braucht, kann bei der Post anrufen, sein Begehren vortragen und wird zurückgerufen. Philipp mußte mir amtshelfen.

Die Oberschwester ließ mich in sein Zimmer, Philipp war noch im OP. Zuerst wollte ich ihn um den Anruf beim Fernmeldedienst Bonn bitten, aber dann beschloß ich, es ihm zu ersparen und selbst zu lügen.

»Dr. Selb, Städtische Krankenanstalten Mannheim. Wir haben einen Unfallpatienten, bei dem wir keine Papiere finden, nur die Bonner Telephonnummer 41 17 88. Würden Sie mir bitte zu der Nummer den Namen und die Anschrift des Teilnehmers geben?«

Ich wurde zweimal weiterverbunden. Dann versprach man mir Prüfung und Rückruf. Ich nannte die Nummer von Philipps Apparat. Nach fünf Minuten klingelte das Telephon.

»Hallo?«

»Herr Dr. Selb?«

»Ja.«

»Der Anschluß 41 17 88, den Sie uns genannt haben, ist auf Helmut Lehmann zugelassen...«

»Lehmann?«

»Ludwig, Emil, Heinrich, Marta, Anton, Nordpol, Nordpol, Niebuhrstraße 46a in Bonn 1.«

Ich machte die Gegenprobe, rief bei der Telephonauskunft Inland an und bat um die Telephonnummer von Helmut Lehmann, Niebuhrstraße 46a in Bonn 1, und bekam die 41 17 88.

Es war zwanzig nach zwölf. Ich schlug im Taschenfahrplan nach: Um zwölf Uhr fünfundvierzig fuhr ein Intercity von Mannheim nach Bonn. Ich wartete nicht auf Philipp.

Um zwölf Uhr vierzig stand ich in der langen Schlange vor dem einzigen besetzten Fahrkartenschalter. Um zwölf Uhr vierundvierzig hatten der gelangweilte Beamte und sein langweiliger Computer vier Fahrgäste bedient, und ich konnte ausrechnen, daß ich vor zwölf Uhr achtundvierzig nicht zu meinem Fahrausweis kommen würde. Ich eilte auf den Bahnsteig. Um zwölf Uhr fünfundvierzig kam kein Zug, auch nicht um sechsundvierzig, siebenundvierzig, achtundvierzig und neunundvierzig. Um zwölf Uhr fünfzig verkündete der Lautsprecher, daß der Intercity 714 Patrizier fünf Minuten Verspätung habe, und um zwölf Uhr vierundfünfzig lief er ein. Es regt mich auf, obwohl ich weiß, daß es heute bei der Bahn nun einmal so zugeht, und obwohl mir Aufregung nicht guttut. Ich habe noch die Reichsbahn erlebt, pünktlich und gegenüber den Fahrgästen von nüchternem, strengem, preußischem Respekt.

Ich will über das Mittagessen im Speisewagen kein Wort verlieren. Die Fahrt am Rhein ist immer schön; ich mag die Eisenbahnbrücke von Mainz nach Wiesbaden, das Niederwald-Denkmal, die Pfalz bei Kaub, die Loreley und die Festung Ehrenbreitstein. Um vierzehn Uhr fünfundfünfzig war ich in Bonn.

Ich will auch über Bonn kein Wort verlieren. Eine Taxe brachte mich zur Niebuhrstraße 46 a. Das schmale Haus war, wie die meisten Häuser der Straße, ein Produkt der Gründerzeit mit Säulen, Kapitellen und Friesen. Im Erdgeschoß war neben dem Eingang ein winzig kleiner Laden, in dem nichts mehr auslag und verkauft wurde. »Kurzwaren« kündete die blasse schwarze Schrift auf dem grauen Milchglas über dem Eingang. Ich ging die Namen auf dem Klingelschild durch: kein Lehmann.

Ich fand Lehmann auch nicht auf den Klingelschildern von Niebuhrstraße 46 und 48. Ich las noch einmal das Klingelschild Niebuhrstraße 46a, aber es gab mir keine andere Auskunft. Dann war ich drauf und dran zu gehen. Aber ich zögerte, vielleicht weil meine Augen es schon aus den Augenwinkeln gesehen und an das Unterbewußtsein gemeldet hatten. Das kleine Schildchen »Helmut Lehmann« in der Tür des Ladens. Helmut Lehmann – nichts weiter. Die Tür war verschlossen, der Laden bot eine Theke, zwei Stühle und einen leeren Ständer für Strümpfe.

Auf der Theke standen ein Telephon und ein Anrufbeantworter.

18
Halbgott in Grau

Ich klopfte. Aber niemand stieg eine verborgene Falltür herauf oder trat aus einer versteckten Tapetentür. Der Laden blieb leer.

Dann klingelte ich im ersten Stock und traf den Eigentümer des Hauses. Die alte Witwe, die das Kurzwarengeschäft geführt hatte, war vor einem guten Jahr gestorben, ihr Enkel zahlte seitdem die Miete. »Wann kann ich den jungen Herrn Lehmann antreffen?« Der Eigentümer musterte mich aus Schweinsäuglein und redete mit wehleidigem rheinischem Tremolo. »Das weiß ich nicht. Sie wollen im Laden eine Galerie machen, hat er mir gesagt, er und seine Freunde, und da ist mal der da und mal der, und dann wieder höre und sehe ich tagelang niemand.« Als ich vorsichtig in Erfahrung zu bringen versuchte, ob er der Identität des Enkels Lehmann gewiß sei, schlug die Wehleidigkeit in Empörung um. »Wer sind Sie eigentlich? Was wollen Sie überhaupt?« Es klang nach schlechtem Gewissen, als habe er sich eigene Zweifel durch eine hohe Miete abkaufen lassen.

Ich ging zurück zum Bahnhof. Der Zug fuhr erst um siebzehn Uhr elf, und ich setzte mich ins Café gegenüber. Über der Schokolade ging ich durch, was ich wußte und was ich nicht wußte.

Ich wußte, daß Lea Leo war. Ich konnte mir auch denken, warum Leo ihren Namen ausgerechnet zu Lea variiert hatte; ich wähle meine falschen Namen auch stets nahe bei meinem richtigen. Bei einem meiner frühen Aufträge hatte ich mich in eine Bande, die mit geschmuggelten amerikanischen Zigaretten und gestohlenen deutschen Antiquitäten handelte, als

Hendrik Willamowitz eingeschleust. Irgend etwas hatte mir an dem Namen gefallen. Aber zweimal reagierte ich nicht schnell genug, als ich mit Willamowitz angeredet wurde, und war damit für den Boss erledigt. Seitdem bin ich Gerhard Sell oder Selk oder Selt oder Selln, wenn ich einen falschen Namen brauche, und so steht's auch auf meinen falschen Visitenkarten.

Aber warum brauchte Leo einen falschen Namen? Schon in der Anstalt war sie unter falschem Namen aufgetaucht und geführt worden – die Sachbearbeiterin hatte mit dem Namen Leonore Salger nichts anfangen können, und auch Wendt hatte gesagt, er habe den richtigen Namen erst von mir erfahren. Patientin im Psychiatrischen Landeskrankenhaus und amerikanisches Au-pair-Mädchen im hinteren Odenwald – gut ausgedacht, wenn man untertauchen will oder muß. Warum wollte oder mußte Leo untertauchen? Daß es für Leo nicht um eine therapeutische Abschirmung gegen den bedrohlichen Vater ging, sondern um ein Untertauchen vor dem falschen Salger, falschen oder richtigen Lehmann, dessen Hintermann oder Auftraggeber, lag auf der Hand. Wußte Wendt mehr darüber? Immerhin sprach alles dafür, daß er Leo die Au-pair-Stelle in Amorbach vermittelt hatte. Sogar Eberlein ging davon aus, daß Wendt mit dem Verschwinden von Leo zu tun hatte. Vielleicht hatte er sie schon im Psychiatrischen Landeskrankenhaus untergebracht.

Ich bestellte noch eine Schokolade und einen Mohrenkopf dazu. Wer steckte hinter Salger? Er konnte am Telephon glaubwürdig einen Bonner Ministerialdirigenten darstellen. Er wußte, daß Leo am Heidelberger Dolmetscherinstitut Französisch und Englisch studiert hatte. Er hatte ein Bild von Leo, das sie hatte machen lassen. Hatte er es von ihr?

Über dem Mohrenkopf malte ich mir eine Liebesgeschichte aus. Leo trägt eine verknautschte gelbe Bluse, schwänzt die Schule und sitzt am Rhein. Ein junger Attaché vom nahen Auswärtigen Amt kommt des Wegs. »Mein schönes Fräulein, darf ich ...« Auf einen ersten Spaziergang folgen weitere, und die Bank am Rhein bleibt nicht die einzige, auf der sie miteinander schmusen. Dann muß der Attaché nach Abu Dhabi, und sie bleibt zurück, und während er nur Schleier sieht, deren jeder ihn an Leo denken läßt, sieht Leo manchen schmucken Burschen. Rückkehr, Eifersucht, Bedrängen und Nachstellen, sie wechselt von Bonn nach Heidelberg, er folgt ihr, bedroht sie – dumme Geschichte. Was mich an ihr überzeugte, war die Örtlichkeit. Salger/Lehmann mußte einen Grund haben, seine Vaterrolle von Bonn aus zu spielen, und der nächstliegende Grund war, daß Leo aus Bonn kam.

Ich trank aus, ließ mir von der Kellnerin den Weg zur Hauptpost zeigen, zahlte und ging. Es waren nur ein paar Schritte. Daß der Name Salger im Telephonbuch Nr. 53 nicht unter Bonn zu finden war, wußte ich schon. Aber die Ministerialbeamtenwitwe, die ich mir als Leos Mutter vorstellen konnte, mochte in einer Umlandgemeinde wohnen. Ich sah das bundesdarlehengeförderte Eigenheim mit abschreibungsfähiger Einliegerwohnung vor mir, klein und weiß in kleinem, buntem Garten mit Jägerzaun darum herum. Ich fand den Namen Salger nicht unter Bad Honnef, Bornheim, Eitorf, Hennef, Königswinter oder Lohmar. Unter Meckenheim gab's immerhin einen Gartengestalter Salgert Günter und einen Unternehmensberater Salsger Philipp. Dadurch ermutigt, arbeitete ich mich durch Much, Neunkirchen-Seelscheid, Niederkassel, Rheinbach, Ruppichteroth nach St. Augustin. Hier fand ich Salger E., und das war's dann auch; Siegburg, Swisttal, Troisdorf und Windeck hatten nur noch einen Fachwerkhausrenovierer Sallert M. und eine Krankenschwester Salga Anna zu bieten. Ich notierte mir Telephonnummer und Adresse von Salger E. und nahm die nächste freie Telephonzelle.

»Ja bitte?« Die wackelige Stimme einer Frau, die von einem Kreislaufkollaps getroffen, vom Schlaganfall gezeichnet oder Alkoholikerin ist.

»Guten Tag, Frau Salger. Mein Name ist Selb. Ihr Fräulein Tochter Leonore hat Ihnen sicher erzählt von unserem Jungen, und meine Frau und ich haben uns so gefreut über die beiden und sind jetzt so in Sorge, und weil wir uns noch gar nicht begegnet sind, Sie und wir, und ich heute in Bonn bin, dachte ich ...«

»Meine Tochter ist nicht da. Bitte wer spricht?«

»Selb. Ich bin der Vater des Freundes ...«

»Ah, Sie sind vom Fernsehservice. Ich habe Sie schon gestern erwartet.«

Kreislaufkollaps konnte ich ausschließen. Es blieben Schlaganfall und Alkoholabusus. »Sind Sie um achtzehn Uhr zu Hause?«

»Gestern konnte ich den Fernsehfilm nicht sehen. Jetzt kann ich auch keine Videofilme mehr sehen.« Die Stimme wackelte noch mal und brach. »Wann kommen Sie?«

»In einer halben Stunde bin ich bei Ihnen.« Bei Hertie kaufte ich für DM 129,– einen kleinen Schwarzweiß-Fernsehapparat, für DM 9,99 einen Satz Schraubenzieher, und für DM 29,90 gab's einen grauen Monteurskittel im Angebot. Dann war ich zum Auftritt als Halbgott in Grau am Krankenbett von Frau Salger gerüstet.

19
Warum gehen Sie nicht?

Der Taxifahrer vor dem Bahnhof war's zufrieden. Die Tour nach Hangelar zur Drachenfelsstraße gehört schon zu den längeren und besseren. Daß ich den grauen Monteurskittel überzog, beobachtete er im Rückspiegel allerdings stirnrunzelnd, und als ich mit dem Fernsehapparat in der Hand durchs Gartentor zur Haustür ging, verfolgte mich sein mißtrauischer Blick. Er wartete mit laufendem Motor, ich weiß nicht, worauf. Ich klingelte zweimal, wurde nicht ins Haus gelassen, kehrte aber auch nicht zum Wagen zurück. Schließlich fuhr er. Als ich ihn nicht mehr hörte, war es ganz still. Manchmal zwitscherte ein Vogel. Ich klingelte ein drittes Mal, und die Türglocke verhallte weit weg wie ein müder Seufzer.

Das Haus war groß, und im Garten standen alte, hohe Bäume. Nur der Jägerzaun war, wie ich ihn mir vorgestellt hatte. Ich nahm einen weiten Bogen über den Rasen und kam zur Terrasse an der Rückseite. Unter grün und weiß gestreifter Markise saß sie auf rohrgeflochtenem Liegestuhl. Sie schlief. Ich setzte mich ihr gegenüber auf einen Rohrstuhl und wartete. Von weitem hätte sie Leos Schwester sein können. Von nahem zeigte ihr Gesicht tiefe Furchen und ihr halblanges aschblondes Haar graue Strähnen. Die Sommersprossen, die das Gesicht übersäten, hatten ihre Lustigkeit verloren und waren stumpf. Ich versuchte, mein Gesicht in die gleichen Falten zu legen und die dazugehörige innere Befindlichkeit herauszufinden. Ich fühlte die steilen Falten über der Nase und die scharfen Striche im Augenwinkel, als ich meine Augen in Anstrengung und Abwehr zusammenkniff.

Sie wachte auf, und ihr vorsichtig blinzelnder Blick ging zu mir, zur Flasche auf dem Tisch und wieder zu mir. »Wieviel Uhr ist es?« Sie rülpste, und der Alkohol dünstete herüber. Auch Schlaganfall konnte ich ausschließen.

»Viertel nach sechs. Sie haben ...«

»Sie glauben doch nicht, daß Sie mir so kommen können? Sie sind nicht seit sechs hier«, sie rülpste noch mal, »und Sie werden auch nicht seit sechs berechnen. Machen Sie sich an die Arbeit, der Apparat steht gleich links.« Ihr Arm zeigte zur Terrasse, griff auf dem Rückweg die Flasche und schenkte ein.

Ich blieb sitzen.

»Worauf warten Sie?« Sie trank in großen Schlucken.

»Ihr Fernsehapparat ist nicht mehr zu reparieren. Sehen Sie, ich habe Ihnen einen neuen mitgebracht.«

»Aber meiner ist doch ...« Ihre Stimme wurde weinerlich.

»Also gut, ich nehme ihn mit in die Werkstatt. Den anderen lasse ich Ihnen trotzdem hier.«

»Ich will das Ding nicht.« Sie zeigte auf den Fernsehapparat für DM 129,–, als habe er den Aussatz.

»Dann schenken Sie ihn Ihrer Tochter.«

Das Erstaunen machte ihren Blick für einen kurzen Moment wach. Sie bat mich mit normaler Stimme um die Flasche aus dem Eisschrank. Dann seufzte sie und schloß die Augen. »Meine Tochter ...«

Ich ging in die Küche und holte den Gin. Als ich zurück auf die Terrasse kam, schlief sie wieder. Ich machte eine Runde durchs Haus und fand im ersten Stock ein Zimmer, das einmal Leos gewesen sein dürfte. Am Korkbrett über dem Schreibtisch hingen mehrere Photos mit ihr. Aber Schrank, Kommode, Schreibtischschublade und Bücherregal verrieten so gut wie nichts über die ehemalige Bewohnerin. Sie hatte mit Steifftieren gespielt, Betty-Barclay-Moden getragen und Hermann Hesse gelesen. Wenn die mit L. S. signierten Zeichnungen an der Wand von ihr stammten, hatte sie nicht schlecht gezeichnet. Sie hatte für einen italienischen Schlagersänger geschwärmt, der vom Poster an der Wand lächelte und dessen Platten im Regal standen. Ratlos setzte ich mich an den Schreibtisch und studierte die Photos genauer. Mit einem Querbalken in Kniehöhe war der Schreibtisch gebaut, als sei für junge Mädchen jede Minute am Schreibtisch eine Minute zu viel. Als gelte es zu verhindern, daß sie auch nur Lesen und Schreiben und die vier Grundrechenarten lernen. Ich kann das nicht billigen; so ist das Problem der Frauenemanzipation nicht zu lösen.

Leos Photoalbum, einen dicken Band in Leinen, der Leos Leben von der Wiege über den ersten Schultag, Tanzstundenabschlußball, Schulausflüge, Abiturfeier bis ins Studium hinein dokumentierte, nahm ich mit. Warum legen Mädchen so gerne Alben an? Sie zeigen sie auch gerne, und im Zeigen liegt eine tiefe Bedeutung, ein matriarchalischer Zauber. Als ich jung war, habe ich die Einladung »Willst du meine Photos sehen?« stets als Signal zur Flucht genommen. Bei meiner Frau Klärchen habe ich das Signal überhört oder gemeint, ich dürfe nicht länger flüchten, sondern müsse standhalten.

Ohne Ziel und Plan stieg ich die geschwungene Treppe hinunter, schlenderte durch den großen Salon und blieb vor der Regalwand voller Videofilme stehen. Auf der Terrasse schnarchte Frau Salger. Kurz war ich versucht, *The Wild Bunch* zu klauen, einen Film von Peckinpah, den ich liebe und der nirgends auf Videokassette zu bekommen ist. Es war halb sieben und fing an zu regnen.

Ich trat auf die Terrasse, kurbelte die Markise zurück und setzte mich noch mal Frau Salger gegenüber. Der Regen war sanft, sammelte sich in ihren Augenkuhlen und rann über ihre Wangen wie Tränen. Mit fahrigen Bewegungen der rechten Hand versuchte sie, die Tropfen zu verscheuchen. Als das nicht ging, schlug sie die Augen auf. »Was ist los?« Ihr Blick hielt nichts, taumelte und flüchtete hinter die geschlossenen Lider. »Warum bin ich naß? Hier regnet es nicht.«

»Frau Salger, wann haben Sie Ihre Tochter zuletzt gesehen?«

»Meine Tochter?« Ihre Stimme wurde wieder weinerlich. »Ich habe keine Tochter mehr.«

»Seit wann haben Sie keine Tochter mehr?«

»Das müssen Sie ihren Vater fragen.«

»Wo finde ich Ihren Mann?«

Sie schaute mich aus engen Äuglein listig an. »Sie möchten mich reinlegen? Ich habe auch keinen Mann mehr.«

Ich machte einen neuen Anlauf. »Wollen Sie Ihre Tochter wiederhaben?« Als sie nicht antwortete, wurde ich großzügiger. »Wollen Sie Ihre Tochter und Ihren Mann wiederhaben?«

Sie sah mich an, und wieder war der Blick für einen kurzen Moment wach und klar, ehe er durch mich hindurchging und starr wurde. »Mein Mann ist tot.«

»Aber Ihre Tochter lebt, Frau Salger, und braucht Hilfe. Interessiert Sie das nicht?«

»Meine Tochter braucht schon lange keine Hilfe mehr. Eine Tracht Prügel, das hätte sie gebraucht, aber mein Schlappmann... Schwanzschlappmann...«

»Seit wann haben Sie keinen Kontakt mehr mit Leo?«

»Ach, lassen Sie mich gehen. Alle gehen, zuerst er, dann sie. Warum gehen Sie nicht auch?«

Der Regen war dicht geworden, und ihr und mir klebten die nassen Haare am Kopf. Ich versuchte es noch mal.

»Wann ist sie gegangen?«

»Gleich nach ihm. Der andere hatte doch schon darauf gewartet. Wahrscheinlich wollte sie...«

»Was?«

Sie antwortete nicht. Sie war mitten im Satz eingeschlafen. Ich gab auf, kurbelte die Markise wieder heraus und hörte noch eine Weile dem Schnarchen von Frau Salger und dem Regen zu, der aufs Segeltuch rauschte. Den Fernsehapparat ließ ich ihr da.

20
Löcher stopfen

»Wenn Sie was über Interna und Personalia der Bonner Politik wissen wollen, dann reden Sie mit Breuer. Er ist in Ihrem Alter, lebt seit 1948 in Bonn, schreibt für verschiedene kleinere Zeitungen und hat eine Zeitlang im Fernsehen eine Sendung mit Abgeordneten gemacht, die 1. Interfraktionale. Er hat Hinterbänkler aller Fraktionen vereinigt und mit ihnen über Politik diskutiert, als interessierten sie sich dafür und verstünden was davon. Es war furchtbar komisch, aber die Fraktionsspitzen haben erreicht, daß die Reihe abgesetzt wurde. Ist ein witziger und gescheiter Typ, der Breuer.«

Den Tip bekam ich von Tietzke, einem alten Mannheimer Bekannten, der früher fürs Heidelberger Tageblatt schrieb und jetzt bei der Rhein-Neckar-Zeitung front. Ich rief Breuer an. Er war bereit, mich am frühen Morgen des nächsten Tages zu empfangen.

So blieb ich denn in Bonn. Hinter den Bäumen und dem Weiher, die das Poppelsdorfer Schloß umgeben, fand ich ein ruhiges Hotel. Von hier hatte ich nicht weit zu Breuer. Vor dem Einschlafen rief ich Brigitte an. Die fremden Geräusche der fremden Stadt, das fremde Zimmer, das fremde Bett – ich hatte doch wirklich Heimweh.

Breuer begrüßte mich am nächsten Morgen mit quirliger Gesprächigkeit: »Selb war der Name, nicht wahr? Sie kommen aus Mannheim? Ein alter Freund von Tietzke? Ja, daß es das Heidelberger Tageblatt nicht mehr gibt! Ich denke immer öfter... Aber was soll's. Kommen Sie rein.«

Die Wände des Zimmers waren voller Bücher, der Blick durch das breite Fenster ging in ein Häusergeviert mit alten

Bäumen und dahinter auf zwei hohe Fabrikschlote. Der Tisch vor dem Fenster war mit Papieren bedeckt, auf dem Bildschirm eines Schreibcomputers blinkte auffordernd ein kleines grünes Dreieck, in der Kaffeemaschine zischte das Wasser. Breuer bot mir einen tiefen Sessel an, setzte sich auf den Drehstuhl vor dem Tisch, griff unter den Sitz, zog an einem Hebel und fuhr krachend mit dem Sitz herunter. Jetzt saßen wir uns auf gleicher Höhe gegenüber.

»Dann mal los. Tietzke sagt, ich soll für Sie tun, was ich für Sie tun kann, also gut. Jetzt sind Sie dran. Sie sind Detektiv?«

»Ja, und ich arbeite an einem Fall, in dem eine junge Frau Salger vorkommt und ihr toter Vater, der in Bonn einmal etwas Besseres gewesen sein muß. Oder ist Ministerialdirigent noch gar nichts Besseres? Sagt Ihnen der Name Salger etwas?«

Zunächst hatte er mich aufmerksam angeschaut, nun sah er gedankenverloren aus dem Fenster. Mit seiner Linken massierte er das linke Ohrläppchen.

»Wenn ich so aus dem Fenster blicke . . . Wissen Sie, warum ich die beiden Fabrikschlote dort drüben mag? Sie künden von einer anderen Welt, vielleicht nicht einer besseren, aber einer ganzeren, in der es anders als hier in Bonn nicht nur Beamte, Politiker, Journalisten, Lobbyisten, Professoren und Studenten gibt, sondern Leute, die arbeiten, die etwas bauen, Maschinen oder Autos oder Schiffe, ganz egal, die Banken und Firmen gründen, hochbringen und ruinieren, die Bilder malen oder Filme drehen, die arm sind, betteln, Verbrechen begehen. Können Sie sich in Bonn ein Verbrechen aus Leidenschaft vorstellen? Aus Leidenschaft für eine Frau oder auch nur für Geld oder weil einer Kanzler werden will? Nein, können Sie nicht und kann ich auch nicht.«

Ich wartete. Spricht es für einen Journalisten, wenn er die Fragen, die er stellt, selbst beantwortet? Spricht es gegen ihn? Breuer massierte wieder das Ohrläppchen. Die hohe Stirn, der scharfe Blick, das fliehende Kinn – er sah gescheit aus. Ich hörte ihm auch gerne zu; er näselte auf angenehme Weise, und was er über Bonn sagte, klang hübsch. Zugleich fühlte ich mich als Gast einer routiniert dargebotenen Vorstellung. Vermutlich hatte er schon tausendmal erzählt, was es mit den Fabrikschloten und Bonn auf sich hat.

»Salger... Ja, ich erinnere mich. Müßten Sie eigentlich auch. Was für eine Zeitung lesen Sie?«

»Heute die Süddeutsche, früher alles mögliche, von der Frankfurter...«

»Vielleicht hat die Süddeutsche nicht viel über Salger berichtet. Weniger als die anderen. In manchen hat er Schlagzeilen gemacht.«

Ich sah ihn fragend an. Er genoß das Spiel mit meiner Neugier. Ich wollte ihm die Freude gerne lassen. Wenn die Leute das tun, was ich will, sind mir Umstände und Umwege egal.

»Kaffee?«

»Gerne.«

Er schenkte ein. »Salger war, wie Sie gesagt haben, Ministerialdirigent. Er hatte im Verteidigungsministerium mit Beschaffung zu tun. Hatte damals jeder, der was zu sagen hatte. Erinnern Sie sich an die fünfziger und sechziger Jahre? War alles Beschaffung damals, das ganze Leben, die ganze Politik.« Schmatzend nahm er einen Schluck aus seiner Tasse. »Erinnern Sie sich an den König-Skandal?«

Ich hatte keine Ahnung: »Ende der sechziger Jahre?«

»Genau. König war Staatssekretär und Präsident eines Fonds, über den am Haushalt vorbei große zivile Bauprojekte der Bundeswehr finanziert wurden. Das war eine eigentümliche Konstruktion, Staatssekretär und Fondspräsident, aber so war das nun mal, und Salger war Ministerialdirigent und Vorstandsmitglied des Fonds. Fällt's Ihnen wieder ein?«

Mir fiel gar nichts ein, aber ich hatte einmal richtig geraten und versuchte es noch mal: »Unterschlagung?« Wie sollten

Fondspräsidenten und Vorstandsmitglieder anders einen Skandal zuwege bringen.

»Biafra.« Breuer griff wieder nach dem Ohrläppchen, als wolle er daraus die Fortsetzung der Geschichte melken, und sah mich bedeutungsvoll an. »König hatte mit Biafra-Anleihen spekuliert und hätte, wenn die Sezession von Nigeria gelungen wäre, Millionen gemacht. Aber wie wir wissen, hat Ojukwu verloren und damit auch König. Ich kann nicht sagen, ob er das Geld des Fonds im juristischen Sinne unterschlagen oder veruntreut hat oder was. Er hat sich aufgehängt, ehe das Urteil verkündet wurde.«

»Und Salger?«

Er schüttelte den Kopf. »Das war vielleicht ein verrückter Kerl. Sie erinnern sich wirklich nicht mehr? Der Verdacht fiel zuerst auf ihn. Er wurde verhört und verhaftet und sagte gar nichts. Er fand, es verstehe sich von selbst, daß ihm nichts vorzuwerfen sei. Er war persönlich gekränkt, verstehen Sie, er schmollte. Und als schließlich rauskam, daß König...«

»Wie?«

»König hatte Schulden über Schulden, und als kein Biafra-Geld kam, hat er die Löcher anders zu stopfen versucht, mit immer mehr Bauzuschüssen und -darlehen aus dem Fonds, und damit ist er aufgeflogen.«

»Wie lange war Salger in Haft?«

»Wohl ein halbes Jahr.« Er breitete die Arme aus. »Das ist lange. Und die ganze Zeit haben die Kollegen, die Vorgesetzten und die politischen Freunde nichts mit ihm zu tun haben wollen. Alle dachten, er war's. Als klar war, daß er's nicht war, haben sie versucht, ihm Vernachlässigung seiner Pflicht als Vorstandsmitglied anzuhängen. Aber auch damit war nichts; es fand sich sogar ein Bericht, in dem Salger den Minister beizeiten auf Unregelmäßigkeiten beim Fonds hingewiesen hatte. Also wurde er rehabilitiert. Er sollte sogar befördert werden. Aber er kam nicht damit zurecht, daß dieselben Leute, die ihn verdächtigt oder schon verurteilt hatten, ihn jetzt beglückwünschten und ansonsten taten, als sei nichts gewesen. Er stieg aus und brach mit allen, mit den Kollegen, den Vorgesetzten und den politischen Freunden. Mit kaum fünfzig war er Pensionär und völlig einsam. Verstehen Sie das?« Er schüttelte wieder den Kopf.

»Geht die Geschichte noch weiter?«

Breuer schenkte uns Kaffee nach und griff ein Päckchen Marlboro vom Schreibtisch. »Die erste heute – mögen Sie auch?« Ich holte meine gelbe Schachtel aus der Tasche, bot ihm eine an, und er bediente sich mit großer Selbstverständlichkeit. Ein Filterzigarettenraucher, der beim Anblick einer Sweet Afton nicht »och, die sind ja ohne Filter« sagt, sondern neugierig zugreift – das mag ich.

»Die Geschichte schleppt sich noch ein bißchen hin. Salger tritt in die Friedenspartei ein, kandidiert für den Bundestag und führt den aussichtslosen Wahlkampf mit einem Eifer, der einer besseren Sache würdig wäre. Er schreibt ein Buch, in dem er seine Erlebnisse verwurstet, das zuerst niemand drukken und dann niemand lesen will. Schließlich wird er krank, Krebs, raus aus der Klinik, rein in die Klinik, Sie wissen schon. Vor ein paar Jahren ist er gestorben.«

»Wovon hat er gelebt?«

Breuer molk das Ohrläppchen. »Er hatte Vermögen, ziemlich viel sogar. Woran wir wieder einmal sehen, daß Geld allein nicht glücklich macht.«

21
Völlig klar

Auf der Heimfahrt wurde der Zug umgeleitet, über Darmstadt und entlang der Bergstraße. Mir waren die vielen Steinbrüche am Rand der Ebene noch nie aufgefallen. Als sei der Odenwald eine rote Süßspeise, über und über mit Waldmeistersauce bedeckt, und der liebe Gott hat mit einem Löffel davon genascht.

In Bonn hatte ich noch mal 41 17 88 angerufen und es lange vergebens klingeln lassen. Der Anrufbeantworter war stumm geblieben. Kaum war ich in meinem Büro, klingelte das Telephon.

»Selb.«

»Salger. Guten Tag, Herr Selb. Haben Sie mich in den letzten Tagen zu erreichen versucht?«

Also hatte auch er gemerkt, daß sein Anrufbeantworter nicht reagierte. Hatte einer seiner Freunde das Gerät versehentlich abgestellt?

»Gut, daß ich Sie am Apparat habe, Herr Salger. Ich habe Ihnen allerhand zu berichten, möchte das aber nicht am Telephon tun, sondern persönlich. Ich will gerne zu Ihnen nach Bonn kommen, aber vielleicht kommen auch Sie dieser Tage durch Mannheim. Sie sind wieder in Bonn, nicht wahr? Ihr Anrufbeantworter ...«

»... muß kaputt sein, oder unsere Reinemachfrau hat ihn versehentlich abgestellt. Nein, wir sind noch nicht wieder in Bonn, und da ich mich zu einem baldigen Treffen außerstande sehe, so sehr es mir am Herzen läge, muß ich Sie doch um telephonischen Bescheid bitten. Sie haben Leonore gefunden?«

»Ich möchte darüber, wo und wie Leonore lebt, wirklich nicht telephonisch ...«

»Herr Selb, Sie haben einen Auftrag, der die Pflicht zum Bericht einschließt, und wie Sie den Auftrag von mir aus der Ferne telephonisch übernommen haben, werden Sie auch den Bericht telephonisch an mich in die Ferne durchgeben. Habe ich mich klar ausgedrückt?«

»Völlig klar, Herr Salger, völlig klar. Trotzdem bekommen Sie den Bericht nicht telephonisch, sondern nur persönlich. Im übrigen habe ich Ihren Auftrag nicht telephonisch, sondern brieflich bekommen. Und was die Ferne angeht – Sie können den Bericht in die Ferne bekommen, aber von mir persönlich.«

Wir feilschten weiter. Er hatte keinen Grund, das Treffen zu verweigern, und ich keinen, es zu verlangen. Er redete davon, wie angeschlagen seine Frau nervlich sei, daß sie ihn ständig um sich haben müsse, ihn und nur ihn. »Sie verträgt die Gegenwart von Fremden nicht.«

Ich klemmte den Hörer zwischen Kinn und Schulter, holte die Flasche aus dem Fach, schenkte mir ein, zündete eine Sweet Afton an und legte Salger dar, daß ich erstens meine Berichte immer persönlich oder schriftlich mache und zweitens meine Auftraggeber immer kenne. »Ich habe das nie anders gehalten.«

Er nahm einen neuen Anlauf. »Und wenn Sie mir einen schriftlichen Bericht machen? Ich will mit meiner Frau in den nächsten Tagen in Zürich zum Arzt, und Ihr Bericht kann uns dort im Baur au Lac erwarten.«

Es war ein langer Tag gewesen. Ich war müde und war die absurde Konversation leid. Ich war den Fall Salger leid. Auf der Heimfahrt hatte ich mir eingestehen müssen, daß er von Anfang an gestunken hatte. Warum hatte ich ihn überhaupt übernommen? Wegen des vielen Geldes? Wegen Leo? Als müsse ich den Fall, den ich gegen meine professionellen Standards übernommen hatte, nun auch unprofessionell abschließen, hörte ich mich sagen: »Ich kann meinen Bericht auch nach Bonn in die Niebuhrstraße 46 a schicken, *c/o* Helmut Lehmann.«

Einen Moment war es still in der Leitung. Dann knallte Salger den Hörer auf die Gabel. An mein Ohr klang das heisere Tacktacktack, mit dem die Schallwellen auf der Stelle treten, wenn sie nichts zu transportieren haben.

22
Schmerz, Ironie oder saurer Magen

Zwei Tage lang geschah nichts. Salger rief mich nicht an und ich ihn nicht. Ich kümmerte mich auch sonst nicht um den Fall. Für Salgers zehntausend Mark, die ich zunächst im Schreibtisch verschlossen hatte, richtete ich auf der Badischen Beamtenbank ein Sonderkonto ein. Die Zinsen, die das Geld getragen hätte, wenn ich es gleich auf die Bank gebracht hätte, zahlte ich drauf.

Einmal, als ich nachmittags im Büro war und meine Zimmerpalme umtopfte, bekam ich Besuch.

»Sie wissen nicht, wer ich bin? Sie waren ganz schön neben der Kappe neulich. Peschkalek ist mein Name, wir sind uns auf der Autobahn begegnet.«

Der Mittvierziger in grünem Loden, mit Glatze, dichtem Schnauz und nettem, schiefem Lächeln hatte mich nach dem Unfall des Möbelwagens an die Böschung geführt und mir eine Zigarette angezündet. Ich bedankte mich.

»Keine Ursache, keine Ursache. Seien wir froh, daß der Unfall so glimpflich verlaufen ist. Die Bilder scheinen auch alle heil zu sein. Wie wär's, gehen wir rüber in die Kunsthalle und schauen uns an, was uns schier das Leben gekostet hätte?«

Er entpuppte sich als Photograph, Photojournalist, und wußte über die Kompositionen der ausgestellten photorealistischen Bilder Kluges zu sagen. Ich entdeckte auf den Bildern Details, die ihm entgingen. »Aha, der Detektiv!« Es wurde ein kurzweiliger Nachmittag, und wir verabschiedeten uns auf ein baldiges Wiedersehen.

Manchmal hatte ich das Gefühl der Ruhe vor dem Sturm.

Aber ich wußte nicht, wie ich für den Sturm Vorsorge treffen sollte. Außerdem können Gefühle täuschen, genauso wie Gedanken.

Am dritten Tag hatte ich Lust auf ein Frühstück außer Haus. Seit das Café Gmeiner durch ein Restaurant ersetzt worden ist, in dem Gänsestopfleber in Jurauçon-Gelee, Seeteufelschnitten an Senfkeimlingen und ähnlicher Schnickschnack serviert wird, gehe ich ins Café Fieberg in der Seckenheimer Straße. Die Bedienung ist von lärmender Herzensgüte, hat mich unter ihre Fittiche genommen und der Küche beigebracht, wie ich meine Eier esse. Spiegeleier, kurz vor dem Servieren mit einem Schwuppdich in der Pfanne gewendet.

Sie brachte Pfeffer und Muskat. »Noch ein Kännchen?«

»Für mich bitte auch eines.« Er rückte den Stuhl zurecht und setzte sich mir gegenüber. Ich erkannte ihn an der Stimme, noch ehe er sich mit »Salger« vorstellte. Ich nickte nur und sah ihn an. Volles Gesicht, hohe Stirn, schwere Gestalt, eine Aura bourgeoiser Behäbigkeit. Ich konnte ihn mir im grauen Flanell des Lehrers, im dunkelblauen Nadelstreifen eines Bankiers oder auch als Richter oder Pastor im Talar vorstellen. Jetzt trug er ein ledernes Jackett, darunter Flanellhose und Pullover. Er mochte Mitte vierzig sein. Ob der Zug um seinen Mund Schmerz, Ironie oder sauren Magen anzeigte, meinte ich sagen zu können, wenn ich seine Augen sähe. Aber die blieben hinter einer spiegelnden Sonnenbrille verborgen.

»Herr Selb, ich bin Ihnen eine Erklärung schuldig. Daß Sie ein guter Detektiv sind, wußte ich, und ich hätte wissen müssen, daß Sie mein kleines Versteckspiel durchschauen würden. Tragen Sie mir nicht nach, daß ich es gleichwohl gespielt habe. Es wäre mir ganz, ganz furchtbar, wenn Sie darin einen Mangel an Vertrauen in Ihre Kompetenz und Integrität sehen würden. Es handelt sich vielmehr einfach darum, daß...« Er schüttelte den Kopf. »Nein, lassen Sie mich anders ...« Die Kännchen kamen, er ließ sich eine Portion Honig dazu bringen, und während er den Kaffee einschenkte, Sahne und Honig dazugab, umrührte und geschmäcklerisch am Kaffee nippte, sagte er nichts.

»Wissen Sie, ich kenne Leonore Salger seit vielen, vielen Jahren. Daß wir zusammen aufgewachsen sind, davon kann bei unserem Altersunterschied natürlich nicht wirklich die Rede sein. Aber großer Bruder und kleine Schwester, altersmäßig weit auseinander, innerlich eng verbunden – Sie wissen, welche Konstellation ich meine? Und der verbitterte Vater und die versoffene Mutter«, er schüttelte wieder den Kopf, »das hat Leo in der Beziehung zum älteren Bruder auch etwas von dem Halt suchen und finden lassen, den sonst die Eltern geben. Sie verstehen?«

Ich sagte nichts. Ich konnte später in Leos Album schauen. Wenn seine Geschichte stimmte, würde ich Photos von ihm finden.

»Eigentlich habe ich Sie gar nicht belogen, als ich mich in väterlicher Besorgnis an Sie wandte. Mir war und ist so, wie Sie mich am Telephon erlebt haben. Leo ist Anfang des Jahres verschwunden, und ich fürchte, sie ist in falsche Kreise und eine dumme Geschichte hineingeraten. Ich fürchte, sie braucht Hilfe, obwohl sie das vielleicht selbst noch nicht weiß. Ich habe die ganz, ganz große Furcht ...«

»Ihre Hilfe?«

Salger zeigte Sinn für dramatische Effekte. Er lehnte sich im Stuhl zurück, hob langsam die Rechte, nahm die Sonnenbrille ab und sah mich ruhig an. Schmerz, Ironie oder saurer Magen? Der Blick unter tiefen Lidern sagte mir nicht mehr als der Zug um den Mund.

»Meine Hilfe, Herr Selb, meine Hilfe. Ich kenne Leo, und ein bißchen kenne ich auch die«, er zögerte, »die Umstände, in die Leo hineingeraten sein könnte.«

»Was für Umstände?«

»Einiges wissen Sie, einiges mögen Sie vermuten – das

reicht. Ich bin nicht gekommen, um Auskunft zu geben, sondern um welche einzuholen. Wo ist Leo?«

»Ich verstehe noch immer nicht, was Sie von ihr oder mit ihr wollen. Warum Sie mich belogen haben, haben Sie mir auch noch nicht erklärt. Sie haben sich noch nicht einmal vorgestellt. Herr Salger? Nein, daß Sie nicht Herr Salger sind, wissen wir. Herr Lehmann? Der Enkel, der eine Galerie aufmachen will, wo die Großmutter kaum die Knöpfe und Garne unterbringen konnte? Und was soll ich über Leos fatale Umstände wissen oder vermuten? Ich habe Ihre Lügen und Manöver satt. Ich bin nicht anspruchsvoll, was das Ausmaß des Vertrauens zwischen meinen Auftraggebern und mir angeht. Ich verlange keine rückhaltlose Offenheit. Aber Sie sagen jetzt entweder, was Sache ist, oder wir gehen zur Badischen Beamtenbank, und Sie nehmen Ihre zehntausend, und wir sehen uns nicht wieder.«

Zuerst kniff er die Augen zusammen. Dann hob er die Brauen, seufzte, lächelte und sagte: »Aber Herr Selb.« Seine Hand griff in die Jacke, kam mit einer Visitenkarte wieder hervor und legte sie vor mich auf den Tisch. Helmut Lehmann, Anlageberatung, Beethovenstraße 42, 6000 Frankfurt am Main 1. »Ich möchte mit Leo sprechen. Ich möchte sie fragen, ob und wie ich ihr helfen kann. Ist das so schwer zu verstehen? Und was soll das hohe Roß?« Seine Augen wurden wieder schmal, seine Stimme leise und scharf. »Sie haben, ohne viel zu fragen, meinen Auftrag und mein Geld angenommen. Viel Geld. Ich bin auch bereit, Ihnen eine Prämie zu geben, sagen wir noch mal fünftausend, für den erfolgreichen Abschluß des Auftrags. Mehr gibt's nicht. Wo ist Leo?«

Ich weiß auswendig, was Spiegeleier und zwei Kännchen Kaffee bei Fieberg kosten. Ich wartete nicht auf die Bedienung, legte das Geld auf den Tisch, stand auf und ging.

23
Dem Knaben gleich, der Disteln köpft

Am Abend war ich bei Nägelsbach im Atelier, dem ehemaligen Schuppen seines alten Pfaffengrunder Siedlungshäuschens. Er hatte mich angerufen. »Ich hab was über Wendt.«

Draußen war es noch hell, aber über der Arbeitsplatte brannte schon die Neonleuchte. »Das wird nicht das Pantheon.« Das knorrige Gebilde, das auf der Arbeitsplatte wuchs, mochte eine geballte Faust, ein Baumstrunk oder ein Felsbrocken werden, aber kein Kuppelbau.

»Sie sagen es, Herr Selb. Ich habe viel nachgedacht. Schon früher hätte ich weniger drauflosbauen und mehr nachdenken sollen. Die Architektur war ein Irrweg. Kölner Dom, Empire State Building, Lomonossow-Universität im maßstabsgetreuen Streichholzmodell – Kindereien. Ich war dem Knaben gleich, der Disteln köpft.« Er schüttelte bekümmert den Kopf. »Und ich habe Angst, daß ich mich darin verausgabt habe.«

»Statt was zu machen?«

Er nahm die Brille ab, setzte sie wieder auf. »Erinnern Sie sich an meine Versuche mit den betenden Händen und mit dem Goldhelm? Das war der richtige Weg, grundsätzlich, und falsch war nur, daß ich zum Vorbild das Gemälde genommen habe. Wo doch die Streichholzskulptur ihr natürliches Vorbild in der Holz-, Stein- oder Bronzeskulptur hat. Kennen Sie den *Kuß* von Rodin?«

An der Wand, auf wohl zwanzig Photos, aus den verschiedensten Perspektiven aufgenommen, saßen zwei nebeneinander und küßten sich, sie mit dem Arm um seinen Hals, er mit der Hand auf ihrer Hüfte. »Ich habe auch ein Modell bestellt, aus Ruca gegossen und mit Bronze patiniert, natürlich eine ganz andere Vorlage als die Photos.« Er sah mich an, als warte er auf meinen Beifall. Ich wich in eine Frage nach seiner Frau aus. Es war das erste Mal, daß ich ihn im Atelier besuchte, ohne sie im Sessel und mit einem Buch anzutreffen. Seit Jahren las sie ihm beim Arbeiten vor. Statt einer Antwort auf meine Frage drückte er eine Klingel. Nach kurzem, verlegenen Warten kam Frau Nägelsbach. Sie begrüßte mich herzlich, aber befangen. Offensichtlich war aus seiner Schaffenskrise eine Ehekrise geworden. Frau Nägelsbachs Rundlichkeit hatte die fröhlichen Pausbacken verloren.

»Wollen wir nicht raus?«

Er griff drei zusammengefaltete Klappsessel, und wir setzten uns unter den Birnbaum. Ich fragte nach Wendt.

»Was ich weiß, liegt lange zurück. Vor Jahr und Tag gehörte Rolf Wendt zum SPK, zum Sozialistischen Patientenkollektiv, wir wissen nicht genau, ob zum kleinen Kreis um Dr. Huber oder zu den vielen, die eher neugierig waren als wirklich beteiligt. Er hatte damals einen Unfall, ohne Fahrerlaubnis und mit gestohlenem Wagen, und die Beifahrerin, auch vom SPK, ist bald danach untergetaucht und zur RAF gegangen. Er war erst siebzehn, die Eltern und die Lehrer haben sich sehr für ihn verwandt, und so hatte er richtigen Ärger erst bei der Einstellung im Psychiatrischen Landeskrankenhaus vor zwei Jahren. Da wurde geredet, er sei Terrorist, und man ist der alten Geschichte noch mal nachgegangen.«

Ich erinnerte mich; 1970 und 1971 waren die Zeitungen voll von Berichten über Dr. Huber, der an der Psychiatrisch-Neurologischen Universitätsklinik Heidelberg beschäftigt war, entlassen wurde, seine Patienten mobilisiert und als SPK organisiert, Räume von der Universität erkämpft und darin die Revolution vorbereitet hatte. Revolution als Therapie. 1971 war alles vorbei, wurden Dr. Huber und seine Frau festgenommen und zerstreuten sich die Patienten in alle

Winde. Bis auf die paar, die zur RAF gingen. »Seit damals war mit Wendt nichts mehr?«

»Nichts. Warum interessieren Sie sich für ihn?«

Ich berichtete von meiner Suche nach Leo in Heidelberg und Mannheim und schließlich im Psychiatrischen Landeskrankenhaus, von Wendts dummen Lügen und meinem mysteriösen Auftraggeber.

»Wie heißt die junge Frau mit Nachnamen?«

»Salger.«

»Leonore Salger aus Bonn?«

Ich hatte Bonn noch gar nicht erwähnt. »Ja, woher...«

»Und Sie wissen, wo sich Frau Salger derzeit aufhält?« Sein Ton wurde amtlich und inquisitorisch.

»Was ist los? Warum wollen Sie das wissen?«

»Herr Selb, wir suchen Frau Salger. Ich kann Ihnen nicht den Grund sagen, aber Sie können mir glauben, eine Bagatelle ist's nicht. Also los!«

In den vielen Jahren unserer Freundschaft war uns immer bewußt, daß er Polizist ist und ich Privatdetektiv bin. In gewisser Weise hat unsere Freundschaft davon gelebt, daß wir in verschiedenen Rollen beim selben Stück mitspielen. Allerdings hat er mich nie wie irgendeinen Zeugen behandelt, und ich habe mit ihm die Tricks nie versucht, mit denen ich von den Leuten erfahre, was sie nicht sagen wollen. Nur weil die Fälle nicht so wichtig gewesen waren? Und jetzt war's ein wichtiger Fall? Mir lag eine scharfe Antwort auf der Zunge, aber ich schluckte sie hinunter. »Nein, ich weiß nicht, wo Frau Salger derzeit zu finden ist.«

Er war nicht zufrieden, bohrte weiter, und ich wich weiter aus. Der Ton zwischen uns wurde immer gereizter, und Frau Nägelsbach sah immer alarmierter vom einen zum anderen. Sie versuchte mehrmals vergeblich zu begütigen. Dann stand sie auf, ging ins Haus, kam mit Wein und Gläsern zurück und unterbrach: »Jetzt will ich kein Wort mehr über diesen Fall und diese Frau hören, kein einziges Wort. Wenn du nicht aufhörst«, sie wandte sich zu ihrem Mann, »sage ich Herrn Selb, was Sache ist, und wenn Sie nicht aufhören«, jetzt war ich dran, »erfährt mein Mann zwar nicht alles, weil ich das auch nicht weiß, aber alles das, was Sie gesagt haben, ohne es sagen zu wollen, und was mein Mann nicht gehört hat, weil er Ihnen nicht mehr zuhört, sondern nur noch empört ist.«

Wir waren beide still. Dann ging das Gespräch wieder langsam an, über Brigitte und Manu, Urlaub, Alter und Ruhestand. Aber wir waren alle nicht mehr bei der Sache.

24
Marmor, Stein und Eisen bricht

Auf der Heimfahrt grübelte ich darüber, warum ich Leos Aufenthaltsort eigentlich für mich behalten wollte. War sie das wert? Half es ihr? Sie hatte mit ihrem Vater anscheinend Pech gehabt, und ich zweifelte, daß der falsche Salger ihr Glück brachte, obwohl er mehrfach in ihrem Photoalbum auftauchte, das kleine Gör auf den Knien haltend oder mit der Schaukel stoßend und den Arm um die Schultern des heranwachsenden Mädchens gelegt. Zum väterlichen Freund Salger jetzt noch der Möchtegern-Vater Selb? Ich wußte nicht, wer sie war, was sie gemacht hatte, warum sie sich verbarg. Es war Zeit, zu ihr zu fahren und mit ihr zu reden.

Als ich in Mannheim ankam, war es erst halb elf, und die laue Nacht lud zum Bummeln ein. Ich ging in den ›Kleinen Rosengarten‹ und trank eine Flasche Soave zu den Vermicelli alla puttanesca, die nicht auf der Karte stehen, die mir der Chef aber macht, wenn er in Laune ist und ich ihn artig bitte. Dann hatte ich einen kleinen Schwips.

Früher habe ich bis in meine Dachwohnung nur eine Verschnaufpause gebraucht. Dann wurden es zwei, und jetzt muß ich an schlechten Tagen auf jedem Absatz verweilen.

Heute war ein schlechter Tag. Ich stand, stützte mich auf das Geländer und hörte mein Herz pochen und meinen Atem pfeifen. Ich sah nach oben. Auf dem Treppenabsatz vor meiner Wohnung war's dunkel. War die Birne kaputt?

Dann nahm ich die letzte Treppe in Angriff. Düppeler Schanzen, Gravelotte, Langemarck – wir Preußen haben schon ganz andere Höhen erstürmt. Bei den letzten Stufen holte ich den Schlüssel aus der Tasche.

Drei Türen gehen vom Absatz vor meiner Wohnung ab. Die eine führt zu mir, die andere zum Ehepaar Weiland und die dritte auf den Speicher. Ich kehre ihr den Rücken zu, wenn ich meine Wohnungstür aufschließe.

Er hatte in der Speichertür gestanden und auf mich gewartet. Als ich aufschloß, trat er hinter mich, legte mir die Linke auf die Schulter und drückte mir mit der Rechten eine Pistole in die Seite. »Machen Sie keine Dummheiten.«

Ich war zu verblüfft, auch zu erschöpft und zu betrunken, als daß ich hätte ausweichen oder zuschlagen können. Vielleicht bin ich auch zu alt. Ich bin noch nie mit einer Waffe bedroht worden. Im Krieg war ich bei den Panzern, aber im Panzer wird man nicht bedroht, sondern getroffen. Als unser Panzer getroffen wurde, war ein wunderschöner Tag mit blauem Himmel, warmer Sonne und kleinen weißen Wölkchen. Bumm.

Er blieb hinter mir, als ich im Wohnungsflur die Hand nach dem Lichtschalter ausstreckte. Auf dem Treppenabsatz war es düster, im fensterlosen Flur mußte es völlig dunkel werden, wenn die Tür zu und das Licht noch nicht an war. Eine Chance? Ich zögerte mit dem Licht und wartete, daß die Tür ins Schloß fiele. Aber er trat mit seinem Fuß in meine Kniekehlen, und als ich zu Boden ging, machte er die Tür zu und das Licht an. Ich rappelte mich auf, und er stieß mir wieder die Pistole in die Seite. »Gehen Sie weiter.« Im Wohnzimmer trat er mich noch mal, und diesmal ging ich nicht nur zu Boden, sondern schlug mir auch das Schienbein am kleinen Tisch an. Das tat gemein weh. Ich setzte mich auf eines meiner beiden Ledersofas und massierte mein Bein. »Aufstehen«, forderte er, aber ich dachte nicht daran. Da schoß er. Das dicke Leder meines Sofas stammt von den breiten Nacken argentinischer Büffel und hält meinen Schuhen, der Glut meiner Zigaretten und Turbos Krallen stand. Vor dem Projektil kapitulierte es. Ich nicht. Ich blieb sitzen, massierte weiter mein Bein und betrachtete meinen Gast.

Der Schuß hatte nur plop gemacht, aber die Pistole mit dem aufgeschraubten Schalldämpfer sah bösartig aus. Er trug wieder seine spiegelnde Sonnenbrille und hatte den Kragen der Jacke hochgeschlagen. Er sah die Pistole an, mich und wieder die Pistole. Unvermittelt lachte er und ließ sich auf das Sofa gegenüber fallen.

»Herr Selb, wir hatten heute morgen Kommunikationsschwierigkeiten, Sie und ich, und daher habe ich einen Helfer mitgebracht, einen Therapeuten sozusagen.« Er sah wieder die Pistole an. Turbo kam ins Wohnzimmer, sprang neben mich aufs Sofa, machte einen Buckel, streckte die Tatzen und putzte sich. »Ich habe auch viel Zeit mitgebracht. Vielleicht hat unsere morgendliche Kommunikation einfach unter dem Zeitmangel gelitten. Sie waren so furchtbar in Eile. Sie hatten einen wichtigen Termin? Oder sind Sie ein Starrkopf? Haben wir einen angenehmen oder einen mühseligen Abend vor uns? Am Ende bricht, was starr ist. Seit Drafi Deutscher wissen wir, daß es sich mit Marmor, Stein und Eisen so verhält, und ich kann Ihnen versichern, daß dem ein allgemeines Gesetz zugrunde liegt.« Er hob die Pistole. Ich konnte nicht sehen, wohin er zielte, auf mich, über mich, neben mich, ich sah nur mein Spiegelbild in seinen Brillengläsern. Er schoß. Hinter mir, im ehemaligen Apothekerregal, in dem meine Bücher und Platten stehen, ging eine Büste von Dantes Beatrice, das Werk eines Münchener Künstlers vom Anfang dieses Jahrhunderts, zu Bruch. »Sehen Sie, so ist das mit dem Marmor. Und mit allem, was da fleucht und kreucht und lebt, ist es nicht anders. Nur daß es keine Scherben gibt.« Wieder hob er die Pistole.

Ich rätselte nicht lange, ob er auf Turbo zielte oder ob es nur so aussah. Ich rappelte mich hoch und schlug seinen Arm zur Seite. Er schlug sofort zurück, zog mir die Pistole durchs Gesicht und stieß mich aufs Sofa. Turbo maunzte und trollte sich.

»Versuchen Sie das nicht noch mal.« Er zischte mich böse

an. Dann lachte er wieder und schüttelte den Kopf. »Törichter alter Mann...«

Ich schmeckte Blut auf der Lippe.

»Also los. Wo ist Leo?«

»Ich weiß nicht. Ich habe ein paar Ideen, aber mehr nicht. Nur ein paar Ideen. Ich weiß nicht, wo Leo ist.«

»Es ist drei Tage her, daß wir miteinander telephoniert haben. Haben Sie seitdem vergessen, wo Leo ist?« Er klang verwundert und spöttisch.

»Ich habe das damals nur so als Köder gesagt, ich habe natürlich nicht vergessen, wo Leo ist, ich habe es nie gewußt. Nur so als Köder, verstehen Sie? Mir war unheimlich, daß ich Sie nie zu sehen bekam.«

»Halten Sie mich für blöd oder was?« Er schrie, und die Stimme kippte. Doch gleich wurde er wieder ruhig, lächelte und schüttelte den Kopf. Er stand auf, trat vor mich und wartete, bis ich zu ihm aufsah. Dann schlug er wieder mit der Pistolenhand zu, einfach so. Der Schmerz schrammte über Backe und Kinn.

Er verlor nicht die Beherrschung, wenn er schrie. Er schrie kühlen Kopfs. Ich hatte Angst. Ich hatte keine Ahnung, was...

Es klingelte. Wir hielten beide den Atem an. Es klingelte ein zweites und drittes Mal. Es klopfte. »Gerd, mach auf, warum machst du nicht auf, was ist los?« Brigitte sah das Licht unter der Tür hervorschimmern.

Mein Gast zuckte mit den Achseln. »Also auf ein andermal.« Dann war er aus dem Zimmer. Ich hörte ihn die Wohnungstür öffnen, »Guten Abend« sagen und schnellen Schritts die Treppe hinabgehen.

»Gerd!« Brigitte kniete sich neben mich aufs Sofa und nahm mich in die Arme. Als sie mich losließ, war ihre Bluse blutig. Ich wollte das Blut abwischen, aber es ging nicht. Je verzweifelter ich mit den Händen über ihre Bluse fuhr, desto schlimmer wurde die blutige Schmiererei. Ich gab's auf.

25
Vergiß das Katzenklo nicht!

Nachdem Brigitte mir das Gesicht gewaschen und die Wunde versorgt hatte, brachte sie mich zu Bett. Das Gesicht brannte, sonst war mir kalt. Manchmal schlugen die Zähne aufeinander. Trinken klappte nicht recht; die geschwollene Lippe hielt die Flüssigkeit nicht. In der Nacht kam Fieber.

Ich träumte von Leo und von Eberlein. Die beiden gingen zusammen spazieren, und ich übergab ihnen eine amtliche Urkunde, die ihnen verbot, wie Vater und Tochter zusammen spazierenzugehen. Eberlein lachte sein gemütliches Lachen und legte den Arm um Leo. Sie drängte sich an ihn und streifte mich mit schamlosem, verächtlichen Blick. Ich wollte erläutern, daß sie nicht nur nicht wie Vater und Tochter, sondern erst recht nicht so ... Da pfiff Eberlein, und Anatol oder Iwan stürzte sich auf mich; er hatte zu Eberleins Füßen gekauert und auf den Pfiff gewartet.

Als ich wieder einschlief, führte Nägelsbach mich in eine Stadt. Die Häuser waren aus Holz und auch die Straßen und Bürgersteige. Außer uns war keine Menschenseele unterwegs, und wenn ich einen Blick in ein Haus tun konnte, zeigte es sich als leerer Raum ohne Zimmer oder Geschosse. Nägelsbach lief so schnell, daß ich zurückblieb. Er drehte sich um, winkte und rief, aber ich konnte ihn schon nicht mehr hören. Dann war er weg, und ich erkannte, daß ich aus dem Gewirr leerer Straßen und leerer Häuser nie mehr herausfinden würde. Ich merkte, daß ich in einer Nägelsbachschen Streichholzstadt war; ich war winzig klein, nicht größer als ein Uhrzeiger oder ein Gummibärchen. Ist kein Wunder, dachte ich, daß mir so kalt ist, wenn ich so klein bin.

Brigitte füllte die Wärmflasche und häufte Decken aufs Bett. Am Morgen war ich schweißnaß, und das Fieber war gesunken.

An Rasieren war nicht zu denken. Immerhin brachen die verkrusteten Striemen über Backe, Lippen und Kinn nicht auf, als ich die Zähne putzte. Ich sah verwegen aus und verzichtete auf die Krawatte. Auf dem Balkon schien die Sonne, ich schlug den Liegestuhl auf und legte mich hinein.

Wie würde es weitergehen? Ich hielt Salger für gescheit. Er hatte ein großes Repertoire von Gesichtern, Stimmlagen, Ausdrucks- und Verhaltensweisen. Wie er sich dessen bediente, hatte etwas Spielerisches, und unsere Begegnungen erinnerten mich an Konfrontationen über dem Schachbrett. Nicht die Schachabende mit Eberhard, bei dem ich nicht auf Sieg hoffe, an Sieg nicht einmal denke, sondern mich der Schönheit seiner Kombinationen und unseres Zusammenseins freue. Sondern Schachkämpfe, wie ich sie früher mit dem festen Willen, den anderen zu schlagen, geführt habe. Schachkämpfe wie Säbelduelle, bei denen es den anderen zu vernichten gilt, nicht physisch, aber im Selbstbewußtsein.

Ich erinnerte mich, wie ich mit meinem späteren Schwiegervater, der mich zunächst von oben herab behandelte, einmal einen ganzen Abend so gekämpft habe. »So, du versuchst dich mit Schachfiguren«, hatte er herablassend zu mir gesagt, als er seinen Sohn und mich, wir waren Klassen- und Studienkameraden, über dem Schachbrett antraf. Klärchen stand daneben, und ich konnte das Zittern meiner Erregung kaum verbergen. So vor ihren Augen und Ohren erniedrigt zu werden. »Sie spielen auch?« Ich fragte so gleichmütig, wie ich konnte. Der alte Korten ließ sich von seinem Sohn versichern, daß ich passabel spiele, und bot mir für den nächsten Samstag eine Partie an. Er setzte eine Flasche Champagner als Gewinn aus, und ich mußte versprechen, als Verlierer die Gewehre seiner Sammlung zu reinigen und zu ölen. Bis zum Samstag kannte ich nichts anderes als Schach, arbeitete Eröffnungen durch, spielte Partien nach, fand heraus, wann und wo die Berliner Schachclubs sich trafen. Im ersten und im zweiten Spiel hatte der alte Korten noch eine Chance. Aber er verlor, obwohl ich ihn die Züge zurücknehmen ließ, die er seine dummen Patzer nannte. Dann wußte ich, wie er spielte, und spielte mit ihm. Er hat mich nie mehr zum Schach aufgefordert. Und mich nie mehr herablassend behandelt.

Salger wollte mit mir spielen? Bitte.

Turbo sah mich schräg an. Er saß im Blumenkasten, stützte sich auf die Vorderbeine und neigte den Kopf zur Seite.

»Ist schon gut, Turbo. Schau mich nicht so an. Ich weiß, ich habe den Mund eben zu voll genommen.«

Er hörte aufmerksam zu. Als ich nicht weiterredete, wandte er sich ab und putzte sich. Mir fiel der gestrige Abend ein, Turbo neben mir auf dem Sofa, Salger mit der Pistole gegenüber. Wie, wenn Salger beim nächsten Besuch schneller zielte und schoß? Ich stand auf und ging zum Telephon. Eberhard? Er ist gegen Katzen allergisch. Brigitte? Nonni und Turbo sind wie Hund und Katz. Philipp? Ich erreichte weder ihn noch Füruzan und erfuhr in der Klinik, daß er auf einem Kongreß in Siena sei. Babs? Sie war zu Hause, saß gerade mit den beiden großen Kindern beim späten Nachmittagskaffee und lud mich gleich ein. »Turbo willst du uns in Pension geben? Klar, bring ihn mit, und vergiß das Katzenklo nicht.«

Beim Autofahren bekommt Turbo Zustände. Ich hab's mit Körbchen versucht, mit Halsband und ohne alles. Das Geräusch und das Vibrieren des Motors, der rasche Wechsel der Bilder, die Geschwindigkeit – es ist meinem Kater zuviel. Seine Welt sind die Dächer zwischen Richard-Wagner-Straße, Augustaanlage, Moll- und Werderstraße, die paar Balkone und Fenster, die er über die Dächer erreicht, die paar Nachbarn und Katzen, die hinter den Balkonen und Fenstern leben, Tauben und Mäuse. Wenn ich mit ihm zum Tierarzt muß, nehme ich ihn unter dem Mantel auf den Arm, und er schaut zwischen den Knöpfen hervor, wie ich aus dem Space Shuttle schauen würde. So machten wir auch den langen Weg in die Dürerstraße.

Babs wohnt in einer großen Wohnung mit Röschen und Georg. Ich finde, die beiden sind alt genug, um auf ihren eigenen Füßen zu stehen. Aber sie strecken sie lieber unter Mamas Tisch. Georg studiert in Heidelberg Jura, und Röschen kann sich nicht entscheiden. Nicht für ein Studium, nicht für eine Ausbildung, nicht für einen Beruf, und auch nicht zwischen ihren Verehrern. Sie hatte gerade zwei so lange hingehalten, bis beide nicht mehr mochten, und war kreuzunglücklich.

»Waren sie so toll?«

Sie hatte geweint oder war erkältet, sie schniefte: »Nein, aber...«

»›Aber‹ gilt nicht. Wenn sie nicht toll waren, dann sei froh, daß du sie los bist.«

Sie zog den Rotz hoch. »Weißt du einen anderen für mich?«

»Ich werde suchen. Und meinst du, du kannst dich mittlerweile um Turbo kümmern? Nimm's als Übung, Männer und Kater, das ist alles dasselbe.«

Sie lächelte. Sie ist ein Punk mit violett-gelben Haaren, Krokodilklemmen in den Ohrläppchen und einem Chip im Nasenflügel. Aber sie lächelte altmodisch-lieblich. »Der Jonas...«

»Ist das der eine von den beiden?«

Sie nickte. »Der Jonas hat eine Ratte, Rudi, die er immer und überallhin mitnimmt. Ich lad ihn zum Abendessen ein, weil er doch gesagt hat, daß wir gute Freunde bleiben wollen, und während er Spaghetti ißt, ißt Turbo Rudi.« Sie schaute verträumt. »Alles klar, Onkel Gerd.«

26
Einfach trotzig

Zu Hause legte ich mich wieder ins Bett. Brigitte kam, setzte sich auf den Rand und wollte wissen, was gestern eigentlich passiert war. Ich erzählte.

»Warum wolltest du Nägelsbach nicht sagen, wo das Mädchen steckt? Und warum nicht deinem Auftraggeber? Du bist ihr doch zu nichts verpflichtet.«

»Ich weiß nicht, warum die Polizei und Salger sie suchen. Das muß ich erst wissen. Mir hat das Mädchen nichts getan, und ich liefere sie nicht aus, nur um meine Ruhe zu haben und zehntausend Mark zu kriegen.«

Brigitte stand auf, holte einen Amaretto für sich und für mich einen Sambuca. Als sie wieder saß, fragte sie: »Darf ich dich was fragen?«

»Klar.« Ich lächelte aufmunternd, obwohl ich wußte, daß keine Frage kommen würde, sondern ein Vorwurf.

»Ich will dir nicht in deine Arbeit reinreden. Als du die letzten Monate keine Aufträge hattest – gut, dachte ich mir, das ist deine Angelegenheit und nicht meine. Manchmal habe ich mich gefragt, ob das überhaupt gehen würde, wenn du mich heiratest und ich noch Kinder kriege, ob das finanziell gehen würde. Aber das ist nicht der Punkt. Wie du das jetzt mit deinem Fall machst – ich habe auch sonst immer mehr das Gefühl, daß du erst Ruhe gibst, wenn du dich mit allen angelegt und zwischen alle Stühle gesetzt hast. Glücklich bist du dabei selbst nicht. Muß das so laufen? Ist das ...«

»Das Alter? Möchtest du von mir wissen, ob ich aufs Alter starrsinnig und unleidlich werde?«

»Du wirst immer mehr ein Außenseiter. Das meine ich.«

Unter ihrem traurigen Blick konnte ich nicht in Ärger flüchten. Ich versuchte, ihr zu erklären, daß man nur von außen gut sieht. »Natürlich bin ich ein Außenseiter, schon von Berufs wegen. Vielleicht vergucke ich mich öfter, seit ich älter werde. Aber was soll ich machen? Und natürlich sitzt der Außenseiter manchmal zwischen allen Stühlen. Aber du würdest dich auch nicht auf jeden Stuhl setzen wollen.«

Brigitte sah mich schräg an. »Du bist trotzig, sonst gar nichts, einfach trotzig.«

27
Keine guten Karten?

Die Herren vom Bundeskriminalamt kamen am Morgen kurz nach acht. Bleckmeier, in grauem Anzug und beigem Mantel, war ein hagerer Griesgram. Rawitz trug eine Wildlederjacke über Polohemd und Leinenhose und spielte den netten kleinen Dicken. Seine Leutseligkeit war so aufgesetzt wie eine Pappnase. »Herr Doktor Selb?«

Die Anrede verhieß nichts Gutes. Als Staatsanwalt war ich auf meinen Doktortitel stolz, als Privatdetektiv finde ich ihn albern. Er steht nicht am Büro, nicht an der Wohnung, nicht im Telephonbuch und auf keinem Briefkopf. Wer mir mit »Herr Doktor« kommt, weiß über mich, was ihn nichts angeht. Ich bat die beiden Herren ins Wohnzimmer.

»Was führt Sie zu mir?«

Bleckmeier ergriff das Wort. »Wir hören, daß Sie bei der Arbeit an einem Fall über Frau Leonore Salger gewissermaßen gestolpert sind. Wir suchen Frau Salger. Wenn Sie...«

»Warum suchen Sie Frau Salger?«

»Das ist sozusagen eine heikle Frage. Ich würde...«

»Aber keineswegs heikel, keineswegs.« Rawitz unterbrach Bleckmeier, schaute zuerst ihn tadelnd und dann mich entschuldigend an. »Das Bundeskriminalamt bekämpft Straftäter, die sich international oder über das Gebiet eines Landes hinaus betätigen. Wir sind Anlaufstelle für die Landeskriminalämter und für Interpol. Wir nehmen auch polizeiliche Aufgaben auf dem Gebiet der Strafverfolgung wahr, besonders dann, wenn der Generalbundesanwalt einen entsprechenden Auftrag erteilt. Wir benachrichtigen dann natürlich sofort die zuständigen Landesbehörden.«

»Natürlich.«

Bleckmeier übernahm wieder. »Wir suchen Frau Salger also gewissermaßen von Amts wegen. Wir wissen, daß sie im Psychiatrischen Landeskrankenhaus war, von Dr. Rudolf Wendt betreut wurde und vor wenigen Wochen verschwunden ist. Sie wissen, wohin.«

»Haben Sie mit Dr. Wendt gesprochen?«

»Er berief sich auf die ärztliche Schweigepflicht und lehnte jede Kooperation mit uns ab. Wir waren nicht überrascht. Dr. Wendt ist sozusagen kein unbeschriebenes Blatt.«

»Haben Sie ihm den Grund Ihrer Ermittlungen gegen Frau Salger genannt?«

»Herr Dr. Selb«, Rawitz schaltete sich ein. »Wir wollen uns doch nicht falsch verstehen. Als ehemaliger Staatsanwalt sind Sie ein alter Hase. Was sollen wir Ihnen sagen? Wir können Ihnen nur sagen, was wir Ihnen sagen können, und wenn andererseits Sie uns sagen, was Sie wissen, dann läuft die Sache.« Er saß mir gegenüber und beugte sich bei den letzten Worten doch tatsächlich vor und tätschelte mir das Knie.

»Sind wir richtig unterrichtet, daß Sie nach Frau Salger im Auftrag von jemandem gesucht haben, der sich gewissermaßen als ihr Vater ausgab? Haben Sie mit dem Herrn noch Kontakt?«

»Du machst den Herrn Doktor ganz konfus, wenn du alle Fragen auf einmal stellst.« Rawitz wies Bleckmeier mild zurecht. Ich wußte nicht, ob das ihre Variante des gemischten Doppels vom lieben und bösen Polizisten war oder ob Rawitz einen höheren Rang und das Sagen hatte. Bleckmeier war deutlich älter, aber die Politik schwemmt in den Behörden erstaunliche Gestalten nach oben. »Wenn du eine Frage gestellt hast und zur nächsten gehst, ohne auf der Beantwortung der ersten zu bestehen, dann denkt dein Gegenüber, daß es dir gar nicht ernst ist mit der gestellten Frage. Gewissermaßen nicht ernst ist, wie du sagen würdest. Dabei ist es uns sehr ernst damit, Frau Salger zu finden.« Bleckmeier hatte einen roten Kopf und nickte mehrmals. Dann schauten mich beide erwartungsvoll an.

Ich schüttelte den Kopf. »Ich möchte wissen, um was es geht.«

»Herr Dr. Selb«, Rawitz artikulierte überdeutlich, »ob es um Rauschgift, Falschgeld, Terrorismus oder einen Angriff auf Leben oder Freiheit des Bundespräsidenten geht – Ihnen steht in keinem Fall zu, unsere Ermittlungen zu behindern. Es steht Ihnen nicht als Privatdetektiv zu und nicht als ehemaligen Staatsanwalt, und wenn gerade Sie als alter Nazi das Geschäft der Terroristen unterstützen wollen – Sie glauben doch wohl selbst nicht, daß Sie damit auf unsere besondere Sympathie stoßen.«

»Ich glaube nicht, daß Ihre Sympathie für mich so furchtbar wichtig ist. Und wenn Sie schon sagen, daß es um das Geschäft der Terroristen geht – warum nennen Sie nicht auch Roß und Reiter?«

»Er glaubt nicht«, höhnte Rawitz und schlug dem erschrockenen Bleckmeier auf den Schenkel, »er glaubt nicht, daß unsere Sympathie für ihn wichtig ist. Ich habe Ihnen schon mehr gesagt, als ich sagen muß. Aber wenn Sie's nicht hören wollen«, er nahm mich über den Zeigefinger seiner Rechten ins Visier, »dann müssen Sie fühlen. Sie schulden uns Ihre Aussage.«

»Sie wissen genausogut wie ich, daß ich vor Ihnen keine Aussage machen muß.«

»Ich hole Sie vor den Staatsanwalt. Vor dem müssen Sie reden.«

»Aber erst, wenn er mir sagt, warum er ermittelt.«

»Was?«

»Wenn ich nicht weiß, gegen wen und wegen was ermittelt wird, kann ich nicht beurteilen, ob ich mich durch meine Aussage belasten würde.«

Rawitz wandte sich Bleckmeier zu. »Hast du gehört? Er will sich nicht belasten. Es gibt Belastendes, und er könnte sich belasten, aber er will nicht. Interessiert uns das? Nein, Belastendes interessiert uns gar nicht. Alles, was wir wissen wollen, ist die gegenwärtige Adresse von Frau Leonore Salger. Und das wird Ihnen auch der Staatsanwalt sagen. Alles, was ich wissen will, wird der Staatsanwalt sagen, ist die gegenwärtige Adresse von Frau Salger. Von einer Belastung kann dabei nicht die Rede sein. Raus mit der Sprache, wird der Staatsanwalt sagen«, Rawitz schaute mir in die Augen und hob die Stimme, »raus mit der Sprache. Oder haben Sie was mit Frau Salger? Verlobt, bis zum dritten Grad verwandt, bis zum zweiten verschwägert? Was wollen Sie uns weismachen?«

Ich nahm mich zusammen. »Ich mache Ihnen nichts weis. Sie haben recht, mein Fall hat mich auf die Spur von Frau Salger gebracht. Aber was ich aus der Arbeit an einem laufenden Fall erzählen kann, müssen Sie mir überlassen.«

»Sie reden, als seien Sie der Seelsorger von Frau Salger oder ihr Arzt oder Anwalt. Alles, was Sie sind, ist ein mieser, kleiner, privater Schnüffler mit einer schrägen Schramme im Gesicht. Wo haben Sie die eigentlich her?«

Ich wollte ihn fragen, wo er seine unsinnigen Vernehmungsmethoden her hat. Lernt man das auf der Polizeischule? Aber Bleckmeier ergriff vor mir das Wort.

»Das geht ganz schnell, Herr Doktor, das mit der Vorladung zum Staatsanwalt. Sogar mit der Vorladung zum Richter. Das ist eine Sache von wenigen Stunden. Sie haben keine guten Karten, sozusagen.«

Ich fand meine Karten nicht so schlecht. Vielleicht kam ich mit dem Argument durch, daß ich über den Gegenstand der Ermittlungen Bescheid wissen mußte, um mich nicht selbst zu belasten. Wenn nicht, dann konnten sie mich zwar Beugegeld zahlen lassen oder in Beugehaft nehmen, aber so schnell schießen die Preußen nicht. Ich hatte auch den Eindruck, daß die Herren vom Bundeskriminalamt und vom Generalbundesanwalt Aufsehen vermeiden wollten, und wo geschossen wird, gibt's Lärm.

»Wir sehen uns wieder.« Rawitz stand auf, und Bleckmeier tat es ihm gleich. Ich brachte die beiden zur Tür und wünschte ihnen einen guten Tag. Sozusagen.

28

Psychotherapeutentrick

Ich rief im Psychiatrischen Landeskrankenhaus an. Ich bekam Wendt zwar nicht an den Apparat, erfuhr aber, daß er Dienst hatte. Also machte ich mich auf den Weg. Der Aprilwind jagte graue Wolken über den blauen Himmel. Manchmal taten sich ein paar zu kurzen Schauern zusammen. Dann glänzte der nasse Asphalt wieder in der Sonne.

Wendt war in Eile. »Sie schon wieder? Ich muß rüber auf die andere Station.«

»Waren sie schon bei Ihnen?«

»Wer?« Ich war ihm lästig, und zugleich war er neugierig. Er stand eigentümlich verdreht, die Beine zum Gehen bereit, den Kopf mir zugewandt und die Hand auf dem Türgriff.

»Die Herren vom Bundeskriminalamt und Leos großer Bruder.«

»Leos Vater, Leos Bruder – was für Verwandte zaubern Sie denn noch aus dem Hut?« Er tat überlegen. Aber es klang nicht echt.

»Er ist nicht Leos großer Bruder. Er fühlt sich nur so. Er will wissen, wo sie ist.«

Er öffnete die Tür. »Ich muß jetzt wirklich rüber.«

»Die vom Bundeskriminalamt haben nur schlechte Manieren. Leos brüderlicher Freund hat eine Pistole mit Schalldämpfer. Und schlägt zu. Wenn er mehr Zeit mit mir gehabt hätte, hätte er vielleicht aus mir rausgeprügelt, wo Leo ist.«

Er ließ den Türgriff los und wandte sich mir zu. Seine Augen tasteten mein Gesicht ab, als könnten sie, was er von mir wissen wollte, auf der Stirn, um die Nase oder im Kinn lesen. Er war überfordert. »Haben Sie ... Wissen Sie ...«

»Nein, ich habe ihm nicht gesagt, wo Leo ist. Auch nicht denen vom Bundeskriminalamt. Aber ich muß mit Ihnen reden. Was hat Leo getan? Warum wird sie gesucht?«

Er setzte ein paarmal zum Reden an, machte den Mund auf und wieder zu. Dann gab er sich einen Ruck. »Ich habe bis Mittag Dienst. Treffen Sie mich um eins im Gasthaus unten an der großen Straße.« Er ging mit raschen Schritten den Gang hinunter.

Kurz vor eins saß ich an einem der wachstuchbespannten Tische im Wirtshausgarten. Ich hatte die Tür zur Straße und zur Wirtsstube im Blick, aber es kam weder durch diese der Kellner noch durch jene Wendt. Ich war der einzige Gast. Ich betrachtete das Wachstuch, zählte die Karos und sah den Tropfen vom letzten Regen beim Trocknen zu.

Um halb zwei kam ein gutes Dutzend junger Frauen. Sie stellten die Fahrräder ab, setzten sich an den langen Nebentisch und bestellten mit viel Hallo bei einem schlurfenden Kellner, der mißmutig auch meine Bestellung aufnahm. Als sie das Bier oder die Schorle vor sich hatten, wurden sie noch munterer. »Gehen wir heute noch kegeln?« »Aber ohne die Männer!« Natürlich war keine wie die andere, gleichwohl sahen alle gleich aus. Alle ein bißchen modisch, ein bißchen sportlich, ein bißchen berufstätig, ein bißchen Hausfrau, ein bißchen Mutti. Ich stellte sie mir in ihren Ehen vor. Sie bleiben ihren Männern treu, wie man seinem Auto treu bleibt. Mit ihren Kindern sind sie patent und fröhlich. Gelegentlich haben sie Angst im schrillen Lachen. So, wie wir Deutsche unsere Ehen führen, wundert's mich nicht, daß wir keine Revolution gemacht haben.

Um zwei war mein Wurstsalat gegessen und meine Apfelschorle getrunken. Von Wendt fehlte jede Spur. Ich fuhr wieder ins Landeskrankenhaus. Dort war er gegen eins gegangen. Ich klopfte bei Eberlein an.

»Herein!« Er stand im weißen Kittel am Fenster, hatte in den Park gesehen und wandte sich mir zu.

»Erst verschwinden Ihre Patienten, dann Ihre Ärzte.« Ich berichtete von meiner geplatzten Verabredung mit Wendt. »Hatten Sie dieser Tage Besuch von zwei Herren vom Bundeskriminalamt? Und war sonst noch jemand bei Ihnen? Groß, breit, Mitte vierzig, könnte alles vom Bankier bis zum Pastor sein, vielleicht mit verspiegelter Sonnenbrille? Wollte was über Ihre ehemalige Patientin Leonore Salger wissen, über Dr. Wendt oder über beide?«

Eberlein ließ sich wieder Zeit. Ich glaube, das ist ein Psychotherapeutentrick, der den anderen nervös machen soll. Aber diesmal war da noch etwas anderes. Eberlein wirkte besorgt. Zwischen den Brauen stand eine steile, scharfe Falte, die ich noch nicht kannte, und ab und zu klopfte er ungeduldig, unwillig mit dem Stock auf den Boden. »Für wen arbeiten Sie eigentlich, Herr Selb? Immer noch für Leonore Salgers Vater?«

»Da gibt es keinen Vater. Ich vermute, deswegen hat mir Dr. Wendt damals die Lügengeschichte vom Fenstersturz aufgetischt. Er hat gedacht, daß der falsche Vater sich nicht hervorwagen kann und sich mit der falschen Geschichte abfinden muß. Aber die falsche Geschichte war zu dünn, und der falsche Vater – er hat keine Scheu, sich hervorzuwagen, mit verspiegelter Sonnenbrille und ohne. Für wen ich arbeite? Nicht mehr für ihn und auch sonst für niemanden. Ich habe keinen Auftraggeber, nur ein Sorgenkind.«

»Ist das bei einem Privatdetektiv normal?«

»Nein. Am besten ist es, wenn das Sorgenkind auch der Auftraggeber ist. Wie bei Ihnen. Wie ein Psychotherapeut sollte auch ein Privatdetektiv nicht ohne Bezahlung arbeiten. Auch in meinem Metier hat der Klient ohne Leidensdruck keine Heilungschancen.«

Er lachte. »Heilen Detektive? Ich dachte, sie ermitteln.«

»Auch das ist wie bei Ihnen. Wenn wir nicht herausfinden, was wirklich geschehen ist, werden die Leute die alten Geschichten nicht los.«

»So, so.« Das klang so nachdenklich, daß ich mich fragte, ob das, was ich dahergeredet hatte, des ernsthaften Nachdenkens wert war. Aber Eberlein war mit den Gedanken anderswo. »Was ist nur mit Wendt los? Gestern waren die zwei Herren vom BKA bei mir, und heute hatte ich Wendt zu mir bestellt. Er ist einfach nicht gekommen. Er kann doch nicht glauben...« Eberlein führte nicht zu Ende, was Wendt nicht glauben konnte. »Der, den Sie beschrieben haben, war auch da. Lehmann aus Frankfurt – er wollte zu Wendt, der nicht da war, kam dann zu mir und stellte sich als alter Freund der Familie Salger und besonders der Tochter Leonore vor, redete von väterlicher Anteilnahme und Verantwortung, von Schwierigkeiten, in denen sie steckt, und wollte wissen, wo sie jetzt lebt. Ich weiß es nicht, und ich hätte es ihm auch nicht gesagt, wenn ich es wüßte. Ich hoffe, er findet sie nicht.«

»Ich auch – aber warum Sie?«

Er machte das Fenster auf und ließ kühle, feuchte Luft ins Zimmer. Es regnete in senkrecht fallenden Fäden. »Sie haben sich neulich vielleicht gewundert, warum ich eine Yacht habe. Nun – ich interessiere mich für Fische. Im Indischen Ozean gibt es einen Hai, der einige Ähnlichkeit mit dem Delphin hat. Haie sind Einzelgänger und Delphine Rudeltiere, aber auch im Verhalten kann dieser Hai eine große Ähnlichkeit mit dem Delphin an den Tag legen. Er fügt sich in ein Rudel Delphine ein, schwimmt mit ihnen, spielt und jagt mit ihnen. Das geht eine Weile gut. Bis er auf einmal, wir wissen nicht, warum, durchdreht und einen Delphin auf der Stelle zerreißt und zerfleischt. Manchmal stürzt sich das Rudel auf ihn, meistens flieht es. Er bleibt dann wochen- oder monatelang allein, bis er sich ein anderes Rudel sucht.«

»An ihn erinnert Sie Lehmann?« Ich hatte keinen Grund, Lehmann besonders zu schätzen, aber das war starker Tobak.

Er hob beschwichtigend die Hand. »Das Faszinierende an unserem Hai ist, daß er bei den Delphinen eine Rolle zu spielen scheint. Aber Tiere spielen keine Rollen, sie haben nicht die nötige Distanz. Also muß es im Gehirn unseres Hais zwei Programme geben, das Haiprogramm und das Delphinprogramm, und er ist einmal ganz und gar Delphin und das andere Mal ganz und gar Hai. Deswegen hat mich Lehmann an den Hai erinnert. Ich war sicher, daß er mir Lügen auftischte, aber ich war ebenso sicher, daß er sich fühlte, als rede er die reine Wahrheit. Wissen Sie, was ich meine?«

Ich nickte.

»Dann wissen Sie auch, warum ich den Mann gefährlich finde. Vielleicht hat er noch nie einem anderen ein Härlein gekrümmt und wird's auch nie tun. Aber wenn es ihm danach ist, tut er es ohne jedes Zögern und besten Gewissens.«

29
Bei dem Wetter?

Ich fuhr nach Wieblingen in die Schusterstraße. Bei Wendt klingelte und klopfte ich vergebens. Als ich zum Wagen zurückging, stand Frau Kleinschmidt in der Haustür. Sie hatte mich wohl durch den Vorhang beobachtet.

»Herr Wendt!«

Ich sprang über zwei Pfützen, bekam den Guß der Dachrinne am Vordach ab, stellte mich zu Frau Kleinschmidt in den Hausflur und wischte die Brille trocken.

»Sie suchen wieder Ihren Herrn Sohn, den Herrn Doktor? Er war da, sehen Sie, da steht sein Wagen. Aber dann kam noch ein anderer Wagen, und er ist mit dem anderen Herrn losgegangen.«

»Bei dem Wetter?«

»Ist das nicht seltsam? Ich finde es seltsam. Und dann, nach einer Dreiviertelstunde, ist der andere Herr allein zurückgekommen und weggefahren. Das finde ich auch seltsam.«

»Sie sind eine gute Beobachterin. Wie sah der andere Herr aus?«

»Das sagt mein Mann auch. Renate, sagt er, Renate, du bist eine gute Beobachterin. Aber den anderen Herrn habe ich nicht richtig gesehen. Da hinten hat er geparkt, sehen Sie, da hinten, wo jetzt der Ford steht. Und dann der Regen. Bei Regen sind alle Katzen naß. Aber daß er einen Golf fährt, habe ich gesehen.« Sie sagte es eifrig wie ein Kind, das gelobt werden will.

»Wohin sind die beiden gegangen?«

»Die Straße runter. Da geht's zum Neckar, wissen Sie,

aber von hier sieht man nicht weit, da kann eines noch so gut beobachten.«

Ich verzichtete auf Frau Kleinschmidts frisch gebrühten Kaffee und setzte mich ins Auto. Langsam fuhr ich die Straße ab, die am Neckar entlangführt. Häuser, Bäume und Autos waren in den Schleier des Regens gehüllt. Es war erst kurz nach vier, sah aber aus wie frühe Dämmerung.

Nach einer Weile wurde der Regen schwächer, und schließlich schrammten die Wischerblätter auf der trockenen Scheibe. Ich stieg aus. Ich folgte dem Weg, der durch die Neckarwiesen von Wieblingen nach Edingen führt, am Klär- und am Kompostwerk vorbei und unter der Autobahnbrücke durch. Einmal glaubte ich, ein Kleidungsstück von Wendt zu sehen, stapfte durchs nasse Gras hin und kam mit nassen Füßen zurück. Eigentlich bin ich gerne draußen, wenn nach dem Regen die Erde riecht und die Luft im Gesicht prickelt. Aber diesmal war mir nur klamm.

Ich fand ihn mit ausgebreiteten Armen und erstarrtem Blick. Über uns rauschte der Verkehr. So, wie er lag, hätte er von der Autobahnbrücke hinabgestürzt und auf den Steinen aufgeschlagen sein können, mit denen man hier beim Bau der Brücke den Boden gepflastert hatte. Aber da war das kleine Loch im hellen Regenmantel, wo ihn die Kugel in die Brust getroffen hatte. Es war von dunklem, fast schwarzem Rot. Im Regenmantel um das Loch herum leuchtete das Rot hell. Es gab nicht viel Blut.

Neben ihm, als sei sie seiner Hand entglitten, lag eine Aktentasche. Ich holte zwei Papiertaschentücher hervor, nahm mit ihnen die Aktentasche auf und trug sie unter die Brücke ins Trockene. Meine taschentuchgeschützten Hände fanden eine Zeitung, ein großes Notizbuch und die Kopie einer Landkarte. Das Notizbuch, Wendts ärztlicher Terminkalender, enthielt keinen Eintrag für den heutigen Nachmittag. Die Landkarte war ohne Bezeichnung, und was sie zeigte, erkannte ich nicht. Kein Ort, kein Fluß, keine Farben, die

Wälder oder Häuser kenntlich gemacht hätten. Weithin war die Fläche in kleine numerierte Parzellen aufgeteilt. Ein Doppelstrich führte von der oberen bis zur unteren Mitte, davon schwangen mehrere Doppelstriche nach links ab und mündeten in einen weiteren Doppelstrich, der wieder gerade zum Rand führte. Ich merkte mir ein paar Zahlen: unten 203, oben 537, 538, 539, links 425 und rechts 113. Dann legte ich die Aktentasche wieder so hin, wie ich sie gefunden hatte.

Mit dem erhöht liegenden Kopf, den ein aus dem Pflaster ragender Stein trug, sah Wendt aus, als gehe sein gebrochener Blick sehnsüchtig in weite Ferne. Ich hätte ihm gerne die Augenlider geschlossen. Auch weil es sich so gehört. Aber die Polizei würde es nicht mögen. Ich rief sie von der nächsten Telephonzelle in Wieblingen an und ließ mich mit Nägelsbach verbinden.

»Ich finde nicht gut, daß Sie mir die Kollegen vom BKA geschickt haben.« Das mußte ich doch zuerst loswerden.

»Was habe ich?«

»Heute früh waren Bleckmeier und Rawitz vom BKA bei mir und wollten wissen, wo Leonore Salger ist.«

»Herr Selb, damit habe ich nichts zu tun. Was Sie und ich neulich abends... Wie können Sie auf den Gedanken kommen, daß ich Ihr Vertrauen derart mißbrauchen könnte.«

Seine Stimme bebte vor Empörung. Ich glaubte ihm. Mußte ich mich schämen? Fiel, was ich ihm zugetraut hatte, auf mich zurück? »Es tut mir leid, Herr Nägelsbach. Ich konnte mir einfach nicht vorstellen, wie das BKA sonst darauf kommt, mich zu vernehmen.«

»Mhm.«

Dann machte ich meine Meldung. Er bat mich, an der Telephonzelle auf ihn zu warten. Nach genau fünf Minuten waren ein Streifen- und ein Krankenwagen da, gleichzeitig kam Tietzke von der RNZ, und nach weiteren drei Minuten trafen Nägelsbach und sein Kollege ein. Ich stieg in ihren

Wagen, führte sie zu Wendts Leiche, und sie machten sich an die Arbeit. Ich konnte gehen. »Bis morgen – sprechen Sie doch bitte am Vormittag auf der Polizeidirektion vor!«

30
Spaghetti al Pesto

Auf dem Treppenabsatz vor meiner Wohnung war die Birne noch immer kaputt. Ich sah es, als ich ein Stockwerk tiefer verschnaufte, und kehrte um.

Brigitte war noch nicht zu Hause. Manu und ich kochten Spaghetti al Pesto. Er kann gar nicht früh genug lernen, daß Sahne der Leib und Wermut die Seele heller Pasta-Saucen ist.

Als Brigitte und ich am späten Abend Nonni ausführten, wollte sie wissen, was los sei. »Ich freu mich, daß du da bist und daß ihr gekocht habt. Ihr habt sogar abgespült. Aber du bist doch nicht da, um mir eine Freude zu machen.«

»Daß ich mir eine Freude mache – langt das nicht?«

Sie spürte, daß das nicht alles war, mochte aber auch nicht widersprechen. Zu Hause sahen wir einen späten Film und die letzten Nachrichten. Vor dem Wetterbericht kam eine Fahndungsmeldung des Bundeskriminalamts. In den Abendnachrichten, die ich mit Manu gesehen hatte, war sie noch nicht gewesen. Die zwei namenlosen Männer kannte ich nicht. Die Frau war Leo und wurde auch mit ihrem Namen genannt. Die Rede war von einem terroristischen Anschlag auf eine amerikanische Militäreinrichtung und von zwei Toten. Dann kam ein Pressesprecher des Bundeskriminalamts ins Bild, sprach von den Terroristen der zweiten Generation, Feierabendterroristen, die tags ein normales Leben führen und nachts brennen und morden, bat um Verständnis für die unvermeidlichen Behinderungen durch Straßensperren und Kontrollstellen in den nächsten Tagen, versprach, daß sachdienliche Hinweise auf Wunsch vertraulich behandelt würden, und verwies auf die hohe Belohnung.

»War das nicht die Kleine, deren Bild an deinem Löwen lehnt?«

Ich nickte.

»Du glaubst hoffentlich nicht, daß ich an die Belohnung denke. Ich denke daran, wie ich dich neulich gefunden habe. Da hast du gesagt, daß du der Polizei dann sagst, wo sie steckt, wenn du weißt, warum sie gesucht wird. Jetzt weißt du's.«

»Weiß ich's? Ein terroristischer Anschlag auf eine amerikanische Militäreinrichtung mit zwei Toten – das ist alles, was ich weiß. Warum weiß ich nicht, wann und wo der Anschlag war? Im Januar ist Leo untergetaucht, jetzt ist Mai, und die Meldung klingt, als hätte Leo den Anschlag erst gestern verübt und sei erst gestern untergetaucht. Nein, Brigitte, ich weiß herzlich wenig.«

Als wir im Bett lagen, faßte ich einen Entschluß und stellte den Wecker. Hoffentlich sahen die Amorbacher und besonders die Familie Hopfen keine Spätnachrichten.

Am nächsten Morgen um sechs saß ich im Auto und fuhr nach Amorbach.

31
Wie damals bei Baader und Meinhof

Die Straßen waren leer, und ich konnte zügig fahren. Die Sonne ging als blasse rote Scheibe auf, hatte aber den Dunst bald weggedampft und blendete mich in den vielen engen Kurven zwischen Eberbach und Amorbach. Die Regentage waren vorbei.

Der Badische Hof hatte schon geöffnet und das Frühstücksbuffet war gerichtet. Am Nebentisch saß ein Ehepaar, sah aus, als käme es aus Gelsenkirchen oder Leverkusen, war zur Wanderung durch den Odenwald mit Kniebundhosen und roten Socken gerüstet und las über Kaffee und Brötchen den Boten vom Untermain. Ich hätte den beiden gerne gesagt, wie wichtig in der Ehe das Miteinanderreden ist, und sie um die Zeitung gebeten. Aber ich traute mich nicht. Immerhin konnte ich sehen, daß Leos Bild nicht auf der Titelseite war.

Es war auf Seite 4. Als ich um viertel vor neun am Sommerberg klingelte, hatte ich die Zeitung am Kiosk gekauft und unterm Arm. Drinnen lärmten die Kinder. Leo machte die Tür auf.

Ich hatte sie neulich nur flüchtig gesehen. Auch danach war sie für mich das Mädchen von der ersten Photographie geblieben, das Mädchen mit dem Mund, der gerne lacht, und der Frage und dem Trotz im Blick, das Mädchen, das auf meinem Schreibtisch am Löwen lehnte. Die junge Frau, deren Photographie ich im Studentenwohnheim am Klausenpfad bekommen hatte, hatte ich nicht mehr richtig wahrgenommen. Jetzt stand sie vor mir, noch mal ein oder zwei Jahre älter. Das Kinn und die Backenknochen zeigten Entschlossenheit. In ihrem Blick las ich: Was will der alte Mann? Ein Hausierer?

Ein Vertreter? Oder will er Strom und Gas ablesen? Wieder trug sie Jeans und ein kariertes Männerhemd.

»Sie wünschen?« Der Akzent war so dick wie die Nutella auf den Broten, die sich Manu selbst schmiert.

»Guten Morgen, Frau Salger.«

Sie machte einen Schritt zurück. Fast war ich über das Mißtrauen in ihrem Blick froh. Lieber ein gefährlicher als ein lästiger alter Mann.

»Wie bitte?«

Ich hatte die Zeitung auf der vierten Seite aufgeschlagen und gab sie ihr. »Ich möchte mit Ihnen reden.«

Sie betrachtete ihr Bild in einer Mischung aus Neugier und Resignation: Das soll ich sein? Egal, es ist aus. Ich vermute, die Photographie stammte von Leos erkennungsdienstlicher Behandlung. Gelegentlich ist von Kriminalisierung durch die Polizei die Rede und wird geargwöhnt, die Polizei bekämpfe das Verbrechen nicht nur, sondern erzeuge es erst. Das sind unzulässige Verallgemeinerungen. Nur die Polizeiphotographen kriminalisieren. Sie freilich sind Meister des Fachs. Man überläßt ihnen den gesetzestreuesten und unbescholtensten Biedermann – im Handumdrehen machen sie aus ihm eine Verbrechervisage. Leo zuckte die Schultern und gab mir die Zeitung zurück. »Haben Sie bitte einen Moment Geduld.« Der Akzent war weg.

Ich stand vor der Tür und hörte in Fetzen, wie Leo die Kinder anhielt, Schuhe anzuziehen, Jacken mitzunehmen und Brote einzupacken. Dann lief sie die Treppe hinunter und schlug unten Zimmer- und Schranktüren auf und zu. Als sie mit den Kindern vors Haus trat, hatte sie einen Mantel über dem Arm und eine volle Tasche über der Schulter.

»Ist es recht, wenn ich mit den Kindern vorausfahre? Ich möchte sie gerne im Kindergarten und in der Schule absetzen und den Wagen bei der Praxis parken.« Sie schloß den Rover auf und half den Kindern hinein.

Ich fuhr hinter ihr her, sah das Mädchen in den Kindergarten und die Buben in die Schule gehen. Dann hatte Leo den Rover geparkt, die Schlüssel in den Briefkasten der Praxis geworfen und stand mit Tasche und Mantel neben meinem Wagen. »Wir können fahren.«

Hielt sie mich für einen Polizisten? Nun, das ließ sich später klären. Als ich in die Straße nach Eberbach bog, sah sie mich erstaunt an, sagte aber nichts. Sie und ich schwiegen bis Ernsttal. Ich stellte den Wagen unter den Bäumen ab. »Kommen Sie, lassen Sie uns einen Kaffee trinken.«

Sie stieg aus dem Auto. »Und wohin geht's dann?«

»Ich weiß nicht. Bonn? Heidelberg? Was hätten Sie denn gerne?«

Wir setzten uns auf die Terrasse und bestellten. »Sie sind nicht von der Polizei – wer sind Sie und was wollen Sie?« Sie holte Tabak und Papier aus der Tasche, drehte sich fingerfertig eine Zigarette und ließ sich von mir Feuer geben. Dann rauchte sie und wartete auf meine Antwort. Sie sah mich an, nicht mißtrauisch, nur vorsichtig.

»Wendt ist tot, und es spricht alles dafür, daß dies hier der Mörder ist.« Ich zeigte ihr ein Bild aus ihrem Album, auf dem der falsche Salger neben ihr stand, den Arm um ihre Schulter gelegt. »Sie kennen ihn.«

»Ja und?« Die Vorsicht im Blick wurde Abwehr. Sie hatte mit aufgestützten Armen am Tisch gesessen; jetzt lehnte sie sich zurück.

»Ja und? Wendt hat Ihnen geholfen. Zuerst hat er Sie im Psychiatrischen Landeskrankenhaus versteckt, dann Ihnen die Au-pair-Stelle in Amorbach verschafft. Ich habe ihn nicht gut gekannt, aber mir ist nicht wohl bei dem Gedanken, daß er vielleicht noch leben könnte, wenn ich der Polizei gesagt hätte, was sie von mir wissen wollte, über Sie, über ihn«, ich zeigte auf das Bild, »und über Wendt. Ich bin ziemlich sicher, daß er noch leben würde, wenn Sie einiges anders gemacht hätten.«

Der Wirt brachte den Kaffee. Leo stand auf. »Ich bin gleich

wieder da.« Wollte sie sich durchs Klofenster zwängen und durch die Wälder ins Bayerische schlagen? Ich ließ es darauf ankommen. Der Wirt legte mir dar, daß unsere Wälder sterben, seit in deutschen Öfen russisches Erdgas verfeuert wird. »Die tun was rein«, flüsterte er mir zu, »Krieg, Waffen – das brauchen die gar nicht mehr.«

Leo kam zurück. Sie hatte tränenverquollene Augen. »Sagen Sie mir jetzt, was Sie von mir wollen?« Sie sprach normal, aber es kostete sie Kraft.

Ich gab eine knappe Version der letzten Wochen.

»Für wen arbeiten Sie jetzt?«

»Für mich. Das kann man schon mal machen, wenn es nur kurz ist.«

»Und was ich weiß, wollen Sie einfach so wissen, aus Interesse und Neugier?«

»Nicht nur. Ich möchte auch wissen, was mir von ihm«, ich zeigte wieder auf das Bild, »noch blüht. Wie heißt er übrigens?«

»Und wenn ich Ihnen alles gesagt habe – was dann?«

»Sie wollen wissen, ob ich Sie dann der Polizei ausliefere?«

»Wär doch was, oder? Haben Sie mich eigentlich leicht erkannt?«

»Sehr schwer fand ich's nicht. Aber Menschen erkennen, die nicht erkannt werden wollen, gehört bei mir zum Geschäft.«

»Bringen Sie mich von hier weg?«

Ich verstand nicht, worauf sie hinauswollte.

»Ich meine, ob Sie mich wohin bringen können, wo nicht diese Bilder... Die kommen jetzt doch wohl in jedes Postamt und in jedes Polizeirevier, wie damals bei Baader und Meinhof, und ins Fernsehen – auch ins Fernsehen?«

»Gestern abend.«

»Fällt Ihnen was ein? Dann erzähle ich Ihnen auch, was Sie wissen wollen.«

Ich brauchte eine Weile. Unterstützung einer terroristischen Vereinigung, Begünstigung, Strafvereitelung – mir ging durch den Kopf, was mir passieren konnte. Könnte ich in meinem Alter mangelnde Verhandlungsfähigkeit geltend machen, oder war das nur in Naziprozessen zulässig? Würden sie meinen Kadett als Verbrechenswerkzeug einziehen? Die moralische Frage, ob ich ein Versprechen, das ich Leo jetzt gab, auch dann noch halten würde, wenn sie die furchtbarsten Furchtbarkeiten begangen haben sollte, verschob ich auf später.

Ich stand auf. »Na gut. Ich bringe Sie nach Frankreich, und bis wir die Grenze erreichen, erzählen Sie mir, was Sie wissen.«

Sie blieb sitzen. »Und wenn wir an der Grenze sind, sagt der Beamte danke schön und ...«

Sie hatte recht. Auch im Europa der offenen Grenzen würde die Polizei bei einer Großfahndung an den Grenzübergängen besonders aufpassen. »Ich bringe Sie über die grüne Grenze.«

32
Bananen in den Auspuff

Im Fernsehen war um Verständnis für Straßensperren und Kontrollstellen gebeten worden. Also nahm ich die kleinen Straßen mit den Traktoren, Landmaschinen und Heuwagen, die bei Polizisten ebenso gefürchtet sind wie bei allen anderen. Wir fuhren durch den kleinen Odenwald und den Kraichgau, bei Leopoldshafen über den Rhein und bei Klingenmünster in den Pfälzer Wald. Um zwei Uhr waren wir in Nothweiler.

»Eigentlich gibt es gar nicht viel zu erzählen«, hatte Leo hinter Ernsttal angefangen, um sogleich wieder aufzuhören. Bis Neckarbischofsheim brütete sie vor sich hin und drehte und rauchte eine Zigarette nach der anderen. »Ich verstehe das nicht. Rolf hat nicht wirklich dazugehört und mitgemacht. Es gibt keinen Grund, ihn umzubringen, für niemanden. Wie ist er ermordet worden?«

»Erzählen Sie mir einfach von Anfang an.«

»Dann fang ich mit Helmut Lemke an. Er nennt sich zwar nicht mehr so, aber was soll's. Mit Ihrem Bild finden Sie den Namen eh raus. Er war wirklich ein großer Bruder. Als Vater ihn zum erstenmal nach Hause brachte, war ich noch nicht in der Schule. Er war sich nicht zu alt, mit mir im Garten Fangen und Verstecken zu spielen, und als ich größer wurde, brachte er mir Tennis bei. Er muß sich die kleine Schwester ebenso gewünscht haben wie ich mir den großen Bruder.«

»Woher kannte Ihr Vater ihn?«

»Helmut war Student und in den Ferien für ein Praktikum im Ministerium. Irgendwie ist er Vater aufgefallen. 1967 hat er dann von Bonn nach Heidelberg gewechselt. Das hat den

Kontakt gelockert, aber immer wieder war er in Bonn, und dann besuchte er uns auch und unternahm was mit mir. Als Vater im Gefängnis saß und niemand mit uns zu tun haben wollte, kam er, als sei das die selbstverständlichste Sache von der Welt. Bis er vor sechs Jahren wie vom Erdboden verschluckt war.«

»Wann tauchte er wieder auf?«

»Im letzten Sommer. Comme ça.« Leo schnalzte mit den Fingern. Eines Tages hatte er bei ihr vor der Tür gestanden und sie begrüßt, als habe man sich gestern gesehen. In den nächsten Wochen sahen sie sich fast täglich. »Es war für uns ... Na ja, einerseits kannten wir uns seit ewigen Zeiten und waren einander vertraut, und andererseits erlebten wir uns ganz neu.« Hieß das, daß sie ein Verhältnis hatten? Jedenfalls machten sie viel zusammen, Tennis, Wandern, Theater, Kochen. Eines Tages erzählte er von seinen sechs Jahren im Gefängnis. Er war wegen eines Anschlags auf das Kreiswehrersatzamt in Heidelberg verurteilt worden.

»Zu sechs Jahren?« Ich erinnerte mich an keinen solchen Anschlag, und spektakuläre Explosionen im Raum Mannheim–Heidelberg bleiben mir gemeinhin in Erinnerung.

»Es hat einen Nachtwächter erwischt. Er wurde schwer verletzt. Aber Helmut hatte mit dem ganzen Anschlag nichts zu tun. Er war politisch engagiert, hat beim KBW mitgemacht, beim Kommunistischen Bund Westdeutschland, hat die Polizei und die Gerichte immer wieder provoziert, und da haben sie ihm was angehängt und ihn fertiggemacht. So war das. Er hat mir erzählt, wie ein Polizist ihm ganz offen gesagt hat, er habe lange genug seinen Spaß mit der Polizei gehabt, jetzt habe die Polizei ihren Spaß mit ihm.«

»Das klang Ihnen überzeugend?«

»Ja, und ich hab verstanden, daß er es ihnen heimzahlen wollte. Zuerst wollte er das Kreiswehrersatzamt hochgehen lassen, diesmal er, und diesmal richtig. Aber dann wurde ihm klar, daß er die dahinter treffen muß, die Amerikaner.

Manchmal sind wir durch die Bunsenstraße gelaufen, und gleich um die Ecke von meiner Wohnung in der Häusserstraße ist die alte Villa, in der früher das Kreiswehrersatzamt war und in der jetzt die Amerikaner sind, ich weiß nicht, was für eine Dienststelle. ›Siehst du‹, sagte er, ›der Anschlag auf das Kreiswehrersatzamt war nicht nur Blödsinn, weil ein Kreiswehrersatzamt nur ein Kreiswehrersatzamt ist, sondern weil der Wechsel der Benutzer deutlicher als jede Bombe zeigt, daß hinter dem deutschen Militarismus letztlich der amerikanische Imperialismus steckt. Es ist eine Beleidigung meiner Intelligenz, daß sie mir eine derart blödsinnige Aktion im Kampf gegen Kapitalismus und Imperialismus zugetraut haben.‹«

Ich hatte schon in den sechziger und siebziger Jahren Schwierigkeiten, diesen Politjargon ernst zu nehmen. Der Zeitgeist der neunziger Jahre macht das Ernstnehmen nicht leichter. Trotz ihrer selbstgedrehten Zigaretten konnte ich mir Leo nicht bei der Lektüre von Marx und Engels vorstellen. Ich fragte sie vorsichtig nach ihrem Verhältnis zum Kampf gegen Kapitalismus und Imperialismus.

»Das war Helmuts Kiste. Wenn man so lange damit gelebt und so viel dafür bezahlt hat, kommt man vielleicht nicht mehr von runter. Wir haben ihn manchmal aufgezogen. Er hat nicht verstanden, daß gute Politik konkret ist, unter die Haut geht und Spaß macht. Aber andererseits hat er uns auch eine Menge beigebracht.«

»›Uns‹? Ihnen und den beiden anderen von den Fahndungsphotos?«

»Mir meine ich. Ich will niemand reinziehen. Die von den Zeitungsphotos kenne ich auch gar nicht.«

Ich bedrängte sie nicht. Ich konnte aus der Fortsetzung ihres Berichts schließen, daß es noch zwei andere gab, einen Giselher und einen Bertram, daß sie sich auf einer Demonstration kennengelernt hatten, gelegentlich trafen und zunächst nur zusammen geschimpft und gewitzelt hatten.

»Dann hatten wir's satt. Du redest und redest, und ändern tust du nichts. Die ganzen Sauereien gehen weiter, das Waldsterben, die Chemie in der Luft und im Wasser, die Kernkraftwerke, die Raketen, und wie sie die Städte kaputtmachen und die Polizei aufrüsten. Das einzige, was du erreichst, ist, daß die Zeitungen und das Fernsehen mal mehr berichten. Aber dann ist das Thema ausgelutscht, und niemand schreibt oder sendet mehr über den Wald, und die Leute denken, daß alles paletti ist, dabei wird's immer schlimmer.«

Also beschlossen sie, zu handeln statt zu reden. Sie beschossen das Kernkraftwerk in Biblis mit Feuerwerkskörpern, legten Stinkbomben in Heidelberger und Mannheimer Sex-Shops, steckten bei Polizeiautos Bananen in den Auspuff, versuchten vergebens, durch nächtens gesprengte Schlaglöcher ein Autorennen auf dem Hockenheimer Ring zu verhindern, und fällten zwischen Kirchheim und Sandhausen einen Hochspannungsmast. Dann stieß Helmut Lemke zu ihnen. Er machte ihnen klar, daß sie sich mit Kindereien abgegeben hatten.

»Welche Rolle hat Wendt dabei gespielt? Ich verstehe, daß Sie niemand reinziehen wollen, aber...«

»Er ist tot, ich weiß. Er hat keine Rolle dabei gespielt. Habe ich das nicht schon gesagt? Wir waren einfach befreundet. Irgendwie kannten Helmut und er sich von früher. Zufällig trafen wir Rolf im ›Weinloch‹, Helmut hat ihn mir vorgestellt, und so haben wir uns kennengelernt.«

»Die Zeitung schreibt von einem Anschlag auf eine amerikanische Militäreinrichtung.«

»Das folgte aus dem neuen Konzept.« Lemke brachte sie darauf. Man solle durch Aktionen nicht zu verhindern versuchen, was man doch nicht verhindern kann, sondern es entlarven. Das leuchtete Leo und ihren Freunden ein. Also planten sie, in die Rheinischen Chemiewerke in Ludwigshafen einzudringen und deren Emissionen so zu manipulieren, daß Luft und Wasser wenn schon giftig, dann auch bunt werden. Das Gift sollte sich durch violette Wolken und einen gelben Rhein selbst entlarven. Sie planten auch einen Anschlag auf Römerkreis, Bismarckplatz und Adenauerplatz, wollten dort zur Rush-hour die Ampeln außer Funktion setzen und dadurch in Heidelberg den Verkehr lahm- und die Verkehrsbelastung offenlegen. Aber mit den Plänen ging es nicht voran. Dafür kam Lemke mit der Aktion Bonfire.

»Was bedeutet Bonfire?«

»Freudenfeuer – wir wollten bei den Amerikanern Feuer legen, damit endlich an die Öffentlichkeit kommt, was die alles lagern. Normalerweise lassen die niemand rein, aber wenn's brennt, dann geht's drunter und drüber, und die Deutschen kommen einfach, Polizei, Feuerwehr, Reporter. Natürlich muß es ein großes Feuer sein. Aber wenn so ein Munitionslager erst mal brennt...«

Ich war entgeistert und sah sie entgeistert an. Sie verteidigte sich gegen meine Vorwürfe schneller, als ich sie auch nur denken konnte. Mir wurde klar, daß sie seit Wochen ihr eigener Ankläger, Verteidiger und Richter war.

»Natürlich sollte niemand verletzt werden. Da waren wir uns ganz sicher und einig, wir haben es Helmut immer wieder gesagt, und er hat es hoch und heilig versprochen. Aber selbst wenn – verstehen Sie mich nicht falsch, wir haben das nicht einkalkuliert, ich meine nur so, selbst wenn...«, sie brach ab.

Ich schaute zu ihr hinüber.

Sie hatte trotzig die Unterlippe hochgeschoben, und im Schoß hielt die eine Hand die andere so fest, daß die Haut unter den Nägeln weiß schimmerte. »Wie soll man was Furchtbares entlarven, ohne daß es furchtbar zugeht. Wenn was passiert ist, ich meine, wenn was passiert wäre, dann jedenfalls besser als wenn wirklich...«

Ich wartete, aber sie redete nicht weiter. »Was ist eigentlich geschehen, Frau Salger?«

Sie sah mich an, prüfend, als solle ich für sie ein Geheimnis lüften und nicht umgekehrt. »Ich weiß nicht genau. Ich hatte mich um die Vorbereitung nicht besonders gekümmert. Das haben die anderen gemacht, Helmut und Giselher. Bertram kam erst am Abend, bevor es losging, aus der Toskana zurück. Mir war klar, daß ich dabeisein und mitmachen würde. Wir haben immer alles gemeinsam durchgeführt. Helmut wollte zwar partout, daß ich nicht dabei bin, aber damit kam er nicht durch. Wir waren sowieso einer zuwenig. Zuerst hat Helmut versucht, das Projekt mit vier statt fünf Leuten zu planen, dann hat er einen neuen fünften Mann gesucht und auch gefunden. Zu seiner und unserer Sicherheit hat er ihn nicht in die Gruppe gebracht. Wir haben uns erst getroffen, als es losging. Er kam mit Helmut, im anderen Wagen kamen Giselher, Bertram und ich.«

»Das war Anfang Januar?«

»Heilige Drei Könige. Ich weiß nicht einmal, wo genau wir uns getroffen haben. Es muß Richtung Frankfurt gewesen sein. Wir sind eine ganze Weile über die Autobahn gefahren, am Heidelberger oder Mannheimer Kreuz nach Norden, dann von der Standspur über die Böschung auf eine kleine Straße. Von der kleinen Straße ging's querfeldein bis an den Rand eines Wäldchens. Dort haben wir Helmut und den fünften Mann getroffen. Und von dort sind wir los.«

»Kannten Sie den fünften Mann?«

»Wir hatten unsere Gesichter geschwärzt. Selbst Helmut habe ich kaum erkannt. Nach einer Weile kamen wir an einen Zaun, haben ein Loch reingeschnitten und sind reingeklettert. Meine Aufgabe war, den Rückweg zu sichern. Ich sollte auf halber Strecke in beide Richtungen aufpassen und, falls eine Patrouille kam, entweder die unseren warnen oder die anderen ablenken. Aber so genau werden Sie's nicht wissen wollen. Es war ziemlich neblig. Nach zwanzig Minuten sollte ich mich alleine davonmachen.« Sie zuckte mit den Schultern. »Ich habe fünfundzwanzig gewartet. Dann hörte ich Schüsse. Ich bin zurück zum Zaun und raus aus dem Gelände. Als ich bei den Autos war, gab es eine Explosion und gleich noch eine. Ich bin einfach weitergerannt zur Straße. Zuerst hat keiner gehalten. Die müssen mich für eine gefährliche Verrückte gehalten haben mit meinem schwarzen Gesicht. Dann hab ich's gemerkt und mich saubergemacht. Das dritte Auto nahm mich mit. Ein Apotheker aus Schwetzingen, der getrunken hatte und mich anmachen wollte. Als ich völlig hysterisch reagierte und außerdem verlangt habe, daß er mich in die Anstalt fährt, hat er wohl gedacht, daß ich dort hingehöre. Er hat mich in der Anstalt abgeliefert und war heilfroh, daß niemand ihn festgehalten oder ausgefragt hat.« Sie schloß die Augen und lehnte den Kopf an die Kopfstütze. »Rolf hatte Nachtdienst. Er gab mir ein Zimmer und eine Spritze, und ich schlief durch bis zum nächsten Abend.«

33
Am Kaiser-Wilhelm-Stein

Schon auf der Fahrt durch das helle, sonnige Land hatte Leos Bericht über Nacht und Nebel, geschwärzte Gesichter, zerschnittene Zäune, Bomben und Schüsse mich seltsam unwirklich berührt. In Nothweiler parkte ich das Auto vor der Kirche, und wir stiegen zur Wegelnburg auf. Der Wald prunkte in frischem Grün, die Vögel sangen, und die Luft schmeckte nach dem Regen der letzten Tage würzig. Explosionen bei den Amerikanern? Was für Amerikaner? Was für Explosionen? Aber Leo ging die Nacht nicht so schnell aus dem Sinn.

»Der fünfte Mann war mir nicht geheuer. Der schwänzelte so rum, mal war er voraus, mal blieb er zurück, dann tauchte er von der Seite auf. Lauter Gerät hatte er dabei, ich weiß nicht, was und warum und wofür. Den Sprengstoff hatten ja wir mitgebracht.«

Der Weg zur Wegelnburg steigt steil an. Leo hatte mich Tasche und Mantel nicht für sie tragen lassen, und ich war froh. Immer wieder war sie mir viele Schritte voraus und wartete. Zuerst lief sie, als hätte man sie aufgezogen. Allmählich wurde der Schritt freier und leichter, sie nahm die Tasche von der Schulter in die Hand, schwang die Arme, warf den Kopf in den Nacken, daß die Haare flogen, und wenn sie auf mich wartete, tänzelte sie rückwärts vor mir her. Noch einmal kam sie auf die Aktion Bonfire zu sprechen. Ein verfaulender, überwachsener Holzstoß erinnerte sie an Bauten der Amerikaner, auf die sie damals gestoßen war. »Wie Garagen, aber um einiges größer, mit schrägen Seiten und Erde und Gras drauf. Dann gab's noch ganz lange Dinger, nicht ganz so hoch und breit wie die Garagen, aber auch mit Gras drauf. Was das wohl alles war?« Doch die Frage beschäftigte sie nicht wirklich. Als ich sie eingeholt hatte und über grasbewachsene Großgaragen mutmaßen wollte, legte sie mir die Hand auf den Arm. »Pssst.« Auf dem Weg saß ein Hase und sah uns an.

Am Kaiser-Wilhelm-Stein machten wir Rast. Beim Tanken hatte ich ein Kilo Granny Smith und Vollmilchschokolade mit ganzen Nüssen gekauft. »Was wollen Sie drüben machen?« Hinter dem Stein beginnt Frankreich.

»Urlaub, solange das Geld reicht. Die letzten Wochen mit den drei Kindern waren ganz schön anstrengend. Danach finde ich vielleicht wieder eine Au-pair-Stelle.« Sie saß auf dem Boden, den Rücken am Kaiser-Wilhelm-Stein, biß krachend in den Apfel und blinzelte in die Sonne. Mir lag die Frage auf der Zunge, was nach der Au-pair-Stelle kommen soll, wie sie wieder ein normales Leben führen will. Aber warum jemandem Sorgen machen, die er sich selbst machen könnte, aber nicht macht?

Dann hatte ich eine Idee. »Wir können in den Tessin fahren. Ich bin dort schon lange einen Besuch schuldig. Und wenn Sie sich vorstellen können, als Au-pair-Mädchen im Tessin zu arbeiten – Tyberg hat jede Menge Kontakte.«

Sie nagte den Apfelbutzen ab und warf ihn weg. Sie schaute zum Himmel und in die Bäume und zog die Nase kraus. »Comme ça?« Sie schnalzte wieder mit den Fingern.

»Comme ça.«

Der Weg über die Hohenburg und die Löwenburg zur Burg Fleckenstein ist nicht lang, und Leo konnte sich Zeit lassen. Ich beeilte mich auf dem Rückweg nach Nothweiler, fuhr bei Weißenburg über die Grenze, ließ mir von einem eifrigen jungen Bundesgrenzschützer Fragen nach Woher und Wohin stellen und war eine Stunde später auch auf Fleckenstein. Leo redete und lachte mit einem jungen Franzosen. Sie war ganz vertieft und sah und hörte mich nicht kommen.

Ich fürchtete, sie würde mich so anschauen, wie Manu Brigitte anschaut, wenn er mit den anderen Jungen spielt und sich schämt, daß seine Mama ein Auge auf ihn hat. Aber Leo begrüßte mich ganz unbefangen.

An diesem Abend fuhren wir nicht mehr weit. Im Cheval blanc in Niedersteinbach aß Leo die ersten Austern ihres Lebens und mochte sie nicht. Dafür mochte sie den Champagner, und nach der zweiten Flasche fühlten wir uns wie Bonnie und Clyde. Wenn die Drogerie noch aufgehabt hätte, wären wir vorgefahren und hätten mit vorgehaltener Pistole Zahnbürste und Rasierklingen für mich besorgt. Um zehn rief ich Brigitte an; sie merkte, daß ich beschwipst war und nur die halbe Wahrheit sagte, und war verletzt. Es war mir egal, und ich war noch nüchtern genug, die Ungerechtigkeit dieser Gleichgültigkeit zu bemerken. Gegenüber der großzügigen Brigitte holte ich den Kampf um Selbständigkeit nach, den ich gegenüber dem nörgelnden und quengelnden Klärchen in den Jahren unserer Ehe nicht einmal eröffnet hatte. Als ich Leo an der Zimmertür eine gute Nacht wünschte, gab sie mir einen Kuß.

Wir brauchten zwei Tage bis Locarno. Wir mäanderten durch die Vogesen und den Jura, wechselten von deren französischer auf die Schweizer Seite, übernachteten in Murten und lernten Pässe kennen, deren Namen ich noch nie gehört hatte: Glaubenbüelenpaß, Brünigpaß, Nufenenpaß. Auch in den Bergen war es schon so warm, daß wir mittags die Decke ausbreiten und Picknick machen konnten.

Auf der Fahrt redete Leo über tausenderlei verschiedene Sachen, vom Studieren und Dolmetschen über die Politik bis zu den Kindern, die sie in Amorbach betreut hatte. Sie stemmte die Beine gerne gegen das Handschuhfach oder streckte den rechten Fuß sogar zum Fenster hinaus. Sie stellte am Radio ein Programm zusammen, das von klassischer Musik bis zu amerikanischen Schlagern reichte und in der Schweiz den Landfunk einschloß. Von neun bis zehn Uhr wurde in Mundart aus Gotthelfs *Uli der Knecht* vorgelesen. Da war die Welt noch in Ordnung, bei den amerikanischen Schlagern stand sie kopf; die Männer säuselten, die Frauen hatten Metall in der Stimme. Leo pfiff die Melodien mit. Sie sah sich die Landschaft und Städte, durch die wir fuhren, genau an. An beiden Tagen schlief sie nach dem Mittagessen im Sitzen ein. Gelegentliches Schweigen zwischen uns war nicht unangenehm. Ich ließ meine Gedanken schweifen. Manchmal mußte ich Leo etwas fragen.

»Hast du vom Psychiatrischen Landeskrankenhaus aus rauskriegen können, was in der Nacht schiefgelaufen ist und was mit den anderen passiert ist?« In der Solidarität des morgendlichen dicken Kopfes hatten wir begonnen, uns zu duzen.

»Ich hab's immer wieder versucht. Was meinst du, wie gerne ich gehört hätte, daß alles nur blinder Alarm war. Aber ich hab Giselher und Bertram nie erreichen können, wann ich auch angerufen habe, und ihre Freunde anzurufen war mir zu heikel.«

Ich erinnerte sie daran, daß zwei Tote gemeldet worden waren. »Es wird auch nur nach euch drei gefahndet, obwohl fünf am Anschlag beteiligt waren.«

»Uns drei? Auf dem einen Bild, das bin ich, aber wer sind die anderen beiden?« Sie vertiefte sich in den ›Boten vom Untermain‹. »Schau dir das Bild mal genau an!« Sie zeigte auf einen der beiden Männer, die mit ihr abgebildet waren. Ich fuhr rechts ran und hielt. »Irgendwie erinnert er mich an Helmut. Er ist es nicht, aber er erinnert mich an ihn. Verstehst du das?«

Sie hatte recht. Es gab eine ferne Ähnlichkeit. Oder wird jedes Bild irgend jemandem ähnlich, wenn man es lange genug anschaut? Auch beim zweiten der beiden Männer kamen mir auf einmal manche Züge vertraut vor.

Irgendwo in den Bergen des Jura fragte sie mich, ob Rolf Wendts Tod nicht ein Unfall gewesen sein könne.

»Hast du Angst, daß Helmut ihn umgebracht haben könnte?«

»Ich kann mir nicht vorstellen, daß irgend jemand Rolf umgebracht hat. Feinde, wie man so sagt – ich möchte schwören, daß Rolf keine hatte. Er war viel zu vorsichtig, um sich mit Leuten anzulegen. Er war so gescheit, daß er immer die Leute ablenken und heikle Situationen abbiegen konnte. Ich hab das ein paarmal erlebt, draußen und im Krankenhaus. Also du meinst nicht, daß es ein Unfall gewesen sein kann?«

Ich schüttelte den Kopf. »Er ist erschossen worden. Du weißt nicht, woher Helmut und Rolf sich kannten?«

»Ich war nur das eine Mal im Weinloch mit beiden zusammen, und da haben sie sich nur kurz begrüßt. Ich hab keinen nach dem anderen gefragt. Im Psychiatrischen hab ich Rolf von Helmut erzählt. Rolf war mein Therapeut und hat das so korrekt wie möglich gemacht. Ganz korrekt war es natürlich nicht, aber wenn er das geändert hätte, wär ich aufgeflogen.«

»Eberlein hat von, wie war das gleich, von depressivem Rauhreif gesprochen und davon, daß du drunter ein fröhliches Mädchen bist.«

»Klar bin ich ein fröhliches Mädchen, drüber wie drunter. Wenn die Angst kommt, sage ich ›hallo, Angst‹ und lasse sie ein bißchen machen, aber daß sie mich fertigmacht, lasse ich nicht mehr zu.«

»Angst wovor?«

»Du kennst das nicht? Angst nicht davor, daß etwas Schlimmes passiert, sondern einfach so, wie Fieber oder wenn einem kalt oder schlecht ist?« Sie sah mich an. »Nein, du kennst es nicht. Ich glaube, Rolf hat es auch gekannt, nicht nur von seinen Patienten und aus den Büchern. Er hat mir sehr geholfen.«

»War er in dich verliebt?«

Sie nahm die Füße von der Ablage und setzte sich gerade. »Ich weiß nicht genau.«

Ich glaube Frauen nicht, wenn sie sagen, daß sie nicht

wissen, ob sie gefallen. Leo saß zwar wieder in Jeans und kariertem Männerhemd neben mir, aber ihre Stimme, ihr Duft – sogar in den nervösen Bewegungen, mit denen sie Zigaretten drehte, spürte ich die Frau. Und sie wußte nicht, ob Rolf Wendt in sie verliebt war?

Sie merkte, daß ich ihr nicht glaubte. »Also gut, er war in mich verliebt. Ich habe es nicht wahrhaben wollen, es hat mir ein schlechtes Gewissen gemacht. Er hat so viel für mich getan, nichts dafür bekommen, auch nichts erwartet, aber gehofft hat er sicher, daß ich mich in ihn verliebe.«

»Und Helmut?«

Sie sah mich fragend an.

»Ist er in dich verliebt? Will er darum unbedingt wissen, wo du bist? Zehntausend Mark ist eine Menge Geld.«

»Oh«, sie wurde rot und wandte den Kopf zum Fenster, »ist das nicht normal? Wenn man ein Kommando hat, jemanden führt und verliert?«

34
Engel schießen nicht auf Katzen

Am Abend saßen wir in Murten über dem See. Von der Terrasse des Hotel Krone aus sahen wir den späten Segelbooten zu. Unter der abendlichen Flaute fanden sie ihren Weg in den Hafen nur langsam. Das letzte Dampfschiff aus Neuenburg zog souverän an ihnen vorbei, als wolle es die Überlegenheit der Technik über die Natur beweisen. Die Sonne ging hinter den Bergen am anderen Ufer unter.

»Ich hole den Pulli.« Leo stand auf und blieb lange weg. Der Ober brachte mir den zweiten Aperitif. Vom See stieg Stille hoch und schluckte das Stimmengewirr in meinem Rükken. Ich drehte mich um, und Leo trat durch die hohe Glastür auf die Terrasse. Sie hatte nicht den Pulli angezogen. Sie trug ein enges schwarzes Kleid mit engen langen Ärmeln, das oben halsnah begann und unten über dem Knie endete, und schwarze Schuhe mit hohen Absätzen. Strümpfe, Stola und Spange im hochgesteckten, überbordenden Haar waren rot. Mit dem Weg über die Terrasse ließ sie sich Zeit. Wenn sie einem Tisch auswich, tat sie's mit Schwung in der Hüfte, und wenn sie sich dünn machte, weil es zwischen den Stühlen eng wurde, zog sie die Schulter so hoch, daß es auch der Brust im Kleid eng wurde. Wo nichts im Weg stand, ging sie mit wiegenden Hüften und erhobenem Kopf. Ich stand auf, rückte ihr den Stuhl zurecht, und sie setzte sich. Die Gäste auf der Terrasse hatten ihr nicht nur wegen ihres Gangs nachgeschaut. Der Rückenausschnitt endete an den Hüften.

»Du bist wunderschön.«

Wir saßen uns gegenüber, und ihre Augen, deren schillernde Iris bei blauem Himmel blau, unter grauen Wolken grau und manchmal grün ausgesehen hatte, leuchteten dunkel. In ihrem Lächeln lag die Freude an dem Spiel, das sie spielte. Eine Spur Verführung, ein bißchen Selbstgefälligkeit und ein bißchen Selbstironie. Auf mein Kompliment hin schüttelte sie den Kopf, als wolle sie sagen: Ja, aber sag's nicht weiter.

Der Ober empfahl uns den Fisch aus dem See und den Wein vom anderen Ufer. Leo aß wie ein Scheunendrescher. Über dem Essen erfuhr ich, daß sie als Schülerin ein Jahr in Amerika verbracht hatte, daß Jersey nicht knittert, daß mir das Hemd und die Jacke, die ich auf ihren Rat in Belfort gekauft hatte, gut stehen, und daß ihre Mutter ursprünglich Synchronsprecherin und in erster Ehe mit einem gescheiterten Regisseur verheiratet gewesen war. Es war unüberhörbar, daß ihr Verhältnis zu ihrer Mutter nicht gut war. Sie wollte von mir wissen, wie man als Privatdetektiv lebt, seit wann ich einer war und was ich früher gemacht hatte.

»Staatsanwalt?« Sie sah mich verwundert an. »Und warum hast du damit aufgehört?«

Ich habe im Lauf meines Lebens schon viele verschiedene Antworten auf diese Frage gegeben. Vielleicht stimmen alle. Vielleicht stimmt keine. 1945 hatte man mich als Nazi-Staatsanwalt nicht mehr gewollt, und als man die alten Nazis wieder wollte, wollte ich nicht mehr. Weil ich kein alter Nazi mehr war? Weil mich das Schwamm-drüber-Denken derer störte, die in der Justiz meine alten Kollegen gewesen waren und meine neuen geworden wären? Weil ich mir die Frage, was Recht und was Unrecht ist, von niemandem anderes mehr beantworten lassen wollte? Weil ich als Privatdetektiv mein eigener Herr bin? Weil man im Leben nicht wieder aufgreifen soll, womit man einmal abgeschlossen hat? Weil ich nicht mag, wie es in Behörden riecht? »Ich kann's nicht genau sagen, Leo. Staatsanwalt – das war für mich 1945 einfach vorbei.«

Als ein kühler Wind aufkam, entvölkerte sich die Terrasse.

Wir setzten uns auf die Bank im Windschatten der Hauswand, um die Flasche zu leeren. Vully – ein ländlicher Wein ohne Floskeln und Schnörkel, den ich noch nicht gekannt hatte. Der Mond war aufgegangen und spiegelte sich im See. Mich fröstelte, und Leo kuschelte sich wärmend und wärmesuchend an mich.

»In den letzten Jahren seines Lebens redete mein Vater nicht mehr. Ich weiß nicht, ob er nicht konnte oder nicht wollte – es kam wohl beides zusammen. Ich erinnere mich, daß ich zunächst noch gelegentlich versuchte, ein Gespräch mit ihm zu führen, daß ich ihm was erzählte oder ihn was fragte. Ich hoffte, er würde mich mehr über sich wissen lassen. Es kam auch vor, daß er zu sprechen versuchte und nur ein Krächzen rausbrachte. Meistens sah er mich nur an, mit einem schiefen Lächeln, das um Entschuldigung bat und um Nachsicht, aber vielleicht war's auch von einem kleinen Schlaganfall. Später saß ich einfach an seinem Bett, hielt seine Hand, sah aus dem Fenster in den Garten und hing meinen Gedanken nach. Da habe ich das Schweigen gelernt. Und lieben gelernt.«

Ich legte den Arm um ihre Schulter.

»Eigentlich waren das schöne Stunden. Für ihn und für mich. Sonst war's die Hölle.« Sie holte das Zigarettenpäckchen aus meiner Jackentasche, zündete sich eine an und rauchte in tiefen Zügen. »Vater konnte in den letzten Jahren seine Pisse und Scheiße nicht mehr halten. Der Arzt sagte, es sei nicht organisch, sondern psychisch bedingt, und er hat's auch Vater gesagt. Das war, als es noch nicht so schlimm war; er wollte ihm helfen, ihm einen heilsamen Schock versetzen, aber er hat das Gegenteil erreicht. Vielleicht wollte Vater beweisen, daß er wirklich nicht anders kann. Es wurde ein Ritual zwischen Mutter und ihm, wie ein letzter Tanz, den zwei miteinander tanzen, ehe sie hingerichtet werden, weil sie miteinander ein Verbrechen begangen haben. Er machte ins Bett, und sein Stolz und seine Würde litten darunter, und sie machte ihn sauber und das Bett frisch, mit abgewandtem, angeekeltem Gesicht, und er wußte, daß sie ihn verabscheute, daß sie aber auch nicht davon lassen würde, ihn zu versorgen, obwohl sie langsam kaputtging. Ich scheiß auf dich, wollte er ihr sagen, aber er konnte es nur, indem er sich selbst vollschiß, und sie konnte ihm nur zeigen, daß er ein kläglicher Scheißer ist, indem sie sich mit seiner Scheiße plackte.«

Später kam sie noch mal darauf zurück. »Als kleines Mädchen wollte ich meinen Vater heiraten. Wollen alle. Dann, als ich lernte, daß das nicht geht, wollte ich einen wie meinen Vater. Weißt du, ich hab immer ältere Männer gemocht. Aber die letzten Jahre mit Vater ... Wie häßlich war alles geworden, wie gehässig, gemein, schmutzig ...« Sie sah mit großen Augen an mir vorbei. »Manchmal kam Helmut mir vor wie ein Engel mit flammendem Schwert, zerstörend, richtend, reinigend. Du wolltest doch wissen, ob ich ihn geliebt habe. Ich habe den Engel geliebt und manchmal gehofft, daß er mit seinem Schwert meine Angst wegbrennt. Aber vielleicht war die Hitze zuviel. Ich habe ... habe ich ihn verraten?«

Engel schießen nicht auf Sofas und Katzen. Ich sagte es ihr, aber sie hörte mich nicht.

35
Schuster, bleib bei deinem Leisten?

Aus Niedersteinbach hatte ich in Locarno angerufen. Tyberg freute sich. »Sie bringen eine junge Dame mit? Der Butler wird zwei Zimmer richten. Nein, da gibt's keine Widerrede, Sie wohnen nicht im Hotel, Sie wohnen bei mir.« Wir erreichten seine Villa Sempreverde in Monti über Locarno zum Fünfuhrtee.

Serviert wurde in der Gartenlaube. Tisch und Bänke waren aus Granit und in der Hitze des sommerlichen Nachmittags angenehm kühl. Der Earl Grey duftete kräftig. Die Patisserie schmeckte köstlich, und Tyberg war von der ausgesuchtesten Aufmerksamkeit. Trotzdem – irgend etwas stimmte nicht. Tybergs Aufmerksamkeit war so förmlich, daß sie bemüht und distanziert wirkte. Ich verstand das nicht, am Telephon war er herzlich gewesen. Lag's daran, daß Judith Buchendorff, Tybergs Sekretärin und Assistentin, die ich kaum länger, aber besser als ihn kenne, nicht da, sondern zu Recherchen für seine Memoiren unterwegs war? Oder stand zwischen ihm und mir die Fremdheit, die zwischen Menschen steht, die unter bestimmten Umständen füreinander wichtig geworden sind, aber eigentlich nichts miteinander zu schaffen haben? Waren wir wie Urlauber, Klassen- und Kriegskameraden, die sich wiedertreffen?

Nach dem Tee führte Tyberg Leo und mich durch den Garten, der hinter dem Haus weit den Berg hinaufreicht. In seinem Arbeitszimmer zeigte und erklärte er uns den Computer, an dem seine Erinnerungen entstanden, und erzählte von der Suche nach dem richtigen Titel. Ein Leben in der chemischen Industrie und für sie – mir fiel nur *Zwischen Pech und Schwefel* ein, aber das erinnerte ihn unangenehm an Jesus Sirach Kap. 13, Vers 1. Im Musikzimmer holte er für mich die Flöte aus dem Schrank, setzte sich an den Flügel, und wir spielten die a-Moll-Suite von Telemann und danach, wie schon einmal, die h-Moll-Suite von Bach. Er war viel besser als ich, und es ging holprig los. Aber er wußte, wo er meinetwegen verlangsamen mußte, und bald erinnerten sich meine Finger der ehedem oft geübten Läufe. Vor allem verstanden wir beide Bach so, wie man ihn nur verstehen kann, wenn man auf die Siebzig geht. Daß wir einander darin selbstverständlich und beglückend trafen, ließ mich schon denken, daß ich mir die atmosphärischen Störungen nur eingebildet hatte. Aber nach dem Abendessen brach das Gewitter los.

Mit dem vollen weißen Haar, dem grauen Vollbart und den buschigen Augenbrauen kann Tyberg wie ein Staatsmann im Ruhestand, ein visionärer russischer Dissident oder ein Weihnachtsmann nach Feierabend aussehen. Jetzt musterten mich seine braunen Augen mit strengem Blick. »Ich habe mir lange überlegt, ob ich mit Ihnen unter vier Augen darüber reden soll. Vielleicht würde es die Angelegenheit leichter machen. Vielleicht aber auch schwerer, und außerdem will ich mich nicht fragen müssen, ob ich mich gedrückt habe.« Er stand auf und ging hinter dem Tisch auf und ab. »Haben Sie gedacht, daß es hier kein deutsches Fernsehen gibt? Daß Sie im Tessin einfach ein alter Mann und ein junges Mädchen sein können, Vater und Tochter oder Großvater und Enkelin? Und bei mir Onkel Gerd mit seiner jungen Freundin?« Als ihren Onkel Gerd hatte mich Judith ihm einstmals vorgestellt, und ich war's für ihn geblieben, obwohl er längst wußte, daß es damals nur um ein Inkognito gegangen war. »Locarno ist verkabelt, und ich empfange dreiundzwanzig Programme. Ich bin hier nicht der einzige, der die Tagesschau sieht, hier leben Hunderte von Deutschen. Gut, Fahndungsphotos geben ohnehin ein falsches Bild, und das blonde Haar verändert einigermaßen, aber ich habe Sie«, er richtete seinen strengen

Blick auf Leo, »nach einer Viertelstunde erkannt. Ich bin hier auch nicht der einzige, der Menschen gerne genau anschaut. Hier leben viele Künstler, Maler, Schauspieler, alles Leute, bei denen es einfach dazugehört, genau hinzuschauen. Nein, es war eine verrückte Idee, hierherzukommen.«

»Es war meine Idee.«

»Das ist mir klar, Onkel Gerd, und ich mache ihr auch keinen Vorwurf. Ich mache ihr ... mache Ihnen auch keinen Vorwurf wegen der Tat, deretwegen man Sie sucht. Noch handelt es sich nur um eine Anschuldigung und nicht um eine Verurteilung. Ich bedaure, daß ich schroff bin.« Tyberg lächelte Leo kurz an. »In meinem Alter möchte man zu jungen Damen besonders charmant sein. Aber die Sache ist zu wichtig. Sie hat auch mit unserer alten Geschichte zu tun – hat er Ihnen erzählt, woher wir uns kennen?«

Leo schüttelte den Kopf. Ich bewunderte sie sehr. Sie saß gelassen da und sah Tyberg aufmerksam und ein bißchen verwundert zu. Sein Lächeln erwiderte sie weder mit einem eigenen, noch wies sie es mit hartem Blick zurück. Sie wartete. Gelegentlich machten sich die Hände mit einer Zigarette zu schaffen oder strichen Krümel vom weiten, langen weißen Sommerrock.

»Das mag auch auf sich beruhen. Ich werde es wie die Beduinen halten. Drei Tage sind Sie mein Gast. Am Samstag verlassen Sie bitte mein Haus.«

Auch ich stand auf. »Ich wollte Sie nicht in Gefahr bringen, Herr Tyberg. Es tut mir leid, wenn ...«

»Daß Sie das nicht verstehen können. Es geht nicht um die Gefahr. Ich will mit dieser Flucht nichts zu tun haben. Frau Salger wird von der Polizei gesucht, sie gehört vor Gericht gestellt und dort verurteilt oder freigesprochen. Ich will gerne mit Ihnen wünschen, daß das Urteil auf Freispruch lautet. Aber es ist nicht meine und es ist auch nicht Ihre Sache, Onkel Gerd, der Polizei und dem Gericht ins Handwerk zu pfuschen.«

»Und wenn die ihr Handwerk nicht verstehen? Bei dem Ermittlungsverfahren stimmt was nicht. Zuerst suchen sie Leo, ohne zu sagen, warum. Dann gehen sie in die öffentliche Fahndung und reden von einem Anschlag, der vor Monaten war, als sei er gestern gewesen. Und sie bringen Leute, Gesichter mit hinein, die gar nichts damit zu tun haben. Nein, Herr Tyberg, da geht was nicht mit rechten Dingen zu.« Ich war mir bei Tybergs Worten zunächst gedanken- und rücksichtslos vorgekommen. Zwar sah ich keine echte Gefahr für ihn, aber es kam nicht auf meine, sondern auf seine Sicht der Dinge an. Ich hatte seine Vorwürfe einfach akzeptieren wollen. Jetzt nahm das Gespräch eine ganz andere Wendung.

»Das haben Sie doch nicht zu beurteilen. Dafür gibt es Vorgesetzte und Instanzenzüge und Untersuchungsausschüsse und . . .«

»Soll ich den Kopf in den Sand stecken? An der Sache stinkt etwas, und was die Polizei macht, ist alles andere als koscher. Lassen Sie sich mal erzählen, wie . . .«

»Nein, ich will das jetzt nicht hören. Selbst wenn alles stimmt, was Sie befürchten – haben Sie mit den Vorgesetzten der Polizisten gesprochen, die sich falsch verhalten haben? Waren Sie bei Ihrem Abgeordneten? Haben Sie sich schon mit der Presse in Verbindung gesetzt? Natürlich sollen Sie den Kopf nicht in den Sand stecken. Aber Sie sollen sich doch nicht anmaßen . . .«

»Anmaßen?« Ich wurde böse. »Ich bin viel zu oft bei meinem Leisten geblieben. Als Soldat, als Staatsanwalt, als Privatdetektiv – ich habe gemacht, was man mir gesagt hat, daß es mein Handwerk ist, und habe den anderen nicht in ihres gepfuscht. Wir sind ein ganzes Volk von Schustern, die bei ihrem Leisten bleiben, und schauen Sie sich an, wohin uns das gebracht hat.«

»Sie meinen das Dritte Reich? Wenn doch nur alle bei ihrem Leisten geblieben wären! Aber nein, den Ärzten genügte es nicht, Kranke gesund zu machen, sondern sie mußten Volks- und Rassehygiene treiben, die Lehrer haben, statt Lesen und Schreiben und Rechnen zu lehren, den Wehrwillen stärken wollen, die Richter haben nicht nach dem Recht, sondern danach gefragt, was dem Volk nützt und was der Führer will, und die Generäle – ihr Geschäft ist, Schlachten zu schlagen und zu gewinnen und nicht, Juden und Polen und Russen zu verschleppen und zu erschießen. Nein, Onkel Gerd, wir sind kein Volk von Schustern, die bei ihrem Leisten bleiben, leider Gottes nicht.«

Leo fragte: »Und die Chemiker?«

»Was ist mit den Chemikern?«

»Ich möchte wissen, was nach Ihrer Auffassung im Dritten Reich der Leisten der Chemiker war und ob sie bei ihm geblieben sind.«

Tyberg sah Leo mit gerunzelter Stirn an. »Ich denke darüber nach, seit ich an meinen Erinnerungen sitze. Ich neige zu der Auffassung, daß beim Chemiker das Labor der Leisten ist. Aber das würde heißen, daß immer die anderen verantwortlich sind und wir Forscher nie schuldig werden, und ich sehe den Haken daran, besonders wenn es aus dem Mund eines Chemikers kommt.«

Eine Weile sagte keiner etwas. Der Butler klopfte und räumte ab. Leo bat ihn, an den Koch ein Kompliment für die Maisplätzchen mit Ochsenschwanz und grünem Paprika weiterzugeben, die als Vorspeise serviert worden waren. »Polenta-Medaillons«, korrigierte er geschmeichelt, denn er selbst war der Koch und die Renaissance der Polenta als kulinarische Delikatesse sein besonderes Anliegen. Zum Digestif bat er in den Salon.

Leo stand auf, kam zu mir und sah mich fragend an. Ich nickte. »Du brauchst nicht mit hochzukommen, Gerd, ich packe deine paar Sachen ein.« Sie gab mir einen raschen Kuß, und ich hörte ihren Schritten nach. Die nackten Füße klatschten auf die Steinfliesen der Treppe. Im nächsten Stock knarrten die Dielen.

Tyberg räusperte sich. Er stand hinter seinem Stuhl, den Rücken gebeugt und die Hände auf die Lehne gestützt. »Wir in unserem Alter lernen nicht mehr so viele Menschen kennen und schätzen, daß wir uns leisten könnten, sie so einfach zu verlieren. Ich bitte Sie herzlich, jetzt nicht abzureisen.«

»Ich reise nicht im Zorn ab. Ich komme auch gerne wieder. Aber Leo und ich – wir gehören wirklich ins Hotel.«

»Lassen Sie mich mit ihr reden.« Er ging und kam nach einer Weile mit Leo. Sie sah mich wieder fragend an, und ich lächelte fragend zurück. Sie zuckte mit den Schultern.

Wir verbrachten den Abend auf der Terrasse. Tyberg las aus seinen Erinnerungen vor, und Leo erfuhr, wie sich im Krieg sein und mein Weg gekreuzt hatten. Die Kerze, in deren Licht Tyberg las, flackerte. Ich konnte den Ausdruck in Leos Augen nicht deuten. Manchmal rauschten über uns Fledermäuse. Sie flogen aufs Haus zu, und vor der Wand knickte ihr Flug plötzlich ruckhaft ab und stieß in die Leere der Nacht.

Am nächsten Morgen war ich allein. Leos Sachen waren nicht mehr im Zimmer. Ich suchte vergebens nach einem Brief. Erst später fand ich in meinem Geldbeutel statt der vierhundert Franken, die ich in Murten eingewechselt hatte, den Zettel. »Ich brauch das Geld. Du kriegst es wieder. Leo.«

Zweiter Teil

1
Letzter Dienst

Auf der Heimfahrt hatte ich einen Kater. Drei Tage Sonne und Wind und Leo neben mir – das war mir zu Kopf gestiegen.

So habe ich das Buch der Reise mit Leo entschlossen zugeklappt und weggelegt. Es war ohnehin ein dünnes Büchlein; am Dienstagmorgen hatte ich sie in Amorbach getroffen, am Freitagabend war ich wieder in Mannheim. Hier allerdings fühlte ich mich, als sei ich Wochen fort gewesen. Der viele Verkehr, das Gedränge und Geschiebe der Fußgänger, der Baulärm allenthalben, das große, öde Schloß, in dem eine Universität sein soll, der renovierte Wasserturm, fremd wie Frau Weiland von nebenan, wenn sie aus dem Frisier- und Kosmetiksalon kommt, meine Wohnung, in der es nach abgestandenem Rauch roch – was wollte ich hier? Wäre ich nicht besser von Locarno nach Palermo gefahren, auch ohne Leo, und von Sizilien nach Ägypten geschwommen? Sollte ich mich wieder ins Auto setzen?

Die Zeitungen, die sich während meiner Abwesenheit angesammelt hatten und vom terroristischen Anschlag auf eine amerikanische Militäreinrichtung, von Leos Versteck im Psychiatrischen Landeskrankenhaus, von Wendts Rolle dabei und von seinem Leben und Sterben berichteten, hatte ich rasch gelesen. Sie sagten mir nichts, was ich nicht schon wußte. Die Samstagszeitung meldete, daß Eberlein vorläufig seines Postens enthoben war und daß jemand aus dem Ministerium die Leitung kommissarisch übernommen hatte. Ich nahm's zur Kenntnis. Auch daß Brigitte mit mir unzufrieden war, nahm ich zur Kenntnis.

Auf der Post hing das Fahndungsplakat, wie Leo erwartet hatte. Seit mit dem Terrorismus die Fahndung per Plakat wieder in Gebrauch gekommen ist, die ich nur aus Wildwestfilmen kannte, warte ich darauf, daß eines Tages ein Rauhbein mit klirrenden Sporen, Satteltasche über der Schulter und Colt an der Hüfte in die Post tritt, vor dem Fahndungsplakat stehenbleibt, es studiert, abnimmt, zusammenrollt und einsteckt. Wenn dann die Tür hinter seinem schweren Schritt zufällt, stürzen wir verblüfften Postkunden ans Fenster, um ihn sich aufs Pferd schwingen und die Seckenheimer Straße hinuntergaloppieren zu sehen. Auch diesmal wartete ich darauf vergebens. Dafür kamen mir ein paar Fragen und Antworten. Wenn die beiden Toten zu den Attentätern gehörten – wie wußte die Polizei, daß sie nach Leo zu fahnden hatte? Um von Leo zu wissen, mußte sie einen Attentäter gefaßt und zum Reden gebracht haben. Warum wußte die Polizei von Leo, nicht aber von den anderen Attentätern? Sie mußte den und nur den gefaßt und zum Reden gebracht haben, der nach Leos Auskunft gerade aus der Toskana zurückgekommen war: Bertram. Er konnte von Lemke und dem fünften Mann nur schlechte Beschreibungen geben, nach denen die Polizei für die Fahndung schlechte Phantombilder gemacht hatte. Der andere, Giselher, mußte tot sein.

Aber was mich an diesem Wochenende wirklich berührte und beschäftigte, war mein Fern- und Heimweh. Fernweh ist die Sehnsucht nach einer neuen Heimat, die wir noch nicht kennen, Heimweh die Sehnsucht nach der alten, die wir nicht mehr kennen, auch wenn wir meinen, wir täten es. Was soll eigentlich diese Sehnsucht nach dem Unbekannten? Und was wollte ich überhaupt – wegfahren oder zurückkommen? Mit diesen Gedanken spielte ich, bis mir die Zahnschmerzen die Flausen austrieben. Sie begannen am Samstagabend mit leisem Pochen, als im Spätfilm Doc Holliday von Fort Griffin nach Tombstone ritt. Als nach den letzten Nachrichten die Kamera zu den Klängen des Deutschlandlieds ihren Weg um Helgoland herum und über Helgoland hinweg nahm, pulste der Schmerz bis zur Schläfe und hinter das Ohr. Das Zahnwrack an Helgolands Ostspitze demoralisierte mich nachhaltig. Könnten wir Helgoland doch wieder gegen Sansibar tauschen!

Seit mein alter Zahnarzt vor zehn Jahren gestorben ist, war ich bei keinem neuen. Aus dem Branchenverzeichnis wählte ich einen zwei Ecken weiter aus. Nach einer schmerzwachen Nacht ließ ich am Montagmorgen ab halb acht alle fünf Minuten das Telephon klingeln. Um Punkt acht meldete sich eine kühle Frauenstimme. »Herr Selb? Sie haben wieder Probleme? Wenn Sie sofort vorbeikommen, kann ich Sie gleich einschieben. Gerade ist bei Herrn Doktor ein Termin frei geworden.« Ich kam sofort vorbei. Zur kühlen Stimme gehörte eine kühle, blonde Frau mit makellosen Zähnen. Sie schob mich ein, obwohl ich nicht Herr Selb war, der bei Herrn Doktor schon Patient war. Ich hatte gar nicht gewußt, daß es in der Region außer mir noch einen Herrn Selb gab. Soweit ich den Stammbaum meiner Familie kenne, ist ihm mit mir der letzte Zweig gesprossen.

Der Arzt war jung, sein Auge sicher und seine Hand ruhig. Der entsetzliche Moment, wenn die Spritze näher kommt, den Gesichtskreis ausfüllt, wieder aus ihm verschwindet, weil sie in den Mundraum tritt und die Einstichstelle sucht, dann das Warten auf den Einstich und schließlich der Einstich selbst – der Arzt war so flink, daß ich kaum zum Leiden kam. Er schaffte es, gleichzeitig mich über die Runden zu bringen, seine Arbeit zu machen und mit der Helferin zu flirten. Er erklärte mir, daß er nicht wisse, ob er Dreisieben retten könne. Profund kariös. Er wolle es versuchen. Er werde die meiste kariöse Substanz abtragen, Calxyl einlegen, mit Cavit abdecken und die Brücke provisorisch befestigen. Nach ein paar Wochen könne man sehen, ob Dreisieben sich halten lasse. Ob ich einverstanden sei?

»Was gibt es sonst?«

»Wir können ihn gleich ziehen.«

»Was dann?«

»Dann entfällt die Brücke, und Dreifünf bis Dreisieben werden herausnehmbar prothetisch versorgt.«

»Sie meinen, ich kriege ein Gebiß?«

»Kein ganzes Gebiß, um Gottes willen, eine Prothese für den letzten Bereich des dritten Quadranten.«

Aber er konnte nicht leugnen, daß das Gebilde zum Rausnehmen und Reinsetzen war, über Nacht ins Glas kommen und da am Morgen auf mich warten würde. Ich erklärte mein Einverständnis mit jeder zur Rettung von Dreisieben erforderlichen Maßnahme. Jeder.

Ich habe einmal einen Film gesehen, in dem sich einer aufgehängt hat, weil er ein Gebiß bekam. Oder war's ein Unfall? Zuerst wollte er sich aufhängen, dann wollte er sich wieder abhängen, konnte aber nicht mehr, weil der Hund den Stuhl umgestoßen hatte, auf dem er mit der Schlinge um den Hals balancierte.

Würde Turbo mir diesen letzten Dienst erweisen?

2

So ein Irrsinn!

Ich fuhr zu Nägelsbach. Er fragte nicht, warum ich erst jetzt kam und wo ich gesteckt hatte. Er nahm meine Aussage zu Protokoll. Daß ich mich gegenüber Frau Kleinschmidt als Wendts Vater ausgegeben hatte, wußte er schon. Er wußte auch, daß sie mich als Wendts Vater in die Wohnung gelassen hatte. Aber er machte mir keine Vorwürfe. Ich erfuhr, daß die Polizei, was Wendts Tod anging, noch ganz im dunkeln tappte.

»Wann ist die Beerdigung?«

»Am Freitag auf dem Edinger Friedhof. Die Eltern Wendt leben dort. ›Neue vier Wänd'? Zu Immo-Wendt!‹ Erinnern Sie sich noch an den Werbespruch aus den fünfziger Jahren? Und an das kleine Büro unter den Arkaden am Bismarckplatz? Das ist Vater Wendt. Inzwischen ist's eine große Agentur mit Büros in Heidelberg, Schriesheim, Mannheim und ich weiß nicht, wo noch.«

Als ich schon in der Tür stand, kam Nägelsbach auf Leo zu sprechen. »Sie wußten, daß Frau Salger sich in Amorbach versteckt hatte?«

»Haben Sie sie dort gefaßt?«

Er sah mich prüfend an. »Nein. Als wir die Meldung von einem Nachbarn bekamen, der sie auf dem Fahndungsphoto im Fernsehen erkannt hat, war sie weg. Das ist nun mal so, Fahndungsphotos werden auch von denen gesehen, nach denen gefahndet wird.«

»Warum haben Sie mir neulich nicht sagen können, warum Sie nach Frau Salger fahnden?«

»Tut mir leid, das kann ich Ihnen auch jetzt nicht sagen.«

»In den Medien ist von einem terroristischen Anschlag auf amerikanische Militäreinrichtungen die Rede – war das hier in der Gegend?«

»Es muß in Käfertal oder im Vogelstang gewesen sein. Damit haben wir hier aber nichts zu tun.«

»Und das Bundeskriminalamt?«

»Was ist mit dem BKA?«

»Ist es in die Ermittlungen eingeschaltet?«

Nägelsbach zuckte die Schultern. »Auf die eine oder andere Weise sind die bei einer solchen Sache immer dabei.«

Gerade die Weise, auf die das BKA dabei war, hätte mich interessiert. Aber sein Gesicht sagte mir, daß weiteres Fragen zwecklos war. »Etwas anderes – erinnern Sie sich an einen Anschlag auf das Kreiswehrersatzamt in der Bunsenstraße vor etwa sechs Jahren?«

Er dachte eine Weile nach, dann schüttelte er den Kopf. »Nein. Es gab keinen Anschlag in der Bunsenstraße. Vor sechs Jahren nicht und auch sonst nicht. Wie kommen Sie drauf?«

»Das hat neulich jemand erwähnt, und auch ich konnte mich nicht daran erinnern, war aber nicht so sicher wie Sie.«

Er wartete, aber jetzt mochte ich nicht mehr sagen. Unser Umgang miteinander war sehr vorsichtig geworden. Ich fragte ihn nach der Arbeit an Rodins *Kuß*, aber auch darüber mochte er nicht sprechen. Als ich ihn bat, seine Frau zu grüßen, nickte er. Die Schaffens- und Ehekrise dauerte also an. Früher dachte ich, mit dem Abitur ist man aus dem Gröbsten raus, später setzte ich auf Studienabschluß, Eheschließung und Berufsaufnahme, schließlich auf den Eintritt in den Witwerstand. Aber es geht einfach immer so weiter.

Der alte Wendt regiert seine Immobilienagenturen von einem Büro in Heidelberg im Mengler-Bau aus. Während ich am Empfang wartete, schaute ich den Baggern zu, die den Adenauerplatz wieder einmal um- und umwühlten. Auf einem großen, leeren Schreibtisch standen ein kleiner gelber

Bagger, ein ebensolcher Kran und ein kleiner blauer Umzugslastzug.

Wendts Chefsekretärin war mehr Chefin als Sekretärin. Bis auf weiteres leite sie die Geschäfte. Herr Wendt habe ihr auch die Besorgung seiner persönlichen Angelegenheiten übertragen. Ob ich ihr nicht sagen wolle, um was es sich handelt? Frau Büchler stand mir gegenüber und spielte verhalten mit meiner Visitenkarte. Graue Haare, graue Augen, graues Kostüm – aber ganz und gar keine graue Maus. Das Gesicht war nahezu faltenlos und die Stimme jung, als habe ein raffinierter brasilianischer Schönheitschirurg ihr mit der Gesichtshaut auch die Stimmbänder geliftet. Sie bewegte sich, als gehöre ihr heute schon das Büro und morgen die ganze Welt.

Ich berichtete ihr, wie ich mit Dr. Rolf Wendt in Berührung gekommen war, von unserem letzten Gespräch, unserer Verabredung und wie ich ihn gesucht und gefunden hatte. Ich deutete an, welchen Zusammenhängen zwischen Wendts Tod und den laufenden Ermittlungen in Sachen Leonore Salger meines Erachtens nachgespürt werden müßte. »Vielleicht macht die Polizei das alles. Aber geheuer ist mir ihr Vorgehen nicht. Sie hat zunächst nicht sagen wollen, warum sie Frau Salger sucht, ist dann auf einmal mit der Fahndung an die Öffentlichkeit gegangen und weiß jetzt bei Wendts Tod entweder mehr, als sie sagen will, oder weniger, als sie wissen sollte. Man darf ihr die Aufklärung des Falls Wendt nicht alleine überlassen. Deswegen bin ich hier – ich würde den Fall gerne übernehmen. Ich bin in ihn hineingeraten, er läßt mir keine Ruhe, aber auf eigene Rechnung kann ich ihn nicht weiter bearbeiten.«

Frau Büchler bat mich zur Sitzgruppe, und ich nahm in einer ausladenden Konstruktion aus Stahl und Leder Platz. »Wenn Sie den Fall bearbeiten sollten, müßten Sie mit Herrn und Frau Wendt reden, oder? Und beiden eine Menge Fragen stellen?«

Ich antwortete mit einer vagen Handbewegung.

Sie schüttelte den Kopf. »Es ist nicht das Geld. Auf seine Art ist Wendt immer großzügig mit Geld gewesen, und jetzt ist es ihm völlig gleichgültig geworden. Er hatte es für Rolf gedacht. Das Verhältnis war nicht gut, sonst hätte Rolf nicht in dem Loch gewohnt, in dem er gewohnt hat, ich bitte Sie, bei dem Vater. Aber die Hoffnung hat Wendt nicht aufgegeben. Früher hat er gehofft, daß Rolf doch noch ins Geschäft einsteigt und es eines Tages übernimmt. Später hat er andersrum gehofft. Er dachte, daß Rolf Lust auf eine eigene Anstalt kriegen könnte, und wollte dann das Bauliche und die Verwaltung übernehmen. Das war fast schon eine fixe Idee geworden. Immer wieder haben wir in den letzten Jahren nach alten Krankenhäusern, Schulen, Kasernen gesucht, nur für den Sohn. Einmal haben wir sogar einen Reiterhof in der Pfalz gekauft, weil Wendt meinte, daß er sich optimal zur Irrenanstalt aus- und umbauen ließe. So ein Irrsinn! Können Sie sich das vorstellen? Gutes Geld für einen eingegangenen Reiterhof? Ich bin noch immer heilfroh, daß wir...« Sie lächelte mich an. »Herr Selb, Sie merken, ich bin mit Leib und Seele im Immobiliengeschäft. Lassen wir das. Wenn Sie den Auftrag bekommen sollten, müßten Sie versprechen, daß Sie die Eltern Wendt vorerst in Ruhe lassen. Sie würden mir berichten. Ist das klar?«

Ich nickte. Sie saß mit dicht nebeneinanderstehenden Beinen, wie im Modejournal. Ihre Hände lagen ruhig im Schoß, die eine in der anderen, um manchmal überraschend zu knappen Handbewegungen aufzuspringen. Das strahlte Kompetenz und Autorität aus; ich beschloß, es demnächst selbst zu versuchen.

Sie stand auf. »Ich danke Ihnen für Ihren Besuch. Sie hören von uns.«

3
Flau

Am Abend hatte ich den Auftrag.

Diesmal waren keine Irritationen des sozialen Umfelds zu befürchten und zu vermeiden, und ich konnte das ganze Programm abspulen: Freundinnen und Freunde, Kollegen, Bekannte, Vermieter, Sportverein, Stammkneipe, Autowerkstatt. Ich spürte die junge Frau auf, mit der ich Wendt im Sole d'Oro gesehen hatte, seinen ehemaligen Studienfreund und Reisebegleiter nach Brasilien, Argentinien und Chile, seine Doppelkopfpartner, einen arbeitslosen Lehrer, einen Tomatisten, eine Geigerin vom Heidelberger Symphonieorchester, und die Squash-Halle in Eppelheim, in die er regelmäßig gegangen war. Keiner, der sich über Wendts Tod nicht betroffen äußerte. Aber die Betroffenheit galt weniger der Person Wendts als dem Umstand, daß jemand, den man gekannt hat, ermordet worden ist. Mord – das gibt's doch nur in der Zeitung oder im Fernsehen. Und ausgerechnet der Rolf. Der mit allen konnte, den alle schätzten.

Die Geigerin war die dritte, von der ich das zu hören bekam.

»Geschätzt? Warum nur geschätzt und nicht gemocht?«

Sie betrachtete ihre kräftigen Hände mit den kurzen Nägeln. »Wir sind eine Zeitlang zusammengewesen, aber irgendwie ist kein Funke übergesprungen, verstehen Sie?«

Auch bei der jungen Frau aus dem Sole d'Oro hatte es nicht gefunkt. Sie arbeitete in der Deutschen Bank, wo Wendt Kunde war, sie angesprochen und eingeladen hatte. »Man konnte sich voll auf ihn verlassen, ob's um sein Konto oder um unsere Verabredungen ging.«

»Das klingt aber flau.«

»Was wollen Sie? Wir sind miteinander nie richtig warm geworden. Zuerst habe ich gedacht, er ist hochnäsig und will mich nicht an sich rankommen lassen, weil er studiert und den Doktor gemacht hat und ich nur die Banklehre. Aber das war's nicht. Er ist nicht aus sich rausgegangen. Ich habe gewartet und gewartet, aber es kam nichts. Vielleicht gab's bei ihm nichts. Man denkt immer, daß bei den Psycholeuten mehr dahinter steckt, aber warum eigentlich? Ich bin auch bei der Bank und habe kein Geld.«

Ich hatte sie in der Mittagspause erwischt, und sie stand in Kostüm und Bluse, mit perfekter Frisur und dezentem Make-up vor mir. Wie es sich für die junge Mitarbeiterin einer deutschen Großbank gehört. Aber sie hatte mehr im Kopf als Geld und Zinsen. Rolf Wendt, der nicht aus sich rausgeht, um den man eine Weile wirbt, bei dem man sich zunächst fragt, ob man etwas falsch macht, und dann, ob ihm nicht etwas fehlt – die anderen hatten es nur nicht so klar gesehen und gesagt. Es ging nicht darum, daß er Frauen gegenüber zurückhaltend war. Der Squash-Trainer in Eppelheim sagte auf seine Weise das gleiche. »Arzt war er? Sehen Sie, das wußte ich gar nicht. Er war ein prima Spieler, und ich wollte ihn gerne mit den anderen zusammenbringen. Wir haben ein richtig gutes Clubleben, müssen Sie wissen, obwohl unser Squash-Center neu ist.« Er musterte mich: »Ihnen würde mehr Bewegung auch nicht schaden. Jedenfalls, Wendt hielt sich immer abseits. Nett war er schon, aber immer hielt er sich abseits.«

Frau Kleinschmidt trug mir nicht nach, daß ich nicht Herr Wendt war. »Ein Detektiv sind Sie? So einer wie der Sherry Cotton?« Sie bat mich in die Küche und setzte Kaffeewasser auf. Es war eine Wohnküche mit Eckbank, Büfett und Linoleumfußboden. Waschmaschine und Elektroherd funkelten nigelnagelneu. Die Vorhänge, die Scheibengardinen im Küchenbüfett, das Wachstuch auf dem Tisch und die Folie am Kühlschrank waren in Delfter Kachelmuster gehalten.

»Haben Sie Verbindungen nach Holland?«

»Sie haben die Tulpen im Garten gesehen? Und kombiniert?« Sie sah mich bewundernd an. »Mein erster war von da oben. Der Willem. Fahrer war er, Fernfahrer, und wenn er die Tour nach Rotterdam gemacht hat, hat er immer Zwiebeln mitgebracht. Weil er doch gewußt hat, daß ich die Blumen mag. Beziehungen hat er gehabt, und bezahlen hat er nicht gemußt für die Zwiebeln. Anders hätten wir uns die vielen Blumen nicht leisten können mit den kleinen Kindern. Jetzt, wo sie groß sind, bringt mein zweiter sie aus der Stadt mit, die Zwiebeln, meine ich.«

»Die Kinder sind aus dem Haus?«

»Ja.« Sie seufzte. Im Kessel pfiff das Wasser, und sie goß es durch den Filter.

»Da haben Sie sich sicher über den jungen Mieter gefreut.«

»Hab ich auch. Und Miete haben wir nicht viel genommen, weil ich meinem Mann gesagt hab, ›Günther‹, hab ich gesagt, ›der junge Herr Doktor ist in der Irrenanstalt. In der Irrenanstalt sind die armen Schlucker. Die Reichen, die's ihren Ärzten hinten und vorne reinschieben, die sind woanders.‹ Aber so, wie ich mir das gedacht hab, ist es nicht gekommen. Er war schon höflich, der junge Herr Doktor, und hat immer gegrüßt und gefragt, wie's geht. Aber sich bei uns dazugesetzt, am Abend oder am Sonntag, das hat er nicht. Auch nicht wenn er den ganzen Tag gesessen und gelernt hat. Aus dem Garten, wissen Sie, wenn ich gearbeitet hab, hab ich ihn an seinem Tisch mit seinen Büchern sehen gekonnt.«

»Und Freunde, Freundinnen?«

Frau Kleinschmidt schüttelte den Kopf. »Von uns aus hätte er schon mal eine Freundin mitbringen können, wir sind da nicht so. Und gegen Freunde haben wir auch nichts. Aber er war wohl ein Einzelgänger.«

Dabei blieb's. Keine auffälligen Kontakte, keine auffälligen Aktivitäten. Ein Bilderbuchmieter. Ich hatte Frau Kleinschmidt Leos Bild zwar schon einmal gezeigt, versuchte es aber noch einmal. Ich zeigte ihr auch ein Photo mit Helmut Lemke. Sie erkannte keinen von beiden.

»Hat die Polizei Wendts Wohnung versiegelt?«

»Sie wollen sich noch mal umschauen?« Sie stand auf und nahm einen Schlüssel vom Haken an der Wand. »Wir gehen durch den Heizungskeller. Durch die Eingangstür dürfen wir nicht mehr, hat die Polizei gesagt, bis die Untersuchungen abgeschlossen sind. Und das Siegel auf dem Schloß dürfen wir nicht kaputtmachen.«

Ich folgte ihr über die Kellertreppe, durch den Heizungskeller und durch die Besenkammer in Wendts Wohnung. Die Polizei hatte gründliche Arbeit geleistet und das unterste zuoberst gekehrt. Was sie nicht gefunden hatte, würde ich auch nicht finden.

So vergingen die Tage. Ich machte meine Arbeit, wie es sich gehört, aber kam nicht recht voran. Mit Eberlein hätte ich gerne geredet, aber er war verreist. Auch Wendts Schwester hätte ich gerne gesprochen. Sie lebte in Hamburg und hatte wie ihr Bruder kein Telephon. Ob sie zur Beerdigung kommen würde, wußte Frau Büchler nicht. Es gab Spannungen mit dem Vater und hatte Spannungen mit dem Bruder gegeben. Ich schickte Dorle Mähler geborene Wendt einen Brief.

Einmal kam ein Anruf von Tietzke: »Vielen Dank, daß Sie mich neulich gleich haben rufen lassen.«

»Daß ich was?«

Aber kaum hatte ich ihn gefragt, wußte ich schon, was er meinte. Wie hatte mir das entgehen können! Tietzke war gleichzeitig mit dem Streifen- und dem Krankenwagen beim toten Wendt. Nur ich konnte ihn so schnell benachrichtigt haben. Ich oder der Mörder.

4
Peschkaleks Nase

Auf der Beerdigung sah ich alle wieder: Nägelsbach, den Studienfreund, die Doppelkopfpartner, die Frau von der Deutschen Bank, den Trainer von der Eppelheimer Squash-Halle, Frau Kleinschmidt und Frau Büchler, nur Eberlein nicht. Ich war früh da, setzte mich in die letzte Bank und sah zu, wie die kleine Kapelle sich langsam füllte. Dann kamen rund sechzig Leute auf einmal. Ihr Tuscheln verriet mir, daß der alte Wendt seine Büros geschlossen und die Belegschaft zur Beerdigung kommandiert hatte. Er selbst kam spät, ein großer, schwerer Mann mit versteinertem Gesicht. Die Frau an seinem Arm trug einen dichten schwarzen Schleier. Als die Orgel einsetzte, huschte Peschkalek auf den freien Platz an meiner Seite. Während des ersten Lieds wechselte er behende den Film in seiner kleinen Kamera. *Jerusalem, du hochgebaute Stadt!* Trotz dieses Bezugs zur Immobilie und strenger Blicke von Frau Büchler stimmten Wendts Leute nicht recht ein. Der Gesang war schütter.

»Was machen Sie denn hier?« Peschkalek stieß mich an.

»Das gleiche kann ich Sie fragen.«

»Dann machen wir wohl auch das gleiche.«

Nach dem Pfarrer redete ein Oberarzt aus dem Psychiatrischen Landeskrankenhaus. Er sprach mit Achtung und Wärme vom jungen Kollegen, von dessen Fürsorge für die Patienten und Einsatz in der Forschung. Dann trat der Trainer aus Eppelheim nach vorne und vereinnahmte Rudolf nachträglich für das Clubleben in der Squash-Halle. Als wir beim Schlußlied waren, ging die Tür einen Spalt auf, und eine junge Frau trat ein. Sie zögerte, sah sich suchend um, ging dann entschlossen zur ersten Reihe und stellte sich neben Frau Wendt. Rudolfs Schwester?

Am Grab stand ich abseits. Auch Nägelsbach hielt auf Abstand, um sich alle genau anschauen zu können. Peschkalek umkreiste die Trauergemeinde in großem Bogen und schoß Photos. Als der letzte von Wendts Leuten sein Schäufelchen Erde ins Grab geworfen hatte, verliefen sich die Trauernden rasch. Hinten wurde der kleine Bagger angelassen, mit dem die Totengräber sich heutzutage die Arbeit leichter machen.

Peschkalek trat neben mich. »Und schon ist alles vorbei.«

»Das ging mir auch durch den Kopf.«

»Sie haben Wendt persönlich gekannt?«

»Ja.« Ich sah keinen Grund, es ihm nicht zu sagen. »Ich ermittele im Auftrag seines Vaters.«

»Also machen wir wirklich das gleiche. Natürlich recherchiere ich nicht im Auftrag seines Vaters, sondern in meinem eigenen. Aber Sie und ich wollen rauskriegen, was Sache ist. Gehen wir zusammen Mittag essen? Lassen Sie Ihr Auto stehen, ich bringe Sie wieder hierher.«

Wir fuhren nach Ladenburg. In der ›Zwiwwel‹ gab es eine Kerbelsuppe, dann Lamm mit gratinierten Kartoffeln. Peschkalek ließ eine Flasche Forster Blauer Portugieser kommen. Zum Nachtisch wurden frische Erdbeeren gereicht. Natürlich wollte ich wissen, warum Peschkalek recherchierte, was er suchte und was er vielleicht schon gefunden hatte. Aber ich hatte keine Eile. Wieder war das Zusammensein mit ihm kurzweilig und angenehm. Er erzählte von Photoreisen durch Europa und Amerika, Afrika und Asien und erwähnte Kriege, Konferenzen, Kunstwerke, Verbrechen, Hungersnöte und Prominentenhochzeiten, die er photographiert hatte, in buntem Durcheinander und mit großer Leichtigkeit. Ich staunte. Fernweh hin, Fernweh her, ich war froh, der Provinzler zu sein, der ich bin. Ein kurzer Aufenthalt in Amerika, einige Segelfahrten durch die Ägäis, auf die mich meine griechische Freundin aus gemeinsamer Studienzeit gelegentlich auf ihrer Yacht mitnimmt, ein paarmal Urlaub mit Klärchen in Rimini, Kärnten und auf Langeoog – mehr war nicht gewesen, so gerne ich in die Ferne fahre. Ich glaube, ich möchte auch den noch so photogenen Bürgerkrieg oder die Hochzeit von Elizabeth Taylor mit Lothar Späth vor der Kulisse des Taj Mahal gar nicht sehen.

Über Sambuca und Espresso, als seine Pfeife und meine Zigarette brannten, fing Peschkalek unaufgefordert an: »Was ich bei Wendt zu photographieren habe, werden Sie sich fragen. Genau weiß ich's noch nicht. Aber ich rieche die heiße Story, wenn sie mir unter die Nase kommt. Und wo eine heiße Story ist, mache ich scharfe Bilder. Das bloße Schreiben ist geschenkt. Notfalls mache ich's selbst. Recherchieren – das zählt, und recherchieren ist photographieren, und was nicht im Bild ist, ist nicht in der Welt. Verstehen Sie?«

Er hatte sein photojournalistisches Credo mit Leidenschaft vorgetragen, und ich nickte gerne.

»Was ist Ihnen unter die Nase gekommen?«

Er griff in die Innentasche seiner Jeansjacke und holte ein Blatt hervor: »Ich zähle eins und eins zusammen. Gestern vor einer Woche wurde Wendt ermordet. Er hatte eine junge Terroristin, Leonore Salger, im Psychiatrischen Landeskrankenhaus versteckt. Nach der jungen Terroristin wird wegen eines Anschlags auf amerikanische Militäreinrichtungen gefahndet. Die öffentliche Fahndung läuft am Abend des Mords an, am Montagabend hab ich's im Fernsehen gesehen und am Dienstagmorgen in der Zeitung gelesen. Sie wollen mir doch nicht sagen, daß das ein Zufall ist. Hat die Salger Wendt umgelegt? Oder jemand von CIA, FBI oder DEA? Seit der Achille Lauro mögen's die Amis nicht mehr, daß man Anschläge auf ihre Einrichtungen macht und ihre Leute entführt oder ermordet. Sie schlagen zurück. Und es heißt, es hat Tote gegeben beim fraglichen Anschlag.«

Ich zeigte auf das Blatt in seiner Hand: »Was ist das?«

»Jetzt wird's mysteriös. Ich weiß nicht, wie genau Sie aufgepaßt haben. Daß die Polizei über die Umstände von Wendts Tod, über Motive und Verdächtige nichts sagt – okay, das verstehe ich. Sie weiß wohl nicht genug. Aber verstehen Sie, warum weder die genaue Zeit noch der genaue Ort, noch die genaue Art, noch die genauen Folgen des Anschlags mitgeteilt werden? Nichts Genaues, einfach nichts Genaues, weder im Fernsehen noch in der Presse. Ich habe extra noch mal die alten Zeitungen angeschaut, mit Baader und Meinhof und Schleyer. Was damals geschrieben wurde, war zwar oft Wischiwaschi, aber allemal genauer, als was wir hier zu lesen und zu hören bekamen. Sie folgen mir?«

»O ja. Es sind übrigens nicht nur die Medien. Auch die Polizei hält sich hier bedeckter als üblich.«

»Ich habe mir gesagt, daß da etwas nicht stimmt. Man kann einen Anschlag nicht zugleich an die große Glocke hängen und totschweigen. Wenn niemand ihn bemerkt hätte ... Aber das kann ich mir auch nicht vorstellen. Vielleicht haben die Leute nicht gemerkt, was passiert ist. Aber daß was passiert ist, muß jemand gemerkt haben. Und dann hat er's auch nicht für sich behalten. Nun kann ich nicht den ganzen Raum abklappern und alle Leute fragen. Aber ich hab die Zeitungen durchgesehen, die Lokalnachrichten. Im Mannheimer Morgen, in der Rhein-Neckar-Zeitung, in der Rheinpfalz und in ihren vielen Ablegern. Ich habe die kleinen Meldungen gesucht. Gestern nacht wurde Landwirt L. durch eine Erschütterung aus dem Schlaf gerissen, die das Geschirr im Schrank klirren und die Fenster springen ließ. Die Ursache konnte noch nicht geklärt werden ... Verstehen Sie?«

»Hatten Sie Erfolg?«

Mit breitem, stolzem Lächeln gab er mir das Blatt. »Viernheimer Tageblatt« und ein Datum im März hatte er auf der Kopie eines Zeitungsartikels vermerkt.

»Lesen Sie!«

Explosionen im Munitionsdepot?

»Ist es in den letzten Jahren im Munitionsdepot der amerikanischen Streitkräfte bei Viernheim zu Explosionen gekommen? Trifft es zu, daß die dortigen Wachmannschaften seit Monaten besondere Schutzkleidung tragen?«

So der Text einer Anfrage, die gestern im Kreistag die Grünen an Landrat Dr. S. Kannenguth in seiner Funktion als Katastrophenschutzbeauftragter des Kreises Bergstraße gerichtet haben. Den Hintergrund der Anfrage hat der Fraktionssprecher der Grünen, J. Altmann, nicht ausgeführt.

Der Landrat konnte »aus der Hüfte« selbstverständlich keine Klarheit schaffen. Er sicherte Überprüfung der Angelegenheit und schriftliche Bearbeitung bis zur nächsten Sitzung zu.

Tatsache ist, daß ich im Januar dieses Jahres bei einer zufälligen nächtlichen Fahrt durch den Wald über dem Gelände des Munitionsdepots Feuerschein beobachtet habe. Die vor dem Tor anwesende Viernheimer Polizei gab mangels Zuständigkeit keine Auskunft, und mehrere Anfragen an die Pressestelle der Army blieben ohne Resonanz.

H. Walters

5
Gas muß nicht stinken

Ich las den Text zweimal. Und gleich noch ein drittes Mal. Entging mir etwas? War ich schwer von Begriff? Daß der Anschlag im Januar stattgefunden, einem Munitionslager bei Viernheim gegolten und die Aufmerksamkeit von H. Walters geweckt hatte – mehr als diese Bestätigung von Leos Bericht konnte ich dem Artikel nicht entnehmen. Peschkalek konnte ihm nicht einmal das entnehmen. Was fand er daran so aufregend?

Ich hielt mich ans Nächstliegende. »Wie ist die Antwort des Landrats ausgefallen?«

»Wie wohl! Erkundigungen bei den zuständigen deutschen und amerikanischen Dienststellen haben keinen Hinweis auf Explosionen im Munitionsdepot ergeben. Schutzkleidung tragen die Wachmannschaften gelegentlich zu Übungszwekken. Die Sicherheit der Bevölkerung war beim Betrieb des Munitionsdepots in Viernheim zu keiner Zeit gefährdet.«

»Haben Sie mit Altmann gesprochen? Oder mit Walters?«

»Altmann verdanke ich die Antwort des Landrats. Sonst war er eine ziemliche Enttäuschung.« Peschkalek grinste mich an: »Und ich bin eine Enttäuschung als Pfeifenraucher. Geben Sie mir lieber eine von Ihren Zigaretten.« Er legte die Pfeife weg, die trotz verzweifelter Bemühungen nicht hatte brennen wollen, griff zum gelben Päckchen und rauchte genußvoll. »Besondere Hintergrundinformation hat Altmann nicht. Sein Hintergrund ist Walters. Dessen zufällige nächtliche Beobachtung hat Altmann genügt, den Landrat ein bißchen zu pieksen. Ob Walters mehr hat, weiß ich nicht. Ich habe ihn gestern nicht mehr erwischt.« Peschkalek schaute auf die Uhr, aus dem Fenster und mich an. »Wie wär's? Fahren wir nach Viernheim und reden mit ihm? Er müßte jetzt in der Redaktion sein.«

Es war halb vier geworden. Ich hätte mich und das alkoholisierte Lamm in meinem Magen lieber zu ausgiebigem Mittagsschlaf gebettet.

Auf der Fahrt über Heddesheim nach Viernheim erinnerte ich mich an einen alten Fall: die Viernheimer Konfessionskriege. Aus der katholischen Kirche war ein Altarbild mit der heiligen Katharina abhanden gekommen, und der Kaplan verdächtigte die Protestanten, wetterte von der Kanzel gegen die diebischen Ketzer, und es gab Schmierereien an der evangelischen Kirche, an der katholischen, und dann gingen Kirchenfenster zu Bruch. Das war alles lange, lange her. Ein ökumenisch gesonnener Presbyter hatte mich damals beauftragt, das Altarbild wieder herbeizuschaffen. Ich fand es bei dem pubertierenden Ministranten, der für Uschi Glas schwärmte. Uschi Glas und die heilige Katharina des Altarbilds waren einander in der Tat wie aus dem Gesicht geschnitten.

Walters studierte in Darmstadt Technik, war aber in Viernheim geboren, aufgewachsen und verwurzelt. Er war Mitglied im Männergesangverein 1846, im Karnevalsverein 1915, im Schachclub 1934, im Sportschützenverein 1953 und im Fanfarenzug 1969. »Damit bin ich der geborene Lokalreporter, finden Sie nicht? Politisch bin ich nicht festgelegt. Wie ich Altmann die Info zum Lager gegeben habe, würde ich die CDU über die geplante Kollektivierung des Rhein-Neckar-Zentrums und die SPD über Kinderarbeit in der Willi Jung KG informieren. So ist das. Sie haben also meinen kleinen Artikel über Altmanns Anfrage im Kreistag gelesen und wüßten gerne mehr. Ich wüßte auch gerne mehr.« Der Raum war winzig und mit Schreibtisch, Drehstuhl und einem Stuhl für Gäste voll. Walters hatte mir den Gästestuhl und Peschkalek eine Ecke seine Schreibtischs angeboten. Durch das schmale

Fenster ging der Blick auf die Rathausstraße. »Ich kann's leider nicht öffnen. Bitte lassen Sie das Rauchen.«

Peschkalek steckte die Pfeife weg und seufzte, als entgehe ihm echter Genuß und nicht nur ein weiterer aussichtsloser Kampf mit Tabak, Streichhölzern und Pfeifenbesteck. »Journalisten wissen nie genug. In der Hinsicht geht es uns allen gleich, ob wir gerade für den Spiegel, Paris Match, die New York Times oder das Viernheimer Tageblatt arbeiten. Mir hat Ihr kleiner Artikel gut gefallen. Er benennt das Problem präzise, ist flüssig geschrieben und überzeugt überdies durch die frische, direkte Art, in der Sie sich selbst einbringen. Außerdem merkt man Ihren soliden Fundus an Hintergrund- und Umfeldinformationen. Alle Achtung, Herr Kollege.«

Zuerst dachte ich, Peschkalek hätte zu dick aufgetragen. Aber Walters klangen die Schmeicheleien gut im Ohr. Er lehnte sich im Drehstuhl zurück. »Freut mich, wie Sie das gesagt haben. Ich nenne es Graswurzeljournalismus und mich einen Graswurzeljournalisten. Ich bin gerne bereit, über die Viernheimer Situation für Ihr Blatt zu schreiben. Spiegel sagten Sie? Paris Match? New York Times? Über meine englischen und französischen Texte müßte allerdings jemand drübergehen.«

»Ich will das gerne im Auge behalten. Wenn Viernheim ein Thema wird, könnte ich Sie vielleicht mit einer Spalte, einem Kasten in die Reportage einklinken. Aber ist Viernheim ein Thema? Ein Feuerschein macht noch keine Katastrophe. Wann war das eigentlich?«

Jetzt hatte er ihn. Wir erfuhren, daß Walters am 6. Januar gegen 24 Uhr von Hüttenfeld, wo seine Freundin wohnt, nach Viernheim fuhr und vor dem Tor zum Munitionsdepot drei Polizeiwagen halten sah. Er wollte wissen, was los ist, und wurde abgewimmelt. Als er weiterfuhr, sah er über dem Munitionsdepot Feuerschein. »Das Feuer selbst habe ich nicht gesehen. Natürlich war ich neugierig geworden. Also bin ich nichts wie weiter, bei Viernheim Ost auf die Autobahn und am Kreuz Richtung Lorsch. Hinter dem Dreieck bin ich ganz langsam gefahren. Das Depot liegt ja zwischen der L 3111 und der A 6. Aber der Feuerschein war weg.«

»Das war alles?« Peschkalek war enttäuscht und verbarg es nicht.

»Ich habe angehalten, bin ausgestiegen und habe gerochen. Ich habe später noch mal gerochen, als ich wieder durch den Lampertheimer Forst gekommen bin. Ich mußte ja bis Lorsch auf der Autobahn bleiben, bin dort auf die Landstraße und über Hüttenfeld nach Viernheim. Aber ich konnte nichts riechen. Inzwischen weiß ich, daß Kampfgas nicht stinken muß.«

»Kampfgas?« Peschkalek und ich fragten wie aus einem Mund.

»Das Gerücht gibt's schon lange. Fischbach, Hanau und Viernheim – hier sollen die Amerikaner nach dem Krieg ihre Depots angelegt haben. Manche sagen, daß hier schon die Deutschen Kampfgas gelagert und vergraben haben. Aus Fischbach soll das Zeug raus sein, heißt es, und vielleicht ist's auch aus Viernheim raus. Oder es war überhaupt nie da. Oder aber es ist noch da, und der Lärm um den Abzug aus Fischbach hat vom Kampfgas in Viernheim abgelenkt. Jedenfalls habe ich nach dem 6. Januar angefangen, mich dafür zu interessieren.« Er schüttelte den Kopf. »Ein Teufelszeug. Phosgen, Tabun, Sarin, VE, VX – haben Sie mal gelesen, was das anrichtet? Da wird's Ihnen ganz anders.«

»Waren die Polizeiwagen noch am Tor?«

»Nein. Aber ein amerikanischer Feuerwehrwagen kam aus dem Tor und fuhr weg.«

Das ließ Peschkalek wieder aufmerken. »Wohin fuhr der? Und warum steht das nicht in Ihrem Artikel?«

»Ich wollte meine Enthüllung Stück um Stück bringen. Aber dann fand der Redakteur den Feuerwehrwagen als Fortsetzung nicht aufregend genug. Er fuhr die Nibelungenstraße und die Entlastungsstraße, ich denke, zu den amerikanischen Kasernen.«

Wir bedankten uns. Als wir aus Walters' Zelle kamen, war Peschkalek euphorisch und zappelig. »Hab ich's Ihnen nicht gesagt? Ist sogar besser, als ich Ihnen gesagt habe. Der Anschlag zielte nicht einfach auf eine amerikanische Militäreinrichtung, sondern ausgerechnet auf ein amerikanisches Giftgaslager. Sie können Gift darauf nehmen, daß die Amerikaner so was nicht wegstecken. Ob Wendt den Anschlag inszeniert hat? Ob er dafür mit seinem Leben bezahlt hat? Oder haben die Amerikaner ihn gekauft? Hat er die Seite gewechselt, und hat die Salger ihn gerichtet? Sie werden sehen, der Wendt ist nicht nur mal gerade so ermordet worden.«

6
Eine Sommeridylle

Niemand wird nur mal gerade so ermordet. Die Landkarte, die Wendt in seiner Aktentasche gehabt hatte, zeigte das Viernheimer Dreieck. Ich erkannte die Autobahn Frankfurt–Mannheim und, lotrecht auf ihr stehend, die Autobahn nach Kaiserslautern auf der großen Karte im Flur der Redaktion wieder.

Auch Peschkalek blieb stehen. »Wie geht's weiter, Herr Selb? Schauen wir uns die Sache mal an?«

Wir fuhren auf dem Lorscher Weg durch den Wald. Links begleiteten ein hoher Zaun und dahinter ein asphaltierter Weg die Straße. Schilder warnten auf deutsch und amerikanisch vor Sprengstoff, Militär- und Sicherheitsstreifen, Wachhunden und Schußwaffengebrauch. Der Eingang, den wir nach einem halben Kilometer passierten, war mit eisernen Schleusentoren, Warnleuchten in Orange und Blau und mit Schildern gesichert, die zu allen anderen Warnungen noch die vor dem Rauchen hinzufügten. Dann bog der Zaun nach links, und die Straße ging weiter geradeaus, und auf der nächsten Straße nach links kamen wir in einem großen Bogen, der uns über die Autobahn und unter ihr hindurch, aber nicht mehr an den Zaun führte, wieder nach Viernheim.

»Sie sollten mal mit den Leuten hier reden.« Peschkalek hatte auf der Erkundungsfahrt nicht viel gesagt, wurde aber gesprächig, als wir Viernheim erreicht hatten. »Giftgas – Sie haben es gehört, und man möchte meinen, daß das die Leute beschäftigt. Tut's aber nicht. Ich staune, daß unser junger rasender Reporter«, er zeigte mit dem Finger in die Richtung, in der er das ›Viernheimer Tageblatt‹ vermutete, »seine kleine

Meldung überhaupt untergebracht hat. Das mag hier niemand lesen.« Er nahm die Straße nach Heddesheim, bog aber bald nach rechts. »Nur noch einen kleinen Umweg, Herr Selb.«

Unter blauem Himmel fuhren wir an langen Reihen von Obstbäumen vorbei und durch gelbe Rapsfelder. In der Ferne erhoben sich die Berge und leuchteten die Steinbrüche. Als vor uns eine kleine Kirche mit Dachreiter und ein Wasserturm auftauchten, umgeben von wenigen Höfen und Häusern und alten Weiden, war's das Bild einer Sommeridylle.

»Ihr erster Besuch in Straßenheim?« Ich nickte. Peschkalek fuhr langsam. »Was Sie hier sollen, fragen Sie sich? Warum ich Sie hierherbringe? Sehen Sie genau hin.« Mir stach das herrschaftliche Haus neben der Kirche ins Auge. Es beherbergte, wie ein Schild auswies, die Reiter- und Diensthundestaffel des Polizeipräsidiums Mannheim. »Genau sollen Sie hinsehen. Da, der eine links und rechts die beiden – wissen Sie, was das ist? Tankwagen sind das, viele tausend Liter Wasser in jedem, Wasser zum Trinken und Kochen und fürs Vieh. Und was die hier machen? Nun«, er freute sich auf seine Pointe, »vermutlich ist das andere Wasser nicht trinkbar, oder? Vermutlich ist Straßenheim, obwohl es zu Mannheim gehört, nicht an die Mannheimer Wasserversorgung angeschlossen und auch nicht an die Viernheimer oder Heddesheimer, sondern hat seinen eigenen Brunnen, und aus dem kommt – nichts mehr, meinen Sie? Sie meinen, der ist ausgetrocknet? Nach all dem Regen der letzten Wochen? Nein, aus dem kommt Wasser, und das Wasser sieht sogar ganz klar aus, vielleicht riecht es ein bißchen, vielleicht aber auch nicht, vielleicht schmeckt es seltsam, aber auch das muß nicht sein. Und man muß auch nicht tot umfallen, wenn man es trinkt. Vielleicht wird einem flau, vielleicht richtig übel, vielleicht scheißt man sich das Gedärm blutig oder kotzt sich die Galle aus dem Hals.«

Straßenheim lag hinter uns.

»Woher wissen Sie das alles?«

»Ich zähle eins und eins zusammen – was sonst? Von den offiziellen Stellen ist nichts zu erfahren. Die halten sich so bedeckt, daß dies allein schon verdächtig ist.« Er fuhr wieder schneller. »Wir überqueren gerade die Grenze des Trinkwassergebiets Käfertal, das zur weiteren Schutzzone gehört. Ich muß Ihnen nicht sagen, was auch in dieser Schutzzone liegt. Klar, die weitere Schutzzone ist noch nicht die engere und die noch nicht das Fassungsgebiet. Das Munitionslager liegt nur in der weiteren Schutzzone. Aber die engere ist ganz nah, sie fängt beim Viernheimer Kreuz an, zweitausend Meter hinter Straßenheim. Jedenfalls hat's Straßenheim erwischt, in welcher Zone auch immer. Weiß der Teufel, wie die Grundwasserströme fließen.« Seine Rechte machte einen resignierten Schlenker, klatschte auf die Glatze und strich das fehlende Haar nach hinten. Mit Zunge und Lippe zog er Schnurrbarthaare zwischen die Zähne und malmte zornig.

Ich kann nicht sagen, daß mir der Himmel nicht mehr so blau und der Raps nicht mehr so gelb geleuchtet hätte. Ich hatte immer schon Schwierigkeiten, an die Existenz von etwas zu glauben, das ich nicht sehe: Gott, die Relativität von Raum und Zeit, die Schädlichkeit des Rauchens, das Ozonloch. Ich war auch skeptisch, weil es vom Munitionslager zum Benjamin-Franklin-Village in Käfertal nur wenige Kilometer sind und die Amerikaner schwerlich ihre eigenen Leute gefährden, und weil auch Viernheim, näher am Munitionslager als Straßenheim, in seiner Wasserversorgung nicht beeinträchtigt schien. Überdies – hatte Peschkalek das Straßenheimer Wasser probiert? Hatte er es untersuchen lassen?

Wir waren wieder in Edingen. Als wir die Grenzhöfer Straße entlangfuhren, kamen gerade Frau Büchler und Wendts Leute aus dem Grünen Baum. Der Leichenschmaus hatte lange gedauert. Vor dem Friedhof wartete mein Kadett.

»Wir müssen über das Ganze in Ruhe reden.«

Er gab mir seine Karte. »Rufen Sie mich an, wenn Sie Zeit haben. Sie glauben mir nicht. Reportergeschwätz, denken Sie, Journalistenlatein. Gebe Gott, daß Sie recht haben.«

7
Tragödie oder Farce?

Peschkaleks giftige Grundwasserströme verfolgten mich in den Schlaf. Im Traum wuchs das Straßenheimer Kirchlein zur Kathedrale, von deren Dach die Fratzen grünes, gelbes und rotes Wasser spien. Als ich sah, daß die Kathedrale aus Gummi war, aufgebläht, mit bauchenden Wänden, war's auch schon um sie geschehen. Sie platzte, und aus ihr floß ekliger brauner Schleim. Ich wachte auf, als er meine Füße erreichte, und schlief nicht mehr ein. Beim Gespräch mit Peschkalek hatte ich keine Angst gehabt. Jetzt war sie da.

Mir kamen Erzählungen meines Vaters in Erinnerung. Solange ich auf der Schule war, hatte er über Erlebnisse im Ersten Weltkrieg kein Wort verloren. Manche Schulkameraden gaben mit den Heldentaten ihrer Väter an, und ich hätte es auch gerne getan. Ich wußte, daß er mehrmals verwundet, dekoriert und befördert worden war. Davon mußte sich erzählen, damit mußte sich angeben lassen. Aber er wollte nicht. Erst in den letzten Jahren vor seinem Tod wurde er gesprächig. Mutter war gestorben, Vaters Tage waren einsam, und wenn ich ihn besuchte, redete er über vieles, auch über den Krieg. Vielleicht wollte er mich auch von der Vorstellung befreien, wir brauchten mehr Lebensraum, selbst um den Preis eines Kriegs.

Er war dreimal verwundet worden. Die ersten beiden Male anständig, wie er es nannte, von einem Granatsplitter bei Ypern und bei Peronne durch ein Bajonett. Das dritte Mal war seine Kompanie bei Verdun in einen Gasangriff geraten. »Senfgas. Kein grüngelbes, stinkendes Gewölk wie

Chlorgas, das du sehen und vor dem du dich schützen kannst. Senfgas ist heimtückisch. Du siehst es nicht und riechst es nicht. Wenn du nicht den Kameraden sich an die Kehle greifen sahst oder den sechsten Sinn hattest und gerade noch die Gasmaske überzogst, war's aus, im Handumdrehen.« Er hatte den sechsten Sinn gehabt und überlebt, während die meisten seiner Kompanie umkamen. Aber er hatte genug abgekriegt, um monatelang zu leiden. »Das Fieber ging. Aber der Schwindel, obwohl du dich nicht bewegst, und ständig mußt du kotzen, kotzen, kotzen ... Außerdem verätzt dir Senfgas die Augen. Das war das Schlimmste: die Angst, daß es dich so erwischt hat, daß du nie wieder sehen kannst.«

Ich habe die Geschichte vom Gasangriff mehr als einmal gehört. Jedesmal wenn mein Vater vom Aufsetzen der Gasmaske erzählte, schloß er die Augen und hielt schützend die Hand vors Gesicht, bis er von der Entlassung aus dem Lazarett berichten konnte.

Hatte Leo gewußt, was ihr Freudenfeuer anrichten konnte? Hatte sie's gewollt? Hatte sie sich darum so streng angeklagt und verurteilt? Daß Lemke nicht gewußt haben sollte, was los war, konnte ich mir nicht vorstellen.

Ich wurde immer wacher. Terrorismus in Deutschland – irgendwo steht, daß alle großen geschichtlichen Tatsachen sich zweimal ereignen, das eine Mal als Tragödie und das andere Mal als Farce, und den Terrorismus der siebziger und achtziger Jahre, die Aufregung über ihn und den Kampf gegen ihn hatte ich stets als Farce empfunden. Jetzt mußte ich mich fragen, ob ich mich getäuscht hatte. Giftgas in Luft, Wasser und Boden, das ist keine Farce mehr. Und ich fahre mit Leo durch Frankreich und die Schweiz, als sei die Welt ein einziger Frühling.

So kamen zur Angst die Selbstvorwürfe. Wie ich mich im Bett auch legte, ich lag falsch. Ob ich die Augen aufhatte oder zu – die Gedanken drehten sich im selben Kreis. Sie drehten sich dumm und wund – bis der Morgen graute, die Vögel sangen, ich geduscht hatte und wieder mein waches, vernünftiges, skeptisches Selbst war.

8
Denk mal nach!

Für Samstag hatte ich Brigitte und Manu einen Besuch in Heidelberg versprochen. Einkaufen, Eis essen, Tiergarten, Schloß – eben das ganze Programm. Wir nahmen die OEG und kamen am Bismarckplatz an.

Ich war lange nicht mehr dort gewesen. Alles war lila. Haltestellen, Wartehäuschen, Kioske, Bänke, Papierkörbe, Laternen. Dazwischen störten ein gelber Briefkasten und ein blasser Bismarck.

»Schau mal, die Frauenbewegung hat den Bismarckplatz erobert.«

Brigitte blieb stehen. »Du mit deinen dummen Chauvisprüchen. Füruzan buttert Philipp unter, ich buttere dich unter, jetzt haben die Frauen auch noch den Bismarckplatz besetzt, und du armer Mann weißt gar nicht mehr...«

»Ist gut, Brigitte. Ich habe einen Scherz gemacht.«

»Hahaha.« Sie ging weiter, ohne uns durch Blick oder Geste zum Mitkommen aufzufordern, und ich bekam Schuldgefühle, obwohl ich ein gutes Gewissen hatte. Als sie in die Buchhandlung Braun ging, wartete ich draußen. Hätte ich ihr zur Reihe »Neue Frau« folgen sollen? Mit demütigem Blick, hängenden Schultern und einfühlsamen Fragen? Manu blieb mit Nonni bei mir.

Wir sahen dem dichten Verkehr auf der Sophienstraße zu. »Wo kommen sie wieder raus?« Manu zeigte auf die Autos, die in der Tiefgarageneinfahrt auf der Sophienstraße verschwanden.

»Hinter den Bäumen, glaube ich.«

»Können sie dort raus, wo wir neulich geparkt haben?«

Ich verstand nicht. »Aber das war doch... Meinst du die Tiefgarage hinter der Heilig-Geist-Kirche?«

»Ja, das gibt's doch manchmal, daß was ganz woanders auftaucht als verschwindet. Ich fänd das praktisch, wenn man unter der Erde von der einen in die andere Tiefgarage fahren könnte, wenn die Parkplätze besetzt sind oder die Straßen verstopft. Denk mal nach!« Er sah mich an, als sei ich schwer von Begriff, und holte zu weitschweifigen Erläuterungen aus.

Ich hörte ihm nicht zu. Seine Vision eines unterirdischen Verkehrsflusses ließ mich wieder an Peschkaleks giftige Grundwasserströme denken.

»Du hörst mir gar nicht zu.«

Brigitte kam aus der Buchhandlung. Ich kaufte ihr einen weiten Rock und sie mir eine kurze Hose, in der ich wie ein Brite am Kwai aussah. Manu wollte Jeans, nicht irgendwelche, sondern ganz bestimmte, und wir suchten und liefen die Hauptstraße bis zur Heilig-Geist-Kirche ab. Ich finde die Zusammenballung bummelnder Konsumenten in Fußgängerzonen nicht sympathischer, weder ästhetisch noch moralisch, als die von paradierenden Genossen und marschierenden Soldaten. Aber ich werde nicht mehr erleben, daß in der Hauptstraße wieder Straßenbahnen fröhlich klingeln, Autos munter hupen und die Menschen beschwingten, geschäftigen Schritts dorthin eilen, wo es für sie etwas zu tun und nicht nur zu schauen und naschen und kaufen gibt.

»Wir lassen das Schloß.« Brigitte und Manu machten lange Gesichter. »Wir lassen auch den Tiergarten.«

»Aber du hast doch...«

»Wir machen etwas Besseres. Wir fliegen.«

Ich mußte nicht lange werben. Wir nahmen die OEG zurück nach Mannheim und stiegen beim Flugplatz Neuostheim aus. Der kleine Tower, das kleine Büro, das kleine Rollfeld und die kleinen Flugzeuge – Manu kannte es vom Flug von Rio de Janeiro nach Frankfurt größer, war aber begeistert. Ich meldete einen halbstündigen Flug an. Der Hobbypilot, der uns fliegen sollte, wurde angerufen und machte einen Hüpfer mit einem Propeller und vier Sitzen startklar. Wir knatterten über die Rollbahn und hoben ab.

Wie eine Spielzeugstadt lag Mannheim unter uns, ordentlich, adrett. So müßte der Kurfürst, der die Quadrate hat anlegen lassen, seine Stadt einmal sehen können. Rhein und Neckar glitzerten in der Sonne, die Schlote der Rheinischen Chemiewerke pusteten weiße Wölkchen in den Himmel, und in den Becken beim Wasserturm tanzten die Fontänen. Auf Anhieb erkannte Manu den Luisenpark, die Kurpfalzbrücke und das Collini-Center, in dem Brigitte ihre Massagepraxis hat. Der freundliche Pilot drehte eine Extra-Schleife, bis Manu auch sein Haus in der Max-Josef-Straße fand.

»Jetzt machen Sie bitte noch einen Schlenker nach Viernheim rüber.«

»Sind Sie von dort?«

»Ich war mal von dort.«

Das interessierte Brigitte. »Wann hast du in Viernheim gelebt? Das wußte ich noch gar nicht.«

»Nach dem Krieg, nicht lange.«

Unter uns standen die Blocks vom Benjamin-Franklin-Village Spalier. Golfplatz, Autobahnkreuz, Rhein-Neckar-Zentrum, die engen, krummen Straßen um Rathaus und Kirchen – schon waren wir über den letzten Häusern Viernheims, und der Pilot schwenkte nach rechts.

Ich zeigte nach links. »Ich würde lieber über den Wald zurück als über Heddesheim.«

»Dann muß ich viel höher fliegen.«

»Warum?«

Er flog auf Weinheim zu und stieg. »Die Amerikaner. Die haben im Wald ein Lager. Mit photographieren ist hier auch nichts.«

»Und wenn wir tiefer fliegen, schießen sie uns ab?«

»Keine Ahnung. Was wollen Sie denn sehen?«

»Ehrlich gesagt – gerade das Lager würde mich interessieren. 1945 gab's hier eines für Gefangene und Internierte, und so habe ich mit dem Wald Bekanntschaft gemacht.«

»Den alten Zeiten auf der Spur? Dann probieren wir's mal.« Er machte eine Kurve, stieg nicht weiter und flog schneller.

Ich konnte zwar den Zaun nicht erkennen. Aber ich sah die grasüberwachsenen Bunker, manche auf freiem Feld und andere zwischen Bäumen versteckt, sah die verbindenden asphaltierten Wege und die Lichtungen, auf denen Lastwagen oder Container im Tarnanstrich dicht an dicht standen. Eine weite Fläche war fast ohne Vegetation und von Wagen- oder Panzerspuren durchwühlt.

Dann, nicht weit von der Autobahn, waren Bagger, Transportbänder und Lastwagen am Werk. Auf einer Fläche von der Größe eines Tennisfelds war Erde abgetragen. Ich konnte nicht erkennen, wie tief man gegraben hatte, und auch nicht, ob etwas ein- oder ausgegraben wurde. Ringsum war Wald, Bäume in hellem und dunklem Grün. Am einen Ende des Tennisfelds standen schwarze, verkohlte Baumskelette. Hier hatte es gebrannt.

9
Olle Kamellen

»Du warst nicht wirklich bei Viernheim im Lager, oder? Als du mir mal von deinem Leben erzählt hast, hast du davon nichts erwähnt.« Brigitte fragte mich, als Manu im Bett lag und wir wie ein altes Ehepaar vor dem Fernseher auf dem Sofa saßen.

»Nein. Es geht um meinen Fall.«

»Wenn du was aus Viernheim wissen willst – ich hab eine Freundin dort, eine Kollegin. Und du weißt, daß wir Masseurinnen alles erfahren, wie die Friseurinnen und die Pfarrer.«

»Das klingt gut. Kannst du ein Treffen arrangieren?«

»Wenn du mich nicht hättest.« Brigitte stand auf und rief Lisa an und verabredete einen gemeinsamen Sonntagskaffee. »Sie lebt auch alleine mit Kind, und Sonja ist in Manus Alter. Wir wollten die beiden schon lange einmal zusammenbringen, und Lisa ist auch schon lange neugierig, was für einen ich mir...«

»... geangelt habe.«

»Das hast du gesagt.« Brigitte setzte sich wieder zu mir. Im Film liebte ein alter Mann eine junge Frau. Sie liebte ihn auch, aber sie entsagten einander, weil er alt und sie jung war. »So ein dummer Film. Aber es war ein schöner Tag heute, nicht?« Sie sah mich an.

Zuerst fürchtete ich, ein klares Ja würde wieder die Heirats- und Kinderfrage heraufbeschwören, und wollte unverbindlich brummen. Sag nie ja oder nein, wenn der andere sich schon mit mhm zufriedengeben muß. Aber dann sagte ich doch ja, und Brigitte kuschelte sich wortlos und zufrieden in meine Armbeuge.

Am nächsten Morgen war ich um zehn Uhr in der Auferstehungskirche in Viernheim. Vergeblich hatte ich mich an den Namen des Presbyters zu erinnern versucht, der mich vor Jahren mit der Suche nach der heiligen Katharina beauftragt hatte. Nach Predigt und Choral reichte er den Klingelbeutel durch die Reihen, erkannte mich und nickte mir zu. Die Predigt hatte den Suchtgefahren gegolten, der Choral von des Fleisches Eigenwill gehandelt, und die Kollekte war für die Süchtigenhilfe bestimmt. Ich war bereit, mein Päckchen Sweet Afton in den Klingelbeutel zu legen und den Zigaretten für immer zu entsagen. Aber was hätte ich dann nach der Kirche rauchen sollen?

»Herr Selb, was machen Sie hier?« Ich wartete vor der Kirche auf ihn, und er kam gleich auf mich zu. Hinter uns fuhr die OEG vorbei.

»Ich habe Fragen, auf die Sie vielleicht die Antworten wissen. Darf ich Sie zum Frühschoppen einladen?«

Wir gingen zum Goldenen Lamm. »Ah, der Wellerschorsch. Früh dran heute.« Der Wirt führte uns zum Stammtisch.

»Wir können in Ruhe reden, die anderen kommen später«, erklärte Weller. Wir bestellten zwei Schoppen Hauswein.

»Ich ermittele in einem Mordfall. In der Aktentasche des Ermordeten war eine Landkarte mit dem Wald nördlich von Viernheim, der Viernheimer Heide und dem Staatsforst Lampertheim. Ich glaube nicht, daß er wegen der Landkarte ermordet worden ist. Vielleicht wegen des Waldes? Es wird geredet über den Wald, es wird über ihn geschrieben. Sie kennen sicher den Artikel, der im März im Viernheimer Tageblatt stand.«

Er nickte. »Das war nicht der einzige. Im ›Spiegel‹ stand was über Giftgas im Forst und auch im ›Stern‹. Nie was Genaues, immer nur Gerüchte. Und ich soll Ihnen sagen, was los ist? Ach, Herr Selb.« Er wiegte seinen grauen Kopf.

Mir fiel wieder ein, daß er Polsterer war, damals eine eigene

Polsterei hatte und klagte, daß die Leute heute zu Ikea gehen, ihre Sofas und Sessel billig kaufen, kaputtsitzen und wegwerfen. »Haben Sie Ihre Polsterei noch?«

»Ja, und es geht wieder. Ich habe eine Menge Kunden aus Heidelberg und Mannheim, die ihre alten Sachen aufpolstern lassen. Die von der Oma und vom Opa oder Antiquitäten. Aber was soll ich Ihnen zum Forst sagen? Ich kümmere mich nicht drum. Was soll's auch. Die werden schon schauen, daß nichts passiert. Ich hab denen nicht zu sagen, wie sie ihre Sachen machen. Die haben mir auch nicht zu sagen, wie ich meine mache. Und wenn was passieren würde, ich meine, weil vielleicht was passieren könnte – soll ich deswegen wegziehen? Das Haus aufgeben und das Geschäft? Nur weil Schreiberlinge sich in Zeitungen wichtig machen?«

Ein Mann von kleinem Wuchs und mit wichtiger Miene kam an den Tisch, klopfte zweimal mit der Faust auf die Platte, grüßte »Mahlzeit« und setzte sich.

»Herr Hasenklee«, stellte Weller vor, »unser Rektor.« Ein Lehrer, der mich, von Weller ins Gespräch gezogen, sogleich belehrte, daß er hier nicht Kinder unterrichten würde, wenn die Kinder hier gefährdet wären.

»Wenn doch – was würden Sie machen?«

»Was soll die Frage? Ich bin jetzt zwanzig Jahre Lehrer und setze mich immer voll und ganz für meine Kinder ein.«

Weitere Mitglieder des Stammtisches kamen, ein Apotheker, ein Arzt, der Leiter der Sparkasse, ein Bäckermeister und einer, der dem Arbeitsamt vorstand. Giftgas im Staatsforst Lampertheim? Olle Kamellen. Der Vorsteher des Arbeitsamts deutete es an, der Sparkassenleiter sprach's aus: »Es ist kein Zufall, daß das Gerücht immer wieder hochkommt. Der Industriestandort Viernheim steht in hartem Konkurrenzkampf. Da ist Mannheim und braucht jede müde Mark, Weinheim erweitert das Industriegebiet ums Autobahnkreuz, und kaum haben wir einen Investor aufgetan, machen die Brüder aus Lampertheim ihm ein sattes Angebot.

Hinter dem Gerücht stehen handfeste Interessen, sage ich Ihnen, handfeste Interessen.« Die anderen nickten. »Ich bin froh, daß das Zeug aus Fischbach weg ist. Damit ist der Giftgasquatsch keine Schlagzeile mehr wert.« – »Oder sind wir jetzt erst recht dran? Viernheim statt Fischbach?« – »Unsinn, man konnte überall lesen, daß mit der Operation Lindwurm alles Giftgas raus aus Deutschland ist.« – »Unglaublich, daß das ›Tageblatt‹ im März den Artikel gedruckt hat.« – »Habt ihr gemerkt, seit ein paar Tagen schleicht hier ein Reporter rum.« – »Man muß auch noch freundlich sein zu den Burschen, sonst rächen sie sich an uns allen.«

»Sie dürfen auch nicht die Kommunisten vergessen«, raunte mir Rcktor Hasenklee zu, der neben mir saß. »Für die wär das ein gefundenes Fressen.«

»Heutzutage?«

»Jedenfalls war der alte Henlein, der in den sechziger und siebziger Jahren wegen des Forsts hat Flugblätter verteilen und Aufruhr machen wollen, Kommunist. Stimmt schon, jetzt hört man nichts mehr von ihm und von Marx und Lenin auch nicht. Wenn Sie mich fragen – unsere Karl-Marx-Straße ist ein Skandal. Stellen Sie sich vor, Leningrad heißt schon wieder Petersburg, in ein paar Jahren gibt's im ganzen Osten keinen Marxplatz und keine Marxstraße mehr, nur in Viernheim. Wir sollten sie Chemnitzstraße nennen. Marx schuldet Chemnitz was, finde ich, und es wäre auch ein positives Signal für die Investoren.«

Ich fragte die Runde noch nach den Tankwagen in Straßenheim. Alle wußten davon. »Die orangen Tankwagen vom THW? Die sind immer mal hier, die machen Übungen.«

Ich verabschiedete mich. Die Straßen waren leer. Alle saßen schon beim Sonntagsbraten, und ich eilte zu den grünen Klößen und zur thüringischen Hammelkeule, die bei Brigitte in der Röhre schmorte. Sie vollzieht die deutsche Einigung kulinarisch.

Ob die Stammtischrunde nur mir etwas vormachte oder

auch sich oder ob sie alles nach bestem Wissen und Glauben gesagt hatten – ich wußte es nicht. Wellers Standpunkt war klar. Selbst wenn Giftgas im Forst gelagert war und ihn und alle gefährdete – gibt man deshalb seine Existenz auf? Fängt mit sechzig in Neustadt oder Groß Gerau noch mal von vorne an? Man macht's auch nicht mit fünfzig und nicht mit vierzig. Der einzige Unterschied ist, daß man, wenn man jünger ist, sich eher etwas vormacht. Das verstand ich alles, und trotzdem kam mir die Runde gespenstisch vor, wie sie am düsteren, rauchigen Stammtisch ihre Verschwörungsgeschichten ersann.

Am Nachmittag war es hell und luftig. Wir tranken im Garten Kaffee, Manu machte seinem brasilianischen Vater Ehre und Sonja den Hof, und Lisa war eine nette junge Frau. Natürlich kannte sie die Geschichten über das Giftgas im Forst. Sie erinnerte sich auch an den alten Henlein, ein buckliges Männlein, das lange Zeit Samstag um Samstag auf dem Apostelplatz gestanden und Flugblätter verteilt hatte. Sie wußte auch von Patienten zu berichten, die in Abständen über Hautausschläge, Stirnhöhlenvereiterungen, Krämpfe, Erbrechen und Durchfall klagten – öfter, als sie das aus Rohrbach, wo sie früher gewohnt und gearbeitet hatte, zu kennen meinte.

»Haben Sie mit hiesigen Ärzten darüber gesprochen?«

»Ja, und die wußten auch, was ich meine, aber letztlich waren wir uns nicht sicher. Da müßte man Statistiken machen mit Untersuchungen und Vergleichsgruppen. Und dann gibt's ja die KV, die Kassenärztliche Vereinigung, die die Abrechnungen kriegt und den Überblick hat. Der müßte eigentlich auffallen, wenn's bei uns anders ist als anderswo.«

»Haben Sie Angst?«

Sie schaute mich offen an. »Klar hab ich Angst. Tschernobyl, der Treibhauseffekt, die Vernichtung der Regenwälder, die Zerstörung der Artenvielfalt, Krebs und Aids – wie soll man in dieser Welt keine Angst haben?«

»In Viernheim vielleicht besonders viel?«

Sie zuckte mit den Schultern, und am Ende des Gesprächs war ich ebenso schlau wie beim Abschied von der Stammtischrunde. Daß Sonntag war und man an Sonntagen nicht schlauer werden muß, war kein Trost.

10

Wo beides harmonisch zusammenklingt

Ich holte Turbo wieder nach Hause. Er hatte der Ratte Rudi das Genick gebrochen, und Röschen hatte es ihm mit Thunfisch vergolten. Ich finde, er kriegt Probleme mit seiner Figur.

Den Abend widmete ich meinem Sofa. Ich nahm eine Rasierklinge, eine alte, große, nicht platinbeschichtet und doppelt federnd im schwingenden Scherkopf gelagert, sondern handfest und handlich. Ich kippte das Sofa um, trennte mit der Klinge hinten unten die Naht auf, fuhr mit dem Arm in die Füllung und suchte nach der Kugel aus Lemkes Pistole. Die andere Kugel, die Dantes Beatrice ins Inferno gestürzt hatte, hatte ich nach Lemkes Anschlag verwirrt und achtlos mit den Scherben weggeworfen.

Sie war auch nicht so schön erhalten gewesen wie die, die ich nach einer Weile aus dem Sofa fischte. Die andere hatte zwar den Marmor geschafft, war von ihm aber plattgedrückt und zerkratzt worden. Diese hier war von der Füllung des Sofas nur sanft gebremst worden. Ich zeigte das glatte, glänzende, wohlgeformte und bösartige Projektil Turbo. Er mochte nicht damit spielen.

Schwieriger als das Auftrennen war das Zunähen. Eigentlich empfinde ich Nähen und Bügeln als tätige Meditation und denke neidvoll an die vielen, vielen Frauen, denen dieses meditative Glück reichlich zufällt. Aber hier war's ein harter Kampf mit Leder, Nadel, Fingerhut und reißendem Faden.

Danach stellte ich das Sofa auf, packte das Nähzeug weg und trat auf den Balkon. Die Luft war lau. Die ersten Nachtfalter dieses Sommers schlugen an die Scheibe oder fanden den Weg durch die Tür und tanzten um die Deckenlampe. Ich hadere nicht mit meinem Alter. Aber es gibt Frühsommerabende, an denen man, wenn nicht jung und verliebt, in dieser Welt einfach fehl am Platz ist. Ich seufzte, schloß die Tür und zog die Gardinen vor.

Das Telephon klingelte. Ich nahm ab und hörte zuerst nur starkes Rauschen und eine leise, ferne Stimme, die ich nicht verstand. Dann klang die Stimme nah und klar, im Hintergrund rauschte es weiter und echote jedes gesprochene Wort: »Gerd? Hallo, Gerd?« Es war Leo.

»Wo bist du?«

»Ich soll dir ausrichten ... ich will dir sagen, daß du vor Helmut keine Angst haben mußt.«

»Und um dich? Wo bist du?«

»Hallo, Gerd! Hallo! Ich hör dich nicht. Bist du noch dran?«

»Wo bist du?«

Die Leitung war tot.

Ich dachte an Tybergs Plädoyer für den Schuster, der bei seinem Leisten bleibt. Ich sah Leo mit Lemke in Palästina oder in Libyen. Als wir zusammen waren, war ich sicher, daß sie mit einer Karriere als Terroristin nichts im Sinn hat. Sie war in eine dumme Sache hineingeraten, wollte sie hinter sich lassen, möglichst ungeschoren davonkommen und wieder ein normales Leben führen, wenn nicht das alte, dann ein neues. Ich war auch sicher, daß das die beste Lösung ist. Kinder werden im Gefängnis nicht besser. Aber im Guerilla-Training in Palästina oder in Libyen auch nicht.

Das sind keine Gedanken, mit denen sich's gut schläft. Ich war früh auf und früh bei Nägelsbach in Heidelberg.

»Vertragen wir uns wieder?«

Er lächelte: »Wir arbeiten am selben Fall. Ich höre, Ihr neuer Auftraggeber ist der alte Wendt. Aber sonst weiß keiner von uns so recht, wo der andere steht. Stimmt's?«

»Aber jeder von uns weiß doch, daß es nicht ganz falsch sein kann, was der andere macht.«

»Ich hoff's.«

Ich legte die Kugel vor ihm auf den Schreibtisch. »Können Sie feststellen, ob sie aus der Pistole kommt, mit der Wendt erschossen wurde? Und können wir uns heute abend treffen? In Ihrem Garten oder auf meinem Balkon?«

»Kommen Sie zu uns. Meine Frau freut sich.« Er nahm die Kugel und wog sie in der Hand. »Das Ergebnis habe ich heute abend.«

Bei der Rhein-Neckar-Zeitung fand ich Tietzke am Computer. Wie er dasaß, erinnerte er mich an die Zeugen Jehovas, die mit dem »Wachtturm« an den Straßenecken stehen. Dieselbe graue, freud- und hoffnungslose Gewissenhaftigkeit. Ich fragte ihn nicht, über welches graue Thema er gerade schrieb.

»Zeit für einen Kaffee?«

Er tippte weiter und blickte nicht auf. »In exakt dreißig Minuten im ›Schafheutle‹. Ein Kännchen Mokka, zwei Eier im Glas, ein Grahambrötchen, Butter, Honig, Appenzeller oder Emmentaler. Gebongt?«

»Gebongt.«

Er ließ es sich schmecken. »Lemke? Natürlich kenne ich ihn. Oder kannte ihn. 1967/1968 gehörte er in Heidelberg zur Prominenz. Sie hätten ihn hören müssen, wenn er den Hörsaal 13 zum Kochen brachte. Wenn die Rechten, die ihn besonders gehaßt haben, bei seinen Auftritten ihre Sprechchöre anstimmten, ›Sieg Heil, Lemke, Sieg Heil, Lemke‹, und er dagegen ›Ho, Ho, Ho Chi Minh‹ dirigierte – meine Güte, ging da die Post ab. Wenn die Sprechchöre schwach begannen, konnte er sie noch überschreien, dann wurden sie lauter, und er verstummte und stand bewegungslos am Katheder, wartete einen Moment, fuhr dann mit den Armen hoch und schlug mit beiden Fäusten den Rhythmus ›Ho, Ho, Ho Chi Minh‹ aufs Katheder. Zuerst hörte man's im Geschrei der anderen gar nicht, dann skandierten einige mit, dann mehr und mehr. Er blieb stumm, schlug nach einer Weile auch nicht mehr aufs Katheder, sondern dirigierte in der Luft, richtig wie ein Dirigent, und manchmal machte er eine komische Nummer draus, und es endete in gewaltigem Gelächter. Selbst wenn die Rechten in der Mehrzahl waren, gewann ›Ho Ho Ho Chi Minh‹ gegen ›Sieg Heil, Lemke‹. Er hatte ein tolles Gefühl fürs Timing und fing genau dann an, wenn die anderen noch kräftig schrien, aber eigentlich die Luft raus war.«

»Kannten Sie ihn persönlich?«

»Ich war damals nicht politisch. Er war im SDS, und manchmal hab ich mich bei denen umgetan wie bei den anderen auch. Ich war sozusagen Zaungast. Kennengelernt hab ich Lemke nicht da, sondern im Kino. Erinnern Sie sich? 1967/1968 war die Zeit des Italowestern. Jede Woche kam ein neuer in die Kinos, ein Leone, ein Corbucci, ein Colizzi und wie sie alle hießen. Eine Zeitlang hatten auch die Amis begriffen, daß das der neue Stil des Western ist, und ein paar schöne Arbeiten präsentiert. Damals kamen die Filme nicht donnerstags, sondern freitags in die Kinos, und jeden Freitag um 14 Uhr saß er mit ein paar Freunden vom SDS im ›Lux‹ oder in der Harmonie in der ersten Reihe, zur ersten Vorführung des neuen Western. Und weil ich auch nicht bis zur zweiten Vorführung warten konnte und das Kino außer uns leer war, kamen wir irgendwann ins Gespräch. Nicht über Politik, über Filme. Sie kennen ›Casablanca‹? Die Szene, wo die deutschen Offiziere die Wacht am Rhein und die Franzosen die Marseillaise singen und beides so harmonisch zusammenklingt? So wollte er's mit ›Sieg Heil, Lemke‹ und ›Ho, Ho, Ho Chi Minh‹ hinkriegen, sagte er mal, und das war das politischste Gespräch, das wir hatten. Wissen Sie, ich hab ihn damals gemocht.«

»Später nicht mehr?«

»Nachdem der SDS verboten wurde, hat er beim KBW mitgemacht, einer Kaderpartei mit Zentralkomitee und Generalsekretär und dem ganzen Quatsch. Er war zuerst Kandidat, dann Mitglied im ZK und residierte in einem Hochhaus in

Frankfurt, redigierte einen Parteiinformationsdienst und fuhr mit einem schwarzen Saab durch die Gegend, ich weiß nicht, ob mit Chauffeur und Vorhang oder ohne. Ich glaube nicht, daß er fertig studiert hat. Manchmal traf ich ihn im ›Weinloch‹, aber er sah keine Filme mehr, und über die Weltrevolution und den russischen, chinesischen und albanischen Weg hatte ich keine Lust zu reden. Anfang der achtziger Jahre löste sich der KBW auf. Manche gingen zu den Grünen oder zur DKP, manche landeten bei den Chaoten, manche hatten von der Politik die Schnauze voll. Ich weiß nicht, was aus Lemke geworden ist. Es hieß mal, er habe bei der Auflösung einen großen Batzen aus der Kasse mitgehen lassen, sich nach Amerika abgesetzt und an der Börse spekuliert. Mal hieß es auch, Lemke sei Carlos, dieser Oberterrorist. Aber das ist alles Hörensagen und Blödsinn.«

»Haben Sie ihn vielleicht kürzlich wieder gesehen?«

»Nein. Einen anderen aus der ersten Reihe hab ich neulich getroffen, einen Theologen, der jetzt die Evangelische Akademie in Husum leitet. Wir haben ein bißchen von alten Zeiten geredet, er arbeitet den Weg der 68er Generation in Akademieseminaren auf. Das war's. So, und jetzt muß ich in die Redaktion und möchte noch wissen, was hier für mich drin ist außer Kaffee und Kuchen. Um was für eine Geschichte geht's?«

»Das wüßte ich selbst gerne.«

11
Unterm Birnbaum

Nägelsbach schüttelte den Kopf, als ich fragend zum Atelier sah. »Heute gibt's nichts zu zeigen. Rodins *Kuß* in Streichhölzern – das ist vorbei. Schnapsidee. Sie guckten neulich auch nur verlegen, als ich Ihnen das törichte Lied der Streichholzskulptur gesungen habe. Zum Glück habe ich Helga.«

Wir standen auf der Wiese, er den Arm um seine Frau gelegt und sie an ihn geschmiegt. Ich hatte sie vor ihrer jüngsten Krise immer als glückliches Paar erlebt, aber noch nie so verliebt.

»Wie er guckt«, lachte sie, »komm, wir sagen's ihm.«

»Na ja«, er grinste, »als das Modell kam, Ruca mit Bronze, da drüben steht's, hat Helga gemeint, wir sollten uns auch einmal so setzen, damit ich ein besseres Gefühl für die Skulptur bekomme. Und so haben wir...«

»... ist alles wieder gut geworden.«

Drüben, zwischen den blühenden Rhododendronbüschen, küßten sich Rodins Liebende. Nägelsbach war hagerer und seine Frau pummeliger, aber über diese Kopie würde Rodin sich trotzdem besonders gefreut haben. Wir setzten uns unter den Birnbaum. Frau Nägelsbach hatte Erdbeerbowle angesetzt.

»Die Kugel, die Sie gebracht haben, kommt aus der Waffe, mit der Wendt getroffen wurde. Bringen Sie auch den Mörder?«

»Ich weiß nicht. Ich erzähle Ihnen, wie weit ich bin. Am 6. Januar haben vier Männer und eine Frau einen Bombenanschlag auf eine militärische Anlage der Amerikaner im Staatsforst Lampertheim...«

»In Käfertal«, unterbrach er mich.

»Unterbrich ihn nicht«, intervenierte sie.

»Die Frau und zwei Männer konnten entkommen, einer ist umgekommen und einer wurde festgenommen. In den Medien war von zwei Toten die Rede – der andere muß Soldat oder Wachmann gewesen sein. Ob's die Explosion war oder geschossen wurde, weiß ich nicht. Es ist auch nicht wichtig.«

»Ich höre, es war die Bombe.«

»Die Polizei hatte Unglück im Glück. Zwar hatte sie einen Bertram Wie-auch-immer festgenommen und zum Reden gebracht, aber der wußte über die Komplizen nicht recht Bescheid. Er kannte Frau Salger und den, der umgekommen war, Giselher Soundso, aber nicht die beiden Männer, die entkommen sind. Nicht daß die Terroristen ihr Kommando ad hoc zusammengesetzt hätten, damit die Beteiligten einander nicht kennen und nicht verraten können. Der Grund ist vielmehr, daß der Anschlag ein bißchen improvisiert war. Jedenfalls hat Bertram die beiden Männer nur schlecht beschreiben können, weil er sie nicht kannte und bei Nacht ohnehin alle Terroristen grau sind und diese überdies die Gesichter geschwärzt hatten. Die Bilder, mit denen gefahndet wird, sind Phantombilder. Stimmt's?«

»Ich arbeite an dem Fall nicht. Aber wenn man die Namen nicht hat... Hat man in den Medien nicht überhaupt gesagt, daß es Phantombilder sind?«

»Vielleicht hab ich's verpaßt. Wie auch immer – am 6. Januar war der Anschlag, aber es wird Mai, bis die Fahndung an die Öffentlichkeit geht. Man hätte gleich nach dem Anschlag zur Mithilfe aufrufen können. Man hätte die Bilder in die Medien bringen können, als der Festgenommene geredet, Frau Salger identifiziert und die beiden Männer beschrieben hatte – das muß spätestens im Februar gewesen sein, denn da wurde Frau Salger bereits von der Polizei gesucht. Doch als die Fahndung an die Öffentlichkeit ging, gab's über den Zeitpunkt, den Ort, die Umstände und Folgen des Anschlags so gut wie keine Informationen. Sagen Sie nur nicht, daß das normal ist.«

»Ich sag's noch mal, ich arbeite nicht an dem Fall. Aber wenn die Amerikaner uns bitten, einen Anschlag auf ihrem Gelände zunächst einmal vertraulich zu behandeln und bei der Fahndung behutsam vorzugehen, tun wir das.«

»Warum sollten die Amerikaner darum bitten?«

»Weiß ich doch nicht. Vielleicht war ihnen der Anschlag von heiligen Kriegern als Vergeltung für ihre Unterstützung Israels angedroht worden oder hatten sich Panamesen dazu bekannt, die Noriega freipressen wollten, und die Amerikaner mußten überlegen, wie sie außenpolitisch damit umgehen. Da gibt's tausend Gründe.«

»Und warum geht die Fahndung ausgerechnet an dem Tag an die Öffentlichkeit, an dem Wendt umgebracht wurde?«

»Fiel das zusammen?«

Frau Nägelsbach nickte. »Ja, ich erinnere mich. Als der Name Salger in den letzten Nachrichten fiel, klang er mir nach eurem Streit laut im Ohr. Und das Spargelsoufflé war eingefallen, bis du nach Hause kamst – wegen Wendt später als sonst.«

»Es fiel zusammen, weil Wendt in seiner Aktentasche die Kopie einer Karte von dem Teil des Staatsforsts Lampertheim hatte, in dem die Amerikaner sitzen und der Anschlag passiert ist. Ich weiß, Sie sagen, der Anschlag war in Käfertal, und für Viernheim sind Sie nicht zuständig, sondern die Kreisverwaltung Heppenheim und die Staatsanwaltschaft Darmstadt, und um terroristische Anschläge kümmert sich das BKA. Aber einer in Ihrem Haus muß den Zusammenhang gesehen und denen, die darüber entscheiden, klargemacht haben, daß es höchste Zeit ist, die Öffentlichkeit einzuschalten. Weil man nicht riskieren kann, daß auf das Nachspiel Wendt noch weitere folgen. Recht hatte er.«

Nägelsbach machte ein Pokerface. Hatte er selbst den Zusammenhang gesehen? Wußte er von Anfang an, daß der

Anschlag in Viernheim gewesen war und nirgendwo sonst? War die Sache so heikel und geheim, daß er lieber begriffsstutzig erschien, als etwas preiszugeben? Ich sah zu seiner Frau. Ich hatte bisher immer erlebt, daß sie über alles, was ihn beschäftigte, auch informiert war. »Für kinderlose Ehepaare gibt's keine Dienstgeheimnisse«, pflegte er zu sagen. Sie guckte gespannt.

»Die Kugel, mit der Wendt erschossen wurde, stammt aus der Pistole des einen der beiden Männer, nach denen Sie fahnden. Helmut Lemke, Mitte vierzig, in Heidelberg nicht unbekannt. Ein aktuelles Bild habe ich nicht. Aber dieses ist besser als Ihr Phantombild, und die Photographen vom BKA werden schon wissen, wie sie's rund fünfzehn Jahre älter machen.« Ich gab ihm eine Kopie eines Bilds aus Leos Photoalbum.

»Warum?«

»Warum Lemke Wendt erschossen hat? Ich weiß nicht, Frau Nägelsbach. Ohnehin wissen wir nur, daß Wendt mit Lemkes Pistole erschossen wurde. Ich dachte, daß Ihr Mann und ich vielleicht gemeinsam weiterkommen.«

»Was kann ich beitragen? Sie wissen mehr als ich. Natürlich haben wir uns um den Mann und den Golf gekümmert, die Frau Kleinschmidt gesehen hat, haben die Nachbarn gefragt und nach Spaziergängern gesucht. Aber es hat geschüttet, auch das wissen Sie, und niemand hat was gesehen. Oder doch nichts Brauchbares. In dem Haus, vor dem der Golf geparkt hat, haben die Kinder auf die Mutter gewartet und ab und zu aus dem Fenster gesehen. Rot hat das Mädchen den Golf in Erinnerung, schwarz der Junge, und das Nummernschild haben sie sich nicht gemerkt.« Er lachte. »So albern es ist – jedesmal, wenn ich jetzt einem roten oder schwarzen Golf begegne, versuche ich, einen Blick auf den Fahrer zu erhaschen. Kennen Sie das?«

»Ja.« Ich wartete, aber Nägelsbach redete nicht weiter. »Das klingt fast, als sei der Fall Wendt zu den Akten gelegt.«

»Wir hatten, ehrlich gesagt, nicht recht gewußt, was wir noch machen sollten. Jetzt, wo Sie uns ein gutes Stück weitergebracht haben, geht es wieder voran. Wer ist Lemke? Wo haben sich die Wege der beiden gekreuzt? War am Ende Wendt der fünfte Mann beim Anschlag?«

»War er nicht.«

»Auch das präsentieren Sie mir auf silbernem Tablett. Sie werden wieder nicht sagen wollen, woher Sie's wissen?«

»Wenn Sie darauf anspielen, daß ich nicht gesagt habe, woher ich die Kugel habe, das will ich gerne nachholen.« Ich erzählte von meiner Begegnung mit Lemke. »Jetzt haben Sie aber weiß Gott viel mehr von mir erfahren als ich von Ihnen.«

Frau Nägelsbach gab mir recht. »Ich finde auch, du schuldest ihm was.«

Er widersprach. »Ich werde ihn auf dem laufenden halten, gewiß. Aber er hatte eine Kugel, und ich hatte eine. Jeder mußte seine einbringen, damit wir sie vergleichen und rausfinden konnten, daß sie aus derselben Waffe stammen. Jetzt geht's bei uns beiden voran. Bei mir – davon habe ich schon gesprochen. Und er wird morgen früh seinen Auftraggeber anrufen und einen ersten Erfolg melden.«

12
Über Stock und Stein

So geschah es. Frau Büchler war zufrieden. Nein, Herrn und Frau Wendt könne ich noch nicht sprechen. Sie seien mit Tochter in Badenweiler.

Der Morgen war frisch, und ich zog einen Pullover zu Cordhose und Wanderstiefeln an. Friedrich-Ebert-Brücke, Friedrich-Ebert-Straße, durch Käfertal und Vogelstang, über die Entlastungsstraße nach Viernheim, wo ich von der Nibelungenstraße wieder auf eine Friedrich-Ebert-Straße kam. Alles fließt. Wir fahren über dieselbe Friedrich-Ebert-Straße und doch nicht über dieselbe, wir sind es, und wir sind es nicht.

Als links der Zaun auf den Lorscher Weg traf, stellte ich den Kadett ab und lief los. Ich folgte dem Zaun durch den Wald nach Westen. Der Boden federte unter meinen Füßen, die Vögel sangen, die Bäume rauschten im Wind, und es roch nach Harz, modrigem Laub und frischem Grün. Auf dem asphaltierten Weg hinter dem Zaun begegneten mir weder Wachhunde noch Sicherheits- oder Militärstreifen. Der Zaun selbst sah nicht aus, als sei er in den letzten Monaten beschädigt oder erneuert worden. Nach einer Viertelstunde wurde das Rauschen lauter – es war nicht mehr der Wind, sondern die Autobahn. Der Zaun führte neben ihr nach Norden. Die Autos sausten an mir vorbei, und einmal verfehlte eine leere Dose nur knapp meinen Kopf. Ich war froh, als ich dem Zaun wieder in den Wald folgen konnte.

Dann überlegte ich's mir anders. Natürlich würde ich von den Reifen des Wagens, mit dem Leos Gruppe zum Anschlag gefahren war, keine Spuren mehr finden. Aber ich wollte schauen, welchen Weg der Wagen genommen haben könnte. Die Böschung war für einen Pkw kein Problem. Ich fand auch einen Waldweg, auf dem ein Auto gut fahren und den es über die Böschung gut erreichen konnte. Er führte aus dem Wald auf eine Heidelandschaft mit verkrüppeltem Gebüsch, vertrocknetem Gras, Blaubeerensträuchern und Wiesenblumen. Querfeldein auf ein Wäldchen zu – so hatte Leo den Weg beschrieben, und ich ging über das freie Feld dorthin, wo hinter den Bäumen der Zaun verlaufen mußte. Das üppige Brombeergestrüpp am Waldrand merkte ich für eine Ernte im August vor. Im Wald war ich bald wieder am Zaun.

Hier war er neu. Ich lauschte, ob ich hinter ihm die Bagger, Transportbänder und Lastwagen hören würde, die ich aus dem Flugzeug gesehen hatte. Die Vögel, der Wind, das ferne Rauschen der Autos – sonst war es still. Die Uhr zeigte zehn. Frühstückspause? Ich setzte mich auf einen Stein und wartete.

Was ich nach einer Weile hörte, konnte ich zuerst nicht identifizieren. Rattern Transportbänder so? Quietschen so Bagger? Aber das Geräusch von Motoren fehlte. Ich konnte nicht glauben, daß die Wachen den Zaun auf Mountain Bikes abfahren würden, aber so klang es. Dann hörte ich Stimmen, eine helle und eine tiefe.

»Paß doch auf, Evchen!«

»Mach ich, Opa, mach ich.«

»Nicht über Stock und Stein! Du brichst mir noch das Genick. Wenn's so arg holpert und schüttelt, muß ich wieder husten. Kechkechkech.«

»Das ist nicht das Holpern, Opa, das ist das Rauchen.«

»Ach was, Evchen, bei mir haben's die Zigaretten auf die Beine abgesehen, nicht auf die Lunge.«

Evchen, erhitzt und verschwitzt, mochte achtzehn sein, Opa im Rollstuhl zwischen achtzig und hundertzehn. Ein kleines, dürres Männlein mit lichtem, weißem Haar und einem dünnen Bart, wie ihn Chinesen haben. Er hatte einen

Buckel, saß krumm, klammerte sich mit den Händen an die Seitenlehnen und stemmte das linke, unter dem Knie amputierte Bein gegen die hoch angebrachte Fußplatte. Das rechte Bein war über dem Knie amputiert. In ihrer Anstrengung sahen Evchen und Opa mich erst, als ich aufstand. Sie schauten mich an, als käme ich von einem anderen Stern.

»Grüß Gott. Schöner Tag heute.« Mir fiel nichts Besseres ein.

Evchen grüßte zurück. »Guten Tag.«

»Pst«, stoppte Opa Evchens und meine Konversation. »Hörst du? Also doch.«

Wir lauschten, und jetzt waren die Bagger, Transportbänder und Lastwagen deutlich zu hören.

»Ich vermute, die hatten eben Frühstück.« Sie schauten mich noch verblüffter an. »Sie meinten doch die Arbeiten hinter dem Zaun, dem neuen Zaun. Sie interessieren sich dafür?«

»Ob ich ... Sie sind nicht von hier? Früher bin ich ihn jeden Tag abgegangen, kech, als ich in Rente kam und noch beide Beine hatte, dann so oft es noch ging, aber keine Woche ohne. Jetzt fährt sie mich, wenn sie kann. Wenn Sie von hier wären, würde ich Sie kennen. Sie würden mich auch kennen. Kech. Hier läuft sonst keiner.«

»Ich habe von Ihnen gehört, Herr Henlein.«

»Hörst du, Evchen, man hört von mir. Sie sind bei den Grünen? Ihr wollt euch wieder um den Forst kümmern? Ich hab davon gehört, kech. Soll wieder auf die Schnelle gehen, und dann seid ihr wieder enttäuscht, weil auf die Schnelle nichts geht. Wollt die Welt verbessern und nehmt euch nicht mal die Zeit zu hören, was ich zu sagen habe.«

»Ich wußte nicht, daß Sie noch aktiv sind. Wo wohnen Sie? Wo können wir uns treffen?«

»Sie müssen sich nur nach Mannheim verfügen, ich wohne nicht mehr in Viernheim. Bei den Kindern um die Ecke, kech, in E 6, im Altersheim. Auf, Evchen, wir müssen weiter.«

Ich sah den beiden nach. Sie war geschickt und hatte einen Blick dafür, wo es leichter und wo es schwerer war durchzukommen. Aber allen Wurzeln und Steinen konnte sie nicht ausweichen, und dann brauchte sie alle Kraft, den Rollstuhl mit dem schimpfenden Henlein über das Hindernis zu stoßen.

Ich lief hinterher. »Kann ich helfen?«

»Komme schon zurecht, kech.«

»Du schon, Opa, aber ich laß mir gerne helfen«, sagte Evchen.

Wir brauchten fast zwei Stunden, bis wir die Straße erreicht hatten. Henlein schimpfte, hustete und erzählte. Von seinen Aktionen in den sechziger und siebziger Jahren, mit denen er erreichen wollte, daß der Sache auf den Grund gegangen wird. »Das Giftgas von den Amis – das ist gar nicht das Schlimmste. Die werden selbst einigermaßen aufpassen. Aber das alte Zeug...« 1935 war er ins KZ gekommen, und 1945 hatte man ihn beim Verschuben und Vergraben von Giftgasbeständen der Wehrmacht eingesetzt. »Bei Lossa, Sondershausen und Dingelstädt – ich hab später drüber geschrieben, bin auch rübergefahren und hab meine Flugblätter dort verteilt, aber die haben mich abgeschoben. Schöne Kommunisten waren das. Na ja, und dann hier bei Viernheim. Da lag schon Zeug vom Ersten Weltkrieg, hieß es, Gelbkreuz, Blaukreuz, Lost, und wir haben Tabun und Sarin dazugebuddelt.« Nach der Befreiung aus dem KZ hatte es Henlein hierhin und dorthin verschlagen, 1953 kam er nach Mannheim und ging zur BBC, und 1955 heiratete er und baute in Viernheim ein Haus. Daß er hier angekommen war, nahm er als Fügung, soweit es das für einen Kommunisten überhaupt gibt. Er war berufen und verpflichtet, dafür zu kämpfen, daß die Zeitbombe im Staatsforst Lampertheim entschärft würde. »Vielleicht tickt sie schon lange nicht mehr. Vielleicht haben die Amis nach 1945 alles ausgegraben und weggeschafft. Aber glauben Sie das?«

Ich lud Opa und Evchen zum Mittagessen in den Kleinen

Rosengarten ein und brachte Henlein danach ins Altersheim. Sein Zimmer war voll mit Ordnern. Seit 1955 hatte er Material gesammelt. Ich las, wie Giftgas hergestellt, gelagert und eingesetzt wird, wie es wirkt und wie man sich davor schützt, wo man es in Deutschland hergestellt und gelagert hat, und daß weithin unbekannt ist, wo es nach dem Ersten und nach dem Zweiten Weltkrieg verscharrt wurde. Henlein hatte jede Lokal- und Regionalmeldung ausgeschnitten, in der man ein noch so vages Indiz für Giftgas im Staatsforst Lampertheim oder auch in der Viernheimer Heide sehen konnte. Ebenso hatte er alle Meldungen über lokale und regionale Projekte aufgehoben, für die die tickende Zeitbombe besonders gefährlich werden konnte. In den nicht verwirklichten wie in den verwirklichten Projekten spiegelte sich die Entwicklung der Bundesrepublik. Jagdforst, Waldparksiedlung, Erlebnispark, Wiederaufbereitungsanlage, Teststrecke, Naturschutzgebiet, Golfplatz – für die Zeit nach der Freigabe durch die Amerikaner hatte man mit Forst und Heide immer wieder Großes im Sinn gehabt.

»Wissen Sie, ob 1945 Karten über die Lager angelegt wurden?«

»Ich glaube schon, und ich glaube, die hatten damals auch Karten, wo das Zeug aus dem ersten Krieg verscharrt war. Aber ich bin auf keine Spur der Karten gestoßen. Stellen Sie sich vor, das Zeug liegt noch da, und die Amis geben das Gebiet frei – die Karten wären ein Vermögen wert.«

13
Lebenslügen

Genug, um dafür zu morden? Die Waldparksiedlung auf der Viernheimer Heide und im Lampertheimer Forst würde einen Immobilienkönig wie den alten Wendt interessieren, als solche und mit ihren Auswirkungen auf den sonstigen Immobilienmarkt. Zwar hatte ich bei meinen wenigen Spekulationen an der Börse kein Geschick gezeigt. Aber sogar ich sah, daß mit dem Wissen der Karten gewaltige Spekulationsgewinne zu machen waren. Im rechten Moment veröffentlicht, konnten die Karten Planungen verhindern und erzwingen und Grundstückspreise klettern und purzeln lassen.

Ich lief vom Altersheim über die Planken zum Ring, wo ich meinen Kadett geparkt hatte, kaufte eine Stange Sweet Afton, eine Krawatte mit kleinen weißen Wolken auf nachtblauem Grund und ein Eis mit fünf Kugeln. Ich setzte mich in die Anlagen hinter dem Wasserturm, schleckte mein Eis, hörte dem Rauschen der Fontänen zu und dachte einmal mehr, daß ich gerne in einem der Rondelle wohnen würde, die die beiden Eckhäuser zur Augustaanlage krönen. Ob mir der alte Wendt dazu verhelfen würde? Herr Wendt, ich weiß jetzt, daß Sie für Ihre dunklen Geschäfte die alten Karten gebraucht und daß Sie Ihren Sohn benutzt haben, um sie zu kriegen. Dabei ist er ermordet worden. Sie haben es nicht getan, aber Sie haben es dazu kommen lassen. Sei's drum, Sie besorgen mir eines der beiden Rondelle da oben, und ich vergesse die ganze Sache.

Leute morden nicht einfach des Geldes wegen. Sie morden überhaupt nur aus einem Grund: weil sie ihre Lebenslüge anders nicht retten können. Der Mord aus Eifersucht – wenn die Geliebte tot ist, ist sie mein, und niemand kann sie mir nehmen, der andere nicht und nicht sie selbst. Der Mord des Profikillers – er kann nichts, hat nichts, ist nichts und will doch dort mithalten, wo der professionelle Erfolg den Mann macht. Tyrannen morden, weil sie größer sein wollen, als sie sind, und werden ermordet, weil jemand die Welt besser haben möchte, als sie ist. Es gibt den kollektiven Mord um der kollektiven Lebenslüge willen – die Geschichte dieses Jahrhunderts ist voll davon. Gewiß, es gibt auch den Mord aus Habgier. Aber sein Ziel ist nicht, Geld zusammenzuraffen und anzuhäufen. Auch er soll Träume von Größe und Bedeutung retten. Der alte Wendt hatte sich schon lange nicht mehr als Kaiser eines Immobilienimperiums geträumt, sondern als Vater, der sich mit seinem Sohn ausgesöhnt hat. Nein, der alte Wendt hatte mit dem Mord an seinem Sohn nichts zu tun.

Wenn wir schon dabei sind, Gerhard Selb – was ist mit deiner Lebenslüge? Wie war das mit dir und Korten? Aber mir stand der Sinn nicht nach einem Dialog mit Gerhard Selb.

Der Anrufbeantworter in meinem Büro hatte Peschkaleks Nachricht, er habe eine Idee, und Philipps Bitte um Rückruf aufgezeichnet. Einige Anrufer hatten wortlos aufgelegt. Dann hörte ich fernes Stimmengewirr, Summen und synthetische Piepstöne irgendeines Fernmeldecodes und wußte, daß Leo am Apparat war, noch ehe sie sprach. »Gerd? Gerd, hier ist Leo.« Sie machte eine lange Pause. »Helmut hat Rolf nicht umgebracht, nur daß du es weißt.« Wieder dauerte es lange, bis sie weitersprach. »Ich bin weit weg. Ich hoffe, es geht dir gut.« Sie legte auf. Als ob Lemke es ihr sagen würde, wenn er Wendt ermordet hatte!

Philipp beschwerte sich, als ich zurückrief: »Warum erreicht man dich nie? Bumst du durch den Mai? Laue Nächte, neue Kräfte, frische Säfte?«

»Quatsch, ich war mal bei Brigitte, aber…«

»Du mußt dich nicht dafür entschuldigen. Ich versteh das schon. Ich beneide dich darum. Meine Tage sind gezählt, jetzt mußt du die Fahne hochhalten.«

»Was ist los?« Was konnte Philipp stoppen außer Aids?

»Freitag heiraten wir. Machst du den Trauzeugen?«

Ich will nicht sagen, daß Philipp, weil er auf die Sechzig geht, zu alt zum Heiraten ist. Ich will auch nicht sagen, daß er zu jung dazu ist, weil er jedem Rock hinterherläuft. Ich kann ihn mir einfach nicht verheiratet vorstellen. »Machst du Witze?«

»Werd nicht frech. Sei um fünf vor zehn am Rathaus, Punkt zehn geht's los. Danach feiern wir bei Antalya Türk. Bring Zeit mit und Brigitte.« Er war in Eile. »Ich würde vor der Hochzeit gerne noch mal einen mit dir draufmachen, aber du hast keine Ahnung, was ich die Tage um die Ohren hab, obwohl Fürzchen Urlaub genommen hat. Ziehen wir eben danach einmal zusammen los, sie wird schon nichts dagegen haben.«

Meine Vorstellung, in einer türkischen Ehe lasse der Mann sich von der Frau nicht hineinreden, war anscheinend überholt. Oder hatte Füruzan sich mit Bedacht keinen türkischen Mann gesucht? Oder machte Philipp einen Fehler? Sollte ich ihn zum Kämpfer im Ehekrieg aufbauen, ausgerechnet ich?

Peschkalek hatte nicht nur eine Idee. Er hatte auch einen Vorschlag, über den er mit mir reden wollte. Wir verabredeten uns zur Sauna im Herschelbad.

Auch er hatte es gerne richtig heiß und ohne Aufguß. Auch er rauchte zwischendurch. Mein Rhythmus – dreimal finnisch in rascher Folge, dann nach längerer Pause noch zweimal türkisch – war auch der seine. Im großen Becken lieferten wir uns eine Wasserschlacht nach Admiral Puschkins Regeln. Er sah mit seinem Bauch, seiner Glatze und dem buschigen Schnurrbart, in dem die Wassertropfen perlten, wie ein freundlicher Seelöwe aus. Als wir unter den weißen Tüchern auf den Liegen lagen, geschlafen hatten, aufgewacht waren und uns gestreckt hatten, waren wir einander angenehm vertraut.

»Was sollte eigentlich die kleine Schau, die Sie neulich aufgeführt haben, Peschkalek? Zu tun, als käme Ihnen über unserem gemeinsamen Mittagessen angelegentlich in den Sinn, das ›Viernheimer Tageblatt‹ aufzusuchen, und als sei Ihnen erst im Gespräch mit Walters aufgegangen, daß Giftgas im Munitionsdepot sein könnte? Die Geschichte mit dem Giftgas kannten Sie schon, das Munitionsdepot auch und Straßenheim erst recht.«

»Ich geb's zu, Selb, ich geb's zu. Die kleine Schau sollte Ihnen den Mund wäßrig machen. Ich glaube, ich schaffe den Fall nicht alleine. Ich wollte nicht riskieren, daß Sie die Giftgasgeschichte nicht ernst nehmen und sich nicht mit ihr beschäftigen. Ich brauche Ihre Hilfe.« Er druckste herum. »Damit sind wir auch schon bei meinem Vorschlag. Wir fahren zu den Amerikanern und lassen uns sagen, was Sache ist.«

»Tolle Idee.«

»Bitte keine Ironie. Natürlich fahren wir nicht einfach hin, gestatten, Peschkalek, gestatten, Selb, würden Sie uns freundlicherweise über den Anschlag im Januar aufklären? Wir kommen den Amerikanern amtlich.«

»General Peschkalek und Sergeant Selb von den Marines?«

»Nicht von den Marines, sondern von der Bundeswehr, und Major tut's auch. Als Militär würde nur ich auftreten, Sie kämen aus dem Bundespräsidialamt. Der Bundespräsident will den Feuerwehrleuten, die gelöscht haben, und den Wachmännern, die betroffen waren und verletzt wurden, einen Orden verleihen. Wir kommen, um mit dem Chef der Feuerwehr zu sprechen: über die Zahl der Orden, über die Namen und die Texte, die auf die Orden kommen sollen.«

»Amtsanmaßung, Urkundenfälschung, vielleicht gibt's auch Mißbrauch von Uniformen und Orden – das ist kein Pappenstiel. Wir kriegen dafür bestenfalls die Gewißheit, daß der Anschlag bei Viernheim und nicht in Käfertal oder Vogelstang war und daß dort altes oder neues Giftgas lagert oder beides. Im Fall Wendt bin ich damit keinen Schritt weiter.«

»So? Daß Wendt was mit einem Anschlag zu tun hat, der mysteriös ist und vertuscht wird, ist doch Ihre einzige Spur. Wenn an dem Anschlag nichts mysteriös ist und nichts vertuscht wird, dann lebwohl, Spur.« Er setzte sich auf, hielt die Handfläche vor sich und blies die Spur davon.

»Die Latte von Straftaten interessiert Sie nicht?«

»Ich bereite unsere Exkursion zu den Amerikanern schon so vor, daß nichts schiefgeht.« Er legte dar, wo er die Uniform besorgen, wie er die eingeschweißten Ausweise herstellen und von wem er sich über die einschlägigen Namen, Ränge und Kompetenzen instruieren lassen wolle. Dann merkte er, daß ich noch nicht zufrieden war. »Was noch? Haben Sie Angst, daß die Amerikaner unsere vorgesetzte Dienststelle anrufen, die nichts von uns weiß? Wir haben keine normale vorgesetzte Dienststelle. Das ist des Pudels Kern. Die törichten unter den fremdgehenden Ehemännern flunkern ihren Frauen Dienstreisen, Geschäftstermine, Treffen mit Kollegen und Freunden vor, die es gibt, nur nicht so oft und nicht gerade hier und jetzt. Das fliegt eines Tages unweigerlich auf. Die pfiffigen erfinden völlig neue Freunde, geschäftliche Kontakte und Aktivitäten. Wo nichts ist, fliegt auch nichts auf. Beim Bundespräsidenten rufen die Amerikaner nicht an, bei ihm sind Sie beschäftigt, ich bin zu ihm abgeordnet, und meine Stammdienststelle erfinde ich so, daß es sie nicht gibt, aber geben könnte. Sie sind noch nicht überzeugt? Lassen Sie mal, ich bereite alles vor und rufe Sie in den nächsten Tagen an.«

14
Kein guter Eindruck

Der Anruf kam schon am übernächsten Morgen. »Ich schaue um neun vorbei. Mehr als zwei Stunden brauchen wir nicht. Ihren Ausweis bringe ich mit – ziehen Sie einen dunklen Anzug an!«

»Was ist aus der sorgfältigen Vorbereitung geworden? Sie können doch nicht in einem Tag...«

Er lachte. »Ehrlich gesagt bereite ich's schon seit einer Weile vor. Ich konnte Sie doch nur fragen, weil ich wußte, daß es klappt, und ob etwas klappt, weiß ich erst, wenn ich es vorbereite.«

»Woher wissen Sie, daß ich mitmache?«

»Sie machen mit? Gut, ich habe uns auch schon angekündigt.«

»Sie haben...«

»Ich setze Sie doch nicht unter Druck? Wenn nicht, dann nicht. Bis bald.«

Ich zog meinen dunkelblauen Anzug an und steckte die Lesebrille ein. Es ist eine Halbbrille, und wenn ich sie halbwegs zur Nasenspitze rutschen lasse und über ihren Rand schaue, sehe ich wie ein älterer Staatsmann aus. Ich ging nicht nur mit, weil ich's wissen wollte. Mir war auch, als würde ich Peschkalek sonst im Stich lassen.

Wir liefen zum Bahnhof. Seine Uniform war zu eng, aber er versicherte mir, daß die Uniformen der Bundeswehr notorisch schlecht sitzen. »Wie gesagt, wir sind aus dem Bundespräsidialamt. Sie machen ein paar allgemeine Bemerkungen, und ich bespreche die Details. Viel mehr, als daß die Feuerwehrleute und die Wachmänner für ihren Einsatz am 6. Januar Orden kriegen sollen, müssen Sie nicht sagen. Wo Ihr Englisch nicht langt, übernehme ich.«

Vom Bahnhof fuhren wir, als seien wir mit dem Zug aus Bonn gekommen, mit der Taxe zum Vogelstang. Peschkalek nahm zwei scheckkartengroße, in Plastik eingeschweißte Ausweise aus der Tasche seiner Jacke und klippte sie sich und mir ans Revers. Sie sahen hübsch aus. Mein Portrait in Farbe gefiel mir; Peschkalek hatte es auf Wendts Beerdigung geschossen.

Trotz Peschkaleks ermunterndem Zuspruch war mir vor der englischen Konversation bange. Ich erinnerte mich an die Zeit, in der Witze über Lübkes Englisch in Mode waren. Ich habe sie oft nicht verstanden und dies zwar wissend schmunzelnd vor den anderen verborgen, aber mir nicht vormachen können, mein Englisch sei der Rede wert. Ob ich Lübke deswegen ein gutes Andenken bewahre? Nein, auf alle werfe ich ein mildes Auge, wenn sie erst einmal abgetreten sind, auch auf den singenden Scheel, den wandernden Carstens, den grimmigen Gromyko oder den späten DDR-Großkopf, der immer wie Fernandel gelacht hat und dessen Namen schon niemand mehr kennt.

»Sir!« Der Soldat am Tor mit weißem Helm und Gürtel stand stramm.

Peschkalek grüßte militärisch-zackig, ich legte meine Rechte an einen imaginären Hutrand. Peschkalek erklärte, daß wir ein *appointment* mit dem Chef der *fire brigade* hätten. Der Soldat telefonierte, ein offener Jeep fuhr vor, und wir stiegen ein. Ich saß neben dem Fahrer und stellte den Fuß auf den Rand des Seitenblechs, wie uns die amerikanischen Kriegsfilme lehren, daß es sich in einem Jeep gehört. Wir fuhren eine kleine, wiesen- und baumgesäumte Straße entlang. Ein Trupp trabender Soldatinnen mit hüpfenden Leibchen kam uns entgegen. Von weitem war die hölzerne, weiß gestrichene Halle zu sehen, vor deren großen Toren die Feuerwehrwagen parkten. Sie waren nicht rot und golden verziert, wie ich mir vorgestellt hatte, sondern von demselben Grün wie alles andere.

Der Fahrer führte uns über eine Außentreppe in die Büroetage über den Garagen. Ein schmucker Offizier begrüßte uns, Peschkalek machte die Honneurs. Hörte ich recht? Stellte er mich als Ministerialdirigent Dr. Selb vor? Wir nahmen um einen runden Tisch Platz und bekamen dünnen Kaffee. Der Blick durchs große Fenster ging in die Bäume, hinter dem Schreibtisch stand die amerikanische Fahne, und von der Wand sah mich Präsident Bush an.

»Dr. Selb?« Der Offizier sah mich fragend an.

»Our President wants put an order on the brave men of the night of 6th Januar.«

Der Offizier sah mich weiter fragend an. Peschkalek sprang ein. Er sprach von Viernheim und von der Furchtbarkeit des Terrorismus. Der Bundespräsident wolle den Männern nicht einen Orden, sondern eine Medaille geben lassen. Peschkalek redete auch von Dokumenten, einer Rede und einer Rezeption. Ich verstand nicht, warum und an welcher Rezeption die Männer die Medaillen abholen sollten, ich hätte besser gefunden, sie ihnen bei einem Empfang zu überreichen. Aber auch als ich eine *pathetic speech* vorschlug, weil ich meine, daß Soldaten Pathos brauchen, fand dies keinen Anklang. Vielleicht sind die amerikanischen Soldaten besonders sensibel, das Wort fiel zwischen den beiden oft.

»Make you no sorrows«, beruhigte ich den Offizier, aber als ich ausholen und allfällige amerikanische Ängste vor unsensibler deutscher Schneidigkeit vertreiben wollte, mischte sich Peschkalek ein. Ob er für die Vorbereitung der Medaillen und Dokumente noch mal um alle Namen bitten dürfe? Ob das, was die einzelnen geleistet hätten, einheitlich zu bewerten oder so unterschiedlich sei, daß es für die einen Medaillen erster und für die anderen Medaillen zweiter Klasse geben solle?

Der Offizier setzte sich an den Schreibtisch, griff einen Hefter von einem Stoß, schlug ihn auf und blätterte. Ich beugte mich zu Peschkalek. »Übertreiben Sie's nicht!« Nachdem wir vom Anschlag am 6. Januar in Viernheim gesprochen hatten und der Offizier nicht widersprochen hatte, fand ich unsere Mission erfüllt. Peschkalek beugte sich auch zu mir herüber.

Er faßte ein Bein meines Stuhls, riß es weg, und krachend ging ich mit dem Stuhl zu Boden. Ich schlug mit Kopf und Ellbogen auf. Der Ellbogen tat gemein weh. Der Kopf war benommen. Ich kam nicht gleich hoch.

Schon war der Offizier bei mir und half mir zuerst in eine sitzende Stellung, dann auf die Knie, schließlich auf den Stuhl, den er wieder aufgestellt hatte. Von Peschkalek kamen sorgenvolle, bedauernde Laute. Zum Glück faßte er mich nicht an, ich hätte ihn runtergezerrt, ihm den Hals umgedreht, ihn zerstückelt und den Raben zum Fraß vorgeworfen.

Aber er hatte keine Angst vor mir. Er griff meinen linken Arm und kommandierte den Offizier an meine rechte Seite. Beide halfen mir auf, zur Tür und die Treppe hinunter. Peschkalek redete und redete. Unten wartete der Jeep. Peschkalek und der Offizier nahmen mich hinten in die Mitte. Als Peschkalek mir an der Pforte aus dem Jeep half, schaffte ich's, ihm angelegentlich den gesunden Ellbogen in den Solarplexus zu rammen. Ihm blieb die Luft weg, aber nach einer kleinen Pause redete er weiter auf den Offizier ein.

Die Taxe kam. Der Offizier war sorry, Peschkalek war sorry, ich war sorry. »But we must make us on the socks.« Der Offizier schaute mich wieder seltsam an. Der Soldat mit weißem Helm und Gürtel hielt die Tür auf, wir stiegen ein, der Soldat schlug die Tür zu. Ich machte das Fenster auf, um letzte Worte zu sagen. Aber der Offizier und der Soldat hatten sich abgewandt.

»That happens if you have an army with nothing to do« – wenn ich die leise Bemerkung des Offiziers zum Soldaten richtig gehört hatte, hatte unser Besuch keinen guten Eindruck hinterlassen.

15
Schwarz auf weiß

»Sind Sie bei Trost?«

»Bitte«, zischte er, »bitte warten Sie.«

Als Ziel hatte er den Bahnhof genannt. Unterwegs mahnte er den Fahrer zur Eile, damit wir den Zug um zwölf Uhr elf bekämen, fragte nach diesem und jenem, wie groß SEL und BBC seien, seit wann Mannheim Straßenbahnen habe, was im Nationaltheater gespielt werde, ob es im Wasserturm Wasser gebe, und flocht ein, daß wir noch nie in Mannheim gewesen seien und rechtzeitig wieder in Bonn sein müßten. Ich fand es dick aufgetragen, unnötig und peinlich. Ich lehnte meinen brummenden Schädel in die Hand, sah aus dem Fenster und hoffte, der Fahrer würde mich nicht wiedererkennen, wenn ich auf einer zukünftigen Taxenfahrt an ihn geriete.

Wir betraten die Bahnhofshalle durch das Hauptportal und verließen sie durch den linken Seiteneingang. »Ziehen Sie die Jacke aus, vom Taxenstand kann man in die Heinrich-von-Stephan-Straße sehen.«

Ich machte auch das mit. Als wir außer Sichtweite waren, drehte er durch: »Ich hab's«, schrie er, »ich hab's.« Er warf die Jacke auf den Boden und hielt triumphierend den hellen Hefter hoch. Er hatte ihn im Durcheinander nach meinem Sturz vom Schreibtisch genommen und in der Jacke verborgen. Er packte mich an den Armen und schüttelte mich. »Mann, Selb, gucken Sie nicht so! Sie waren phantastisch, wir waren phantastisch. Hier ist's, und niemand kann mehr kommen und sagen, da war nichts.«

Ich machte mich los. »Sie wissen doch noch nicht, was drinsteht.«

»Ja, gehen wir und schauen's uns an. Wir gehen essen, wie wär das, schick essen. Wir haben was zu feiern, und ich schulde Ihnen was. Ich hatte mir überlegt, ob ich's Ihnen vorher sagen soll, aber dann hätten Sie sich verkrampft und am Ende echt verletzt. Sie wären auch nicht so überzeugend gewesen.«

Aber ich hatte keine Lust, mit ihm zu essen. Daß ich mir im nächsten Kopierladen eine Kopie ziehen wollte, gefiel ihm nicht. Er druckste, konnte es aber nicht abschlagen. Als ich die Kopie hatte, verabschiedeten wir uns kühl.

Ich ging nach Hause und nahm zwei Aspirin. Turbo trieb sich draußen auf den Dächern herum. Im Eisschrank waren Eier, Schwarzwälder Schinken, Thunfisch, Sahne und Butter, im Kühlfach lag eine Packung Blattspinat. Ich rührte eine Sauce Béarnaise, wärmte den Spinat, pochierte zwei Eier und ließ den Schinken kurz brutzeln. Den Thunfisch legte ich ins Wasserbad. Turbo ißt ihn nicht weniger gerne eiskalt, aber das kann einfach nicht gesund sein. Ich servierte auf dem Balkon.

Beim Kaffee nahm ich mir die amerikanische Akte und ein Wörterbuch vor. Als der Zaun beschädigt wurde, gab es bei den Wachmännern Alarm. Wegen des Nebels dauerte es, bis sie das Loch im Zaun gefunden hatten. Der Nebel erschwerte ihnen auch, das Gelände systematisch abzusuchen. Einmal meinten sie, die Eindringlinge zu haben, riefen und schossen, beides nach Dienstvorschrift 937 LC 01/02. Dann gab es die erste Explosion und, als sie dort waren, die zweite. Dabei kamen ein Eindringling und ein Wachmann zu Tode, ein weiterer Eindringling wurde verletzt und festgenommen. Die zweite Explosion setzte lagernde *chemicals* in Brand. Die Wachmänner riefen die *fire brigade* und die *ambulance*, beide kamen sofort. Der Brand war in wenigen Minuten gelöscht. Toxische Substanzen seien nicht freigesetzt worden; hierzu wurde auf *report* 1223.91 CHEM 07 und 7236.90 MED 08 verwiesen. Auf *report* 1223.91 CHEM 07 wurde auch für Empfehlungen zur künftigen Lagerung der *chemicals* verwiesen. Die

Hinzuziehung der deutschen Polizei, die sich am Eingang des Depots eingefunden hatte, oder anderer deutscher Dienststellen sei zu keiner Zeit veranlaßt gewesen. Ein kurzer Bericht der *fire brigade* lag bei. Die Berichte bezeichneten den Feuerwehrzug und die Wachmannschaft als Einheiten und nannten die beiden Toten und den Festgenommenen mit Namen: Ray Sacks, Giselher Berger, Bertram Mohnhoff. Die jeweiligen Vorgesetzten hatten unterzeichnet.

Nun hatte ich's schwarz auf weiß. Ich sah Peschkalek vor mir, fluchend und überlegend, wie er an *report* 1223.91 CHEM 07 und 7236.90 MED 08 herankäme. Als Mitglied einer Putzkolonne? Im Gewand eines amerikanischen Feldgeistlichen? Ich jedenfalls hatte keine Lust, mit ihm als Donald und Daisy verkleidet den armen Jungs in der chemischen und medizinischen Abteilung ein bißchen Abwechslung zu bringen.

16
Mönch, Eiger, Jungfrau

Der Nachmittag war noch jung. Ich fuhr über die Autobahn, merkte am Waldorfer Kreuz, daß ich zu weit gefahren war, nahm die nächste Ausfahrt und mäanderte durch Dörfer, in denen ich noch nie gewesen war. Als ich das Psychiatrische Landeskrankenhaus erreichte und die gewundene Straße zum alten Bau hinauffuhr, leuchtete er mir von weitem entgegen. Die Gerüste waren abgeschlagen, der neue gelbe Anstrich war fertig.

In Eberleins Büro residierte der kommissarische Direktor aus Stuttgart. »Was ich zu sagen habe, sage ich Polizei und Staatsanwaltschaft.« Er ließ keinen Zweifel, daß ich nicht erwünscht war.

»Wann kommt Professor Eberlein wieder?«

»Ich weiß nicht, wann und ob er wiederkommt. Sie haben seine Adresse auf dem Dilsberg? Untere Straße, die Nummer gibt Ihnen meine Sekretärin.«

Damit war ich verabschiedet. Zum Sitzen hatte er mich gar nicht erst aufgefordert, er hatte mich vor seinem Schreibtisch stehen lassen wie der Offizier den Gefreiten. Als ich zur Tür ging, bekam die Sekretärin über das Sprechgerät die Anweisung, mir eine von Eberleins übriggebliebenen Visitenkarten zu geben. Kaum trat ich über die Schwelle, stand sie mit einem kleinen Umschlag stramm. Würde der Pförtner salutieren? Nein, er las ein buntes Blatt und sah nur kurz auf.

Ich rief Eberlein nicht erst an, ich fuhr zum Dilsberg, parkte vor dem Stadttor und fand das Haus in der Unteren Straße. »Bin in der Schönen Aussicht. E.« – Er hatte den

Zettel mit Tesa an die Tür geklebt. In der Schönen Aussicht saß er auf der Terrasse.

»Sie? Der Detektiv?«

»Sie erwarten jemanden anderes, ich weiß, für mich hängt der Zettel nicht an Ihrer Tür. Aber darf ich mich kurz setzen?«

»Bitte.« Er machte im Sitzen die Andeutung einer Verbeugung. »Schauen Sie!« Er zeigte nach Süden.

Dort geht der Dilsberg sanft in die weichen Hügel des Kleinen Odenwald über. Die Aussicht ist schön, das Gasthaus, auf dessen Terrasse wir saßen, trägt seinen Namen zu Recht.

»Nein«, sagte er, »Sie müssen höher schauen.«

»Sind das ...« Ich konnte es nicht glauben.

»Ja, es sind die Alpen. Mönch, Eiger, Jungfrau, Montblanc – von den anderen kenne ich die Namen nicht. Es gibt ein paar Tage im Jahr, an denen man sie sieht, ein Meteorologe könnte sagen, warum. Ich wohne seit sechs Jahren hier oben und sehe sie heute zum zweitenmal.«

Über dem Horizont war der Himmel von tiefem Blau. Dort, wo er heller wurde, hatte ein feiner, weißer Pinsel die Kette der Gipfel gemalt. Rechts und links verloren sie sich im Dunst. Darüber wölbte sich der klare Frühsommerhimmel, ein normaler Rhein-Neckar-Himmel, der nichts von dem Wunder verriet, das er am Südhang des Dilsberg enthüllte.

»Vielleicht sind wir die einzigen, die es sehen.« Außer uns war niemand auf der Terrasse.

Er lachte: »Das macht's noch mal so schön?«

Ich hatte im Zauber des Augenblicks vergessen, daß er Psychiater war. Was folgerte er aus meiner Bemerkung? Daß ich nicht teilen kann? Daß ich Einzelkind bin? Daß ich Privatdetektiv geworden bin, weil ich die Wahrheit für mich haben und nicht den anderen lassen will? Daß ich infantil auf dem hockenbleibe, was ich in den Topf gesetzt habe?

»Herr Selb, ich vermute, daß Sie mit mir über Rolf Wendt

sprechen wollen. Von der Polizei habe ich gehört, daß Sie für den Vater arbeiten. Wie weit sind Sie?« Er sah mich aufmerksam an. Gebräunt, entspannt, das Hemd offen, den Pullover über den Schultern und den Stock mit dem silbernen Knauf ans Geländer gelehnt, als brauche er ihn nicht mehr – wenn ihn die letzten Wochen gebeutelt hatten, zeigte er's nicht oder merkte ich's nicht.

Ich berichtete, daß die Kugel, die Wendt getötet hatte, aus der Pistole von Lemke stammte, den er als Lehmann kannte. Daß ich nicht wußte, ob Lemke Wendt ermordet hatte und warum er ihn hätte ermorden sollen. Daß alle Morde begangen werden, um Lebenslügen zu retten, und daß ich die Lebenslüge aller Beteiligten kennen müßte, aber nicht kannte. »Was war Wendts Lebenslüge? Was war Wendt für einer?«

»Ich verstehe, was Sie mit Lebenslüge meinen, glaube aber nicht, daß es Lebenslügen in Ihrem Sinn gibt. Es gibt Lebensthemen, und Wendts Thema war, es recht zu machen.«

»Es?«

»Alles. Ich habe niemanden gehabt, auf den ich mich so verlassen konnte. Ob es um die Betreuung der Patienten ging, den Umgang mit Angehörigen, gemeinsame Veröffentlichungen oder Verwaltungskram – er hat nicht geruht, bis das, was er als Aufgabe übernommen hatte, bestens erledigt war.«

»Daher der Ausdruck von Überforderung in seinem Gesicht.«

Er nickte. »Und um sich vor der Überforderung zu schützen, muß der Perfektionist sich beschränken, muß einteilen und haushalten und darf nicht aus dem vollen leben. Der Beruf läßt sich entsprechend einrichten. Das Privatleben wird oft traurig. Weil er es den Freunden recht machen will, kommt der Perfektionist nicht dazu, sich an den Freundschaften zu freuen, weil er es den Frauen recht machen will, kommt er nicht dazu, sie zu lieben. Auch Wendt war nicht glücklich. Aber er hat es immerhin geschafft, aus dem eigenen

Unglücklichsein die Sensibilität für das Unglücklichsein der anderen zu ziehen.«

»Wie wird man Perfektionist? Wie ist Wendt...«

»Was für eine törichte Frage, Herr Selb. Uns Schwaben liegt der Perfektionismus im Blut, Protestanten sind Perfektionisten, damit sie in den Himmel kommen, und Kinder werden's, wenn ihre Eltern es von ihnen erwarten. Zufrieden? Wendt war ein gescheiter, sensibler, tüchtiger und liebenswürdiger junger Mann, und es gab überhaupt keinen Anlaß, seinen Perfektionismus zu analysieren. Er war nicht glücklich. Aber wo steht, daß wir hier sind, um glücklich zu sein?« Er griff seinen Stock und klopfte den Punkt unter das Fragezeichen.

Ich wartete eine Weile. »Wußten Sie, was es mit Leo Salger auf sich hatte und wie Rolf Wendt zu ihr stand?«

Er lachte. »Deswegen bin ich gefeuert worden, also sollte ich auch etwas darüber wissen. In der Tat wußte ich, worein Frau Salger verstrickt war. Ich nahm's, wie ich alle Verstrikkungen nehme, die in Drogen, in Beziehungen, in Arbeit. Daß Frau Salger davon loskommen wollte, war offenkundig. Offenkundig war auch, daß dieser Kindheits- und Jugendfreund, Lemke, Lehmann, dieser Erzengel Michael, eine unselige Rolle spielte. Sie wissen, daß Wendt ihn kannte? In den frühen siebziger Jahren, als Wendt beim Sozialistischen Patientenkollektiv mitmachte und Lemke seine Kaderpartei aufbaute, hatten die beiden Kontakt.«

Ich verstehe nichts von Psychiatrie und Psychiatrischen Krankenhäusern. Ich weiß, daß die Vorstellung von der Irrenanstalt mit schreienden und tobenden Irren und vergitterten Türen und Fenstern überholt ist. Ich bin auch froh darüber. So wie es war, als Eberhard in der Anstalt war, war es nicht gut. Aber daß Leo in die Anstalt gehört hatte, sah ich nicht recht ein. Die Therapie durch Wendt, mit dem sie schon befreundet, der sogar in sie verliebt war und der außerdem mit Lemke bekannt war, von dem sie sich in der Therapie lösen wollte oder sollte – das klang mir wenig professionell. Es klang nach einem therapeutischen Mäntelchen für etwas ganz anderes: Leos Versteck vor der Polizei. Das alles unter Eberleins Augen – ich verstand die Entscheidung der vorgesetzten Behörde, ihn vom Dienst zu suspendieren. Ich deutete meine Zweifel an.

»Als Frau Salger zu uns kam, hatte sie eine massive Depression. Daß sie Wendt schon kannte und daß Wendt Lemke kannte und daß sie Lemke kannte – das alles kam erst später und nach und nach heraus. Sie haben recht, das sind keine optimalen Bedingungen für eine Therapie. Andererseits ist es immer heikel, eine Therapie mittendrin abzubrechen. Als wir die Probleme auf dem Tisch hatten, hat Wendt auch das Richtige getan. Er hat seine Therapie zu einem raschen Ende gebracht und Frau Salgers Aufenthalt beendet.«

Ich muß skeptisch geschaut haben.

»Ich kann Sie nicht überzeugen? Sie meinen, ich hätte Frau Salger und Wendt der Polizei übergeben sollen?« Er machte mit der Linken eine entsagende Gebärde.

Die Alpen waren verschwunden.

17
Zu spät

Als ich mich abends schlafen legte, hoffte ich, von den Alpen zu träumen: Am Dilsberg Anlauf nehmen, mich in die Lüfte schwingen, mit ruhigen Schlägen meiner großen Flügel über Odenwald, Kraichgau und Schwarzwald zu den Alpen fliegen, dort um die Gipfel kreisen und auf einem Gletscher landen.

Kaum war ich eingeschlafen, klingelte das Telephon. Auch diesmal rauschte und echote die Leitung. Aber ich hörte ihre Stimme klar und sie meine anscheinend auch.

»Gerd?«

»Kommst du zurecht? Ich mache mir Sorgen um dich.«

»Gerd, ich hab Angst. Und ich will nicht mehr bei Helmut bleiben.«

»Dann bleib nicht bei ihm.«

»Ich denke, ich möchte nach Amerika. Findest du die Idee gut?«

»Warum nicht? Wenn du das Land und die Leute magst – du warst doch als Schülerin gerne dort.«

»Gerd?«

»Ja?«

»Muß man im Leben für alles bezahlen?«

»Ich weiß es nicht, Leo. Sag, hast du vom Giftgas im amerikanischen Militärlager gewußt?«

»Ich muß Schluß machen. Ich ruf dich wieder an.« Sie legte auf.

Ich lag wach und hörte, wie die Glocken vom Turm der Heilig-Geist-Kirche die Zeit abarbeiteten, Viertelstunde um Viertelstunde. Als der Morgen graute, schlief ich ein. Wieder weckte mich das Telephon. Diesmal war Nägelsbach am Apparat.

»Über den Computer kam eben ein Haftbefehl für Sie.«

»Was?« Ich sah auf die Uhr. Es war halb neun.

»Unterstützung einer terroristischen Vereinigung, Strafvereitelung – Sie sollen die kleine Salger gewarnt und über die Grenze geschafft haben. Herrgott, Selb ...«

»Wer sagt das?«

»Spielen Sie nicht Katz und Maus mit mir. Ein anonymer Anruf, dann Recherchen vom BKA. In Amorbach will Sie jemand zusammen gesehen haben, außerdem in Ernsttal der Wirt. Sagen Sie schon, daß es nicht stimmt.«

»Kommt jetzt gleich ein Mannheimer Streifenwagen und holt mich ab?« Dann fiel mir ein, daß ich um zehn bei Philipps Hochzeit den Trauzeugen machen sollte. Ein Hochzeitsgeschenk hatte ich auch noch nicht. »Bitte stoppen Sie das. Sagen Sie Ihrem Fahndungscomputer, daß Sie mich haben. Ich verspreche Ihnen, daß ich mich heute abend bei Ihnen melde. Philipp heiratet heute Füruzan, die Krankenschwester. Sie kennen sie von Silvester, und ich bin Trauzeuge. Gönnen Sie mir den einen Tag Zeit, bis ich die Schwester dem Gatten gefreit.«

Er schwieg lange. »Es stimmt also?«

Ich antwortete nicht.

»Heute abend um sechs. Hier.«

Ich warf die Kaffeemaschine an, hastete unter die Dusche und stürzte mich in meinen dunkelblauen Anzug. Ich war schon auf der Treppe, als ich an das Köfferchen dachte. Cordhose, Pullover, Nachthemd, Zahnpasta und -bürste, Shampoo und Eau de toilette. Vermutlich würde es in der Zelle nach Angstschweiß und Rattenpisse stinken. Ich griff einen Band Gottfried Keller, das Steckschach und Keres' Meisterpartien. Turbo stromerte über die Dächer, statt mir nachzuwinken.

Frau Weiland versprach, sich um ihn zu kümmern. »Na, geht's ins Wochenende?«

»So ähnlich.«

Ich legte das Köfferchen ins Auto. Mir ging lauter dummes Zeug durch den Kopf. Gab es beim Gefängnis Parkplätze für Gefangene? Für Langzeit- und für Kurzzeitparker, wie am Flughafen? Wie wär's mit einer Gefängnisversicherung, die dem Untersuchungshäftling ein Tagegeld zahlt und dem Staat den Aufpreis für die Einzelzelle? Auf dem Weg zum Rathaus kaufte ich einen Sonnenschirm. Philipp besaß keinen, er hatte bisher wenig auf seinem Balkon gesessen. Das würde jetzt anders werden. Füruzan häkelt, Philipp poliert sein chirugisches Besteck, manchmal ein kleiner Schwatz mit den Nachbarn, und am Geländer blühen die Geranien.

Unter dem Balkon, den zwei steinerne Männer über dem Eingang des Standesamts tragen, wartete Füruzan mit ihrer Familie. Sie trug ein aprikosenhelles Kleid, eine weiße Rose im dunklen Haar und sah allerliebst aus. Der Mutter war mit der Fülle des Leibes eine Würde zugewachsen, wie sie sonst Kaisern, Königen und Kanzlern eignet. Die gertenschlanke kleine Schwester kicherte. Der Bruder sah aus, als sei er mal eben aus den Bergen des wilden Kurdistan herabgeritten und hätte sich feingemacht.

»Mein Vater ist vor drei Jahren gestorben.« Füruzan sah meinen suchenden Blick und wies auf ihren Bruder. »Er gibt mich Philipp zur Frau.«

Vom Rathaus schlug es zehn. Ich versuchte, Konversation zu machen. Aber die Mutter sprach nur Türkisch, die Schwester antwortete auf alle meine Fragen mit dem gleichen Giggeln, und der Bruder brachte die Zähne nicht auseinander.

»Er studiert Landschaftsarchitektur an der Technischen Hochschule Karlsruhe.« Füruzan schlug eine Brücke, auf der ihr Bruder und ich uns hätten treffen und über Semiramis' Hängende Gärten und den Luisenpark hätten plaudern können. Aber er blieb stumm, mit mahlenden Kiefern.

Manchmal stieß die Mutter einen wortreichen türkischen Satz aus, scharf und schnell wie ein Schlag. Füruzan reagierte nicht darauf. Sie sah mit unbewegtem, hochmütigem Gesicht über den Marktplatz. Unter ihren Achseln färbte sich das Aprikosenhell dunkel.

Auch ich schwitzte. Der Markt war belebt. Das Mütterchen am nächsten Stand pries schönen Mangold an. Auf der Breiten Straße hupte ein anliefernder Lastwagen und klingelte die Straßenbahn. An den Tischen vor dem Café Journal hatten frühe Flaneure Platz genommen und genossen die Sonne. Der Kellner spannte die Sonnenschirme auf. Wenn in großen Katastrophen alles zusammenbricht, bleibe ich gelassen. Aber die kleinen Katastrophen, die tückischen Klippen im breiten Strom des Lebens machen mich fertig.

Ich sah in Füruzans erschrockenen, verletzten Augen, daß Philipp kam, noch ehe ich ihn selbst sah. Er hielt sich gerade und war makellos angezogen: dunkelblauer Seidenanzug, blau-weiß gestreiftes Hemd mit weißem Kragen und goldener Nadel und Paisley-Krawatte. Er lief mit weiten Schritten, stieß hier und da an einen Marktstand und schob manchmal jemanden aus dem Weg, weil er es nicht um ihn herum schaffte. Er sah uns, winkte ausholend und setzte ein schiefes Lächeln auf.

»Ich bin zu spät.« Er hob entschuldigend die Schultern. »Wollen wir nicht gleich rüber zu Antalya Türk? Ich meine, es ist doch schön, daß wir uns kennenlernen oder wiedersehen, das ist ein Grund zum Feiern auch ohne...«

»Philipp...«

Er schaute zu Boden. »Es tut mir leid, Fürzchen. Ich schaff's nicht. Ich habe eine ganze Flasche von dem Zeug getrunken, das Gerd immer trinkt, aber trotzdem schaff ich's nicht. Ich würd's gerne schaffen, aber es geht...« Er blickte auf. »Vielleicht geht's in einer Weile. Weißt du, wo ich jetzt soviel Alkohol habe, wäre es am Ende gar nicht gültig.«

Die Mutter zischte, und Füruzan zischte zurück. Der Bruder hob den Arm und klatschte einen Schlag in ihr Gesicht. Sie legte die Hand an die Wange, staunend, ungläubig, sagte ihrem Bruder ein paar Worte, die ihn bleich werden ließen, und schlug ihm den Rücken ihrer erhobenen Hand mit wegwerfender Gebärde über den Mund.

Ich sah auf seine Lippe, die Füruzans Ring blutig gerissen hatte, und nicht auf die Hand, in der ein Messer blitzte. »Langsam, langsam, junger Mann« – Philipp trat begütigend zwischen Bruder und Schwester und bekam das Messer in die linke Seite. Als der Bruder es herauszog und wieder zustoßen wollte, schaffte ich es gerade noch rechtzeitig, den Sonnenschirm gegen ihn zu stoßen. Das überraschte ihn mehr, als es ihn verletzte, aber immerhin klirrte das Messer auf dem Boden, und als er sich bückte und danach griff, trat ich ihm auf die Finger. Philipp ging zu Boden, über dem Messer, und der Bruder begnügte sich damit, vor seiner Schwester auszuspucken, kehrtzumachen und davonzugehen.

»Du mußt die Wunde zubinden«, Philipp preßte die Linke auf die Wunde und sprach leise, aber klar, »ganz fest und ganz schnell. Die Milz blutet wie blöd. Zerreiß dein Hemd.«

Ich zog Jacke und Hemd aus, zerrte vergebens am Hemd und ließ es Füruzan, die zubiß und Streifen um Streifen riß.

»Fester«, herrschte Philipp sie an, als sie den Verband anlegte.

Passanten blieben stehen, wollten wissen, was geschehen war, und boten Hilfe an. »Kann deine Kicherschwester vom Paradeplatz eine Taxe holen? Ja? Dann ruf du bei mir an, Gerd, bring die Abteilung auf Trab und laß den OP vorbereiten. Scheiße, er hat auch die Lunge erwischt.« Philipp redete mit blutigem Mund.

Die kleine Schwester rannte los. Vom Telephon aus sah ich, daß sie nach wenigen Minuten mit der Taxe zurück war. Der Verband war fertig, Füruzan stützte Philipp zur Taxe, und der Fahrer mochte ihn für betrunken und angeschlagen halten, aber sah kein Blut, sondern nur einen dunkelblauen Seidenanzug, der naß geworden war. Füruzan stieg mit ihm ein. Die Mutter verscheuchte die Passanten. Ich weiß nicht, was Füruzan dem Fahrer sagte. Er fuhr mit quietschenden Reifen an.

18

Frieden im Herzen

»Nach menschlichem Ermessen müßte alles wieder werden. Wir haben die Milz rausgenommen und die Lunge aufgerichtet.« Der Arzt, der Philipp operiert hatte, nahm die grüne Haube ab, knüllte sie zusammen und warf sie in den Abfalleimer. Er sah mich rauchen. »Haben Sie eine für mich?«

Ich gab ihm die Schachtel und Feuer. »Kann ich zu ihm?«

»Meinethalben. Sie sollten einen Kittel anziehen. Es dauert eine Weile, bis er wieder da ist. Und wenn seine Freundin kommt, löst sie Sie ab.«

Füruzan war nicht mehr dagewesen, als ich auf der Station angekommen war. Vielleicht erschoß sie gerade ihren Bruder. Oder versöhnte sich mit ihm. Oder grollte Philipp und wollte ihn nicht mehr sehen. Ich saß an seinem Bett und hörte seinem schweren Atem zu und dem leisen Zischen der Pumpe, von der ein Schlauch unter das Nachthemd zwischen die Rippen führte. Ein anderer Schlauch führte vom Tropf zum Handrücken. Das Haar klebte ihm verschwitzt am Kopf. Mir war noch nie aufgefallen, wie dünn und schütter es war. War mein eitler Freund ein Meister des Föns? Oder schaute ich sonst nicht hin? Man hatte das Blut um seinen Mund nicht sauber weggewischt; es war braun angetrocknet und krümelte in den Mundwinkeln. Manchmal zuckten die Augenlider. Sonne und Jalousie zeichneten Streifen ins Zimmer. Langsam wanderten sie über den Linoleumboden, über die Bettdecke und die Wand hoch. Als die Schwester den Tropf wechselte, wachte Philipp auf.

»Maria mit den schönen Ohren.« Dann erkannte er mich. »Merk dir das, Gerd, wie die Ohrläppchen, so die Brüste.«

»Aber Herr Doktor«, spielte Maria mit.

»Ich sollte besser nicht reden.« Philipp flüsterte angestrengt.

Die Schwester war fertig, ging hinaus und schloß leise die Tür. Nach einer Weile winkte mich Philipp ans Kopfende. »Die Milz ist raus? Und die Pumpe an? Ich habe manchmal vom Sterben geträumt. Ich liege im Krankenhaus, in einem Zimmer und einem Bett wie hier und nehme von allen Frauen meines Lebens Abschied.«

»Allen?« Auch ich flüsterte. »Stehen sie draußen Schlange, den Gang lang und die Treppe runter?«

»Jede sagt mir, daß sie keinen mehr getroffen hat wie mich.«

»Mhm.«

»Und ich sag jeder, daß ich keine mehr getroffen habe wie sie.«

»Du brauchst ein Krankenzimmer mit zwei Türen, eine von vorne und eine nach hinten. Die Frauen, mit denen du schon gesprochen hast, dürfen denen nicht begegnen, die noch warten. Stell dir vor, in der Schlange spricht sich rum: Philipp sagt jeder, er hat keine getroffen wie sie.«

Philipp seufzte und schwieg eine Weile. »Du verstehst nichts von der Liebe, Gerd. In meinem Traum treffen sie sich danach sowieso. Sie gehen von meinem Sterbelager in die Blaue Ente. Da habe ich für sie ein Bankett arrangiert, und sie essen und trinken und gedenken meiner.«

Ich weiß nicht, warum Philipps Traum mich traurig machte. Weil ich nichts von der Liebe verstehe? Ich nahm seine Hand. »Laß mal, das hat noch Zeit. Du stirbst nicht.«

»Nein.« Ihm fiel das Reden immer schwerer. »Jetzt könnte ich auch gar nicht mit allen sprechen. Ich bin viel zu schwach.« Er schlief ein.

Gegen fünf kam Füruzan. Daß ihr Bruder sie geschlagen hatte, sah ich, daß sie sich versöhnt hatten, berichtete sie flüsternd. »Ob Philipp mir auch verzeiht?«

Ich verstand nicht.

»Weil der Stich für mich war.«

Ich verzichtete auf emanzipatorische Belehrungen. »Bestimmt verzeiht er dir.«

Ich wartete nicht, bis Philipp wieder wach wurde. Um sechs war ich bei Nägelsbach, um sieben im Gefängnis am Faulen Pelz. Nägelsbach war wortkarg, und ich war's auch. Immerhin klärte er mich auf, daß das Essen vorbei wäre, wenn ich käme, und ging mit mir einkaufen. Laugenbrezeln, Camembert, eine Flasche Barolo und Äpfel. Mir fiel der Mangold ein, den es in Mannheim auf dem Markt gegeben hatte. Besonders liebe ich dieses so unterschätzte heimische Gemüse gratiniert oder auch als Salat – man muß ihn nur warm mit der Marinade anmachen und einige Stunden gut durchziehen lassen.

Ich war zuletzt als Staatsanwalt im Faulen Pelz gewesen. Nach mehr als vierzig Jahren erkannte ich die Topographie des Gefängnisses nicht wieder, wohl aber den Geruch und die hallenden Geräusche beim Gehen, beim Suchen des richtigen Schlüssels am klirrenden Bund und beim Auf- und Zuschließen. Als der Gefängnisbeamte die Tür zugemacht und abgeschlossen hatte und mit Nägelsbach fortging, hörte ich ihren Schritten nach. Dann aß ich Brezeln, Käse und Äpfel, trank Barolo und las Gottfried Keller. Ich hatte die *Zürcher Novellen* gegriffen und ließ mich vom Landvogt vom Greifensee darüber belehren, wie es einen gelüsten kann, seine alten Liebschaften bei sich zu vereinigen. Ob auch Philipp das erbauliche und zierliche Ende einer lächerlichen Geschichte und den Frieden im Herzen suchte?

Es ging mir gut, bis ich auf der Pritsche lag und schlafen wollte. Aus den dicken Mauern dünstete klamme Kälte. Zugleich wehte der Sommerwind immer wieder einen Schwall Wärme durch die Luken im Fenster. Er brachte das Lärmen von Kneipe zu Kneipe ziehender Zecher mit, Willkommens- und Abschiedsrufe, dröhnendes Lachen der Männer und perlendes der Frauen. Für kurze Momente war es ganz still, bis ich in der Ferne Schritte und Stimmen näher kommen, lauter werden und in der Ferne verklingen hörte. Manchmal erhaschte ich Gesprächsfetzen. Manchmal blieb ein Paar unter meinem Fenster stehen.

Auf einmal überkam mich Sehnsucht nach dem hellen, warmen, bunten Leben draußen, als sei ich seit Jahren und auf Jahre in der Zelle eingesperrt. Auf Jahre in der Zelle – war's das, was mir bevorstand? Ich dachte über den Hochmut nach, der vor dem Fall kommt, und über den Fall nach dem Hochmut. Ich dachte an die Erfolge, die ich in meinem Leben gewünscht, und an die Mißerfolge, die ich gehabt hatte. Ich dachte an Korten. Erlebte ich den Sieg des Prinzips der ausgleichenden Ungerechtigkeit?

Am Morgen versuchte ich ein paar Kniebeugen und Liegestützen. Man kann lesen, das helfe, langjährige Einzelhaft zu überstehen. Mir taten nur die Glieder weh.

19
Ein schwebendes Verfahren

Um halb zehn wurde ich zur Vernehmung geführt. Ich hatte mit Bleckmeier und Rawitz gerechnet. Statt dessen saß ich einem jungen Mann mit gescheitem Gesicht und gepflegten Händen gegenüber, der sich als Staatsanwalt Dr. Franz von der Bundesanwaltschaft vorstellte. Mit deutlicher, angenehmer Stimme las er mir vor, was mir zur Last gelegt wurde. Von Unterstützung einer terroristischen Vereinigung bis Strafvereitelung war alles dabei. Er fragte mich, ob ich mich nicht des Beistands eines selbstgewählten Rechtsanwalts versichern wolle. »Ich weiß, Sie sind selbst Jurist, aber ich bin's auch und lasse sogar von der eigenen Kauf- oder Mietstreitigkeit die Finger. Niemals in eigener Sache tätig werden – das ist ein guter alter Juristengrundsatz. Zudem wird es bei Ihnen vor allem um das Strafmaß gehen, und dabei sind Überblick und Erfahrung nötig, die Sie nicht haben.« Er lächelte freundlich.

»Frau Salger, sagten Sie – und was, sagten Sie, ist die Tat, bei der ich die Bestrafung vereitelt haben soll?«

»Ich sagte noch gar nichts. Die Tat ist ein Anschlag auf amerikanische militärische Einrichtungen, geschehen am 6. Januar in Käfertal.«

»Käfertal?«

Dr. Franz nickte. »Aber wir wollen lieber über Sie sprechen. Sie haben Frau Salger in Amorbach geholt und in Frankreich über die grüne Grenze gebracht. Machen Sie sich wegen der Verstöße gegen das Paßgesetz keine Sorgen, Herr Selb, die lassen wir einfach unter den Tisch fallen. Erzählen Sie, wie es hinter der grünen Grenze weiterging.« Nach wie vor lächelte er mich freundlich an.

Nachdem ich das Buch der Reise mit Leo bei der Rückkehr nach Mannheim zugeklappt und weggelegt hatte, hatte ich nicht mehr daran gerührt. Jetzt schlug es sich von selbst auf. Für einen kurzen Augenblick vergaß ich, wo ich war, sah nicht den Resopaltisch, nicht die schmutzigen gelben Wände und nicht das Gitter im Fenster. Ich ließ mich von einer Welle der Erinnerungen an Leos Gesicht, den Mond über dem Murtener See und die Luft in den Alpen tragen. Die Welle setzte mich ab, und ich saß Dr. Franz gegenüber. Sein Lächeln war zur Grimasse erstarrt. Nein, für ihn blieb das Buch der Reise mit Leo zu. Und wie war das mit der Strafvereitelung? Setzt Strafvereitelung nicht eine Tat voraus, die tatsächlich begangen wurde und bestraft werden kann? Ohne Anschlag am 6. Januar in Käfertal keine Strafvereitelung? Ohne Anschlag auch keine terroristische Vereinigung, die ich hätte unterstützt haben können? Was, wenn es statt des Anschlags in Käfertal einen im Lampertheimer Forst gegeben hatte?

Als ich ihm die letzte Frage stellte, schaute Dr. Franz perplex. »Statt des einen Anschlags ein anderer? Ich glaube, ich verstehe nicht recht.«

Ich stand auf. »Ich möchte zurück in meine Zelle.«

»Sie verweigern die Aussage?«

»Ich weiß noch nicht, ob ich verweigere oder nicht verweigere. Ich möchte erst einmal nachdenken.« Er setzte zu einer Erwiderung an, und ich wußte schon, was er sagen würde. »Ja, ich verweigere die Aussage.«

Er zuckte mit den Schultern, drückte auf den Klingelknopf und winkte mich mit dem eintretenden Beamten hinaus, ohne etwas zu sagen.

In der Zelle setzte ich mich auf die Pritsche, rauchte und war unfähig, geordnet nachzudenken. Ich versuchte, mich an den Namen des Professors zu erinnern, bei dem ich als Student Strafrecht gehört hatte, als sei dieser Name von der größten Wichtigkeit. Dann hatte ich Bilder aus meiner Zeit als Staatsanwalt im Kopf, Vernehmungen, Verhandlungen, Exekutionen, bei denen ich zugegen war. In der Flut der Bilder war keines, das mich über die Merkmale der Strafvereitelung oder sonst über die strafrechtlichen Probleme meiner Lage belehrt hätte.

Als der Beamte wiederkam, holte er mich ins Besuchszimmer.

»Brigitte!«

Sie weinte und konnte nicht reden. Der Beamte ließ zu, daß wir uns in die Arme nahmen. Als er sich rührte und räusperte, setzten wir uns am Tisch einander gegenüber.

»Woher weißt du, daß ich hier bin?«

»Gestern abend hat Nägelsbach angerufen. Und heute morgen hat sich ein anderer Freund von dir bei mir gemeldet, ein Journalist Peschkalek. Er hat mich übrigens hierhergebracht und will auch noch mit dir reden.« Sie sah mich an. »Warum hast du nicht angerufen? Wolltest du vor mir verbergen, daß du im Gefängnis bist?« Sie hatte von Nägelsbach gehört, meine Lage sei ernst, und sich sofort daran gemacht, mir einen guten Anwalt zu besorgen. Weil Kranke am liebsten vom Professor behandelt werden, wollte sie, daß ich auch von einem Professor vertreten werde, und hatte die Heidelberger Rechtsprofessoren angerufen. »Die einen sagten, sie verstünden nichts davon, das klang, wie wenn Internisten nicht operieren wollen, die anderen schienen was davon zu verstehen, aber kamen mit meinem Bericht nicht klar, und dann gab's noch die, die sich nicht in ein schwebendes Verfahren einmischen wollten. Ist das so? Dürfen Verteidiger sich nicht in schwebende Verfahren einmischen? Ich dachte, dafür sind sie da.«

»Hast du einen gefunden?«

Sie schüttelte den Kopf.

»Macht nichts, Brigitte. Vielleicht brauche ich keinen. Wenn doch, weiß ich schon den einen oder anderen. Was hat Manu dazu gesagt, daß ich im Gefängnis bin?«

»Er findet's toll. Er hält zu dir. Wir beide halten zu dir.«

Dessen versicherte mich auch Peschkalek. Besorgt zwirbelte er seinen Schnurrbart und fragte nach meinen Wünschen. »Heute abend vielleicht ein Menü aus dem ›Ritter‹? Es sind nur ein paar Schritte.« Eine Stange Sweet Afton hatte er mitgebracht.

»Wie haben Sie von meiner Verhaftung erfahren? Steht was in der Zeitung?« Sollte ich rasch wieder rauskommen, durfte Frau Büchler nicht zwischenzeitlich an mir irre werden.

»Als ich Sie nicht zu Hause erreicht habe, hab ich's bei Ihrer Freundin versucht, und die hat von Ihnen erzählt. Nein, in der Zeitung steht noch nichts. Ich rechne Mitte nächster Woche mit den Berichten in der regionalen und überregionalen Presse. Aber richtig kommt der Rummel erst beim Prozeß in Fahrt. Der ehemalige Staatsanwalt im Kreuzverhör – Sie werden der Star des Prozesses. Und dann drehen Sie den Spieß um, werden vom Angeklagten zum Ankläger, bohren nach dem genauen Ort des Anschlags, dem Schaden und den Folgen und lassen schließlich die Bombe platzen: Der Anschlag war im Lampertheimer Forst, galt einem Giftgaslager und soll vertuscht werden, weil schon das Giftgas vertuscht wird. Was für eine letzte Rolle! Eigentlich beneide ich Sie.« Er strahlte, begeistert von dem Szenario, das er entworfen hatte, und von meiner Rolle darin. »Dann haben wir noch den *touch of romance*, ich weiß nicht, ob er den Richter interessiert, aber der Leser wird ihn lieben. Tickende Bomben und schlagende Herzen, der alte Mann und das Mädchen – das ist der Stoff, aus dem man Storys macht. Der alte Mann und das Mädchen«, er schmeckte den Worten nach, »wär das ein Titel? Wenn nicht für die ganze Story, zumindest für eine Folge?«

»Sie ziehen mir das Fell ab, beizen mich, braten mich, tranchieren und portionieren mich – ich lebe noch, Peschkalek, und für mich alten Hirsch ist jetzt Schonzeit, nicht Schußzeit.«

Er wurde rot, zauste seinen Schnurrbart, klatschte auf seine Glatze und lachte. »O weh! Die Geier von der Presse, die

Hyänen – bestätige ich alle Vorurteile über Reporter? Manchmal erschrecke ich selbst, wenn ich nichts sehen und hören kann, ohne zu prüfen, ob's zu einer Story taugt. Die Wirklichkeit ist erst wirklich, wenn sie im Kasten ist«, er schlug sich mit der Hand an die Hüfte, an der sonst die Kamera hing, »oder sogar erst, wenn die Reportage gedruckt oder gesendet ist. Ich hab's Ihnen schon mal gesagt. Wer kümmert sich schon um das, was in keiner Zeitung steht und nicht im Fernsehen kommt? Und worum sich niemand kümmert, das wirkt nicht, und nur was wirkt, ist wirklich. So einfach ist das.«

Ich ließ Peschkalek seine mediengenügsame Vorstellung von Wirklichkeit. Ich trug ihm auch nicht nach, daß er in meiner Geschichte nur seine Story gesehen hatte. Er bat mich für seine *déformation professionelle* um Verständnis, fragte besorgt nach meinem Befinden und sah mich wieder wie ein freundlicher Seelöwe an. Nein, ich nahm ihm nichts übel. Aber um den Gefallen, um den ich ihn hatte bitten wollen, bat ich lieber Brigitte, und ich bat sie auch, ihm nichts davon zu sagen.

20
Als ob

Die erste Nacht im Gefängnis war schlimm gewesen, die zweite wurde schlimmer, und zu allem übrigen plagte mich die Angst, jetzt werde es immer so weitergehen, eine Nacht schlimmer als die andere.

Im Traum mußte ich die erste Seite einer Zeitung gestalten. Jedesmal wenn ich meinte, ich hätte die mir übergebenen Bilder und Artikel befriedigend angeordnet, fand sich doch noch etwas. Jedesmal sah ich die Unlösbarkeit der Aufgabe; die Seite war voll, und für zusätzliches Material war einfach kein Platz mehr. Aber jedesmal fing ich wieder an, schob alles hin und her, meinte, ich hätte es geschafft, und mußte wieder feststellen, daß ich ein Bild oder einen Artikel übersehen hatte. Ich war unruhig und zugleich von verbissener Beharrlichkeit. Dann realisierte ich, daß ich mir das Material noch gar nicht richtig angeschaut hatte, und holte es nach. Die Artikel trugen alle dieselbe blöde Überschrift »Selbst ist der Selb«, und die Bilder zeigten mich mit immer demselben täppischen Grinsen und denselben aufgerissenen Augen. Aber auch davon wachte ich nicht auf. Ich machte weiter, schob Bilder und Artikel hin und her und scheiterte, bis mich die Sonne weckte.

»Eine Vernehmung am Sonntag – wir wollten Sie gerne noch mal sprechen, ehe Sie dem Richter vorgeführt werden.« Franz trug wieder sein freundliches Lächeln, neben ihm saß unglücklich Nägelsbach, Bleckmeier schaute verdrossen, und Rawitz war noch dicker geworden und hielt seinen Bauch mit den gefalteten Händen zusammen. »Durch ein dummes Mißgeschick wurde Ihre Festnahme nicht unter Freitag, sondern unter Samstag verbucht. Als Folge davon haben wir den Richter nicht schon gestern eingeschaltet, sondern erst für heute vorgesehen. Wir würden begrüßen, wenn Sie sich als am Samstag festgenommen verstehen könnten.«

Hatte Nägelsbach mich falsch verbucht? Schaute er deswegen so unglücklich? Ich wollte ihm keinen Ärger machen, und mir sollte es für die Anhörung durch den Richter auf einen Tag mehr oder weniger auch nicht ankommen. Aber was war von der staatsanwaltschaftlichen Philosophie des »Als ob« zu halten?

»Ich werde dem Richter vorgeführt, als ob ich gestern festgenommen worden wäre. Mir wird Strafvereitelung vorgeworfen, als ob eine Strafe wegen einer Tat drohte, die Frau Salger in Käfertal begangen hat. Ein Anschlag bei Viernheim wird behandelt, als ob er in Käfertal passiert wäre. Ist das nicht ein bißchen viel ›Als ob‹?«

Rawitz löste die Hände und wandte sich zu Franz. »Es hat keinen Zweck. Lassen Sie ihn vor dem Richter sagen, was er will. Wenn der Richter ihn raussetzt, setzen wir ihn eben wieder rein. Und keine Sorge, den Viernheim-Käfertal-Quatsch treiben wir ihm bis zur Verhandlung schon noch aus.«

»Sie haben doch einen festgenommen und werden ihm den Prozeß machen. Wollen Sie ihn wegen einer Tat verurteilen, die er gar nicht begangen hat? Wollen Sie . . .«

»Die Tat, die Tat«, Franz unterbrach mich ungeduldig, »was für eine sonderbare Vorstellung von der Tat Sie haben. Die Tat entsteht erst durch die Anklage. Erst die Anklage greift aus der unendlichen, unüberschaubaren Flut von Ereignissen, Handlungen und Wirkungen einige heraus und setzt sie zu dem zusammen, was wir die Tat nennen. Hier schießt einer, dort fällt einer tot um, gleichzeitig zwitschern Vögel, fahren Autos, backt der Bäcker Brötchen und zünden Sie sich eine Zigarette an. Die Anklage weiß, was zählt, macht aus dem Schuß und dem Toten den Mord und vernachlässigt alles übrige.«

»Hier schießt einer, sagen Sie, und dort fällt einer um – der

Anschlag war aber gerade nicht in Käfertal, sondern bei Viernheim. Käfertal ist weder hier noch dort.«

»So«, höhnte Rawitz, »Käfertal ist weder hier noch dort? Wo ist Käfertal denn?«

Bleckmeier schaltete sich ein. »Der Ort ist was anderes, als was an dem Ort passiert. Bestraft wird nur, was passiert, nicht der Ort.« Er schaute unsicher in die Runde und ergänzte, als keine Reaktion kam, »sozusagen«.

»Der Ort ist weder hier noch dort und bestraft wird er nicht. Wie lange muß ich diesen Quatsch noch anhören? Wir haben Sonntag, ich will nach Hause.«

»Quatsch?« Das mochte Bleckmeier sich denn doch nicht sagen lassen.

»Meine Herren Kollegen«, beruhigte Franz, »lassen wir die philosophischen Fragen von Raum und Zeit. Auch Sie, Herr Selb, haben wichtigere Probleme. Sie haben recht, wir haben jemanden festgenommen. Er hat den Anschlag in Käfertal gestanden und wird ihn auch vor Gericht gestehen. Außerdem werden wir vor Gericht die Aussagen unserer deutschen Beamten und der amerikanischen Freunde haben. Lassen wir die fruchtlosen Präliminarien und kommen zu Ihnen und zu Frau Salger.«

»Können Sie den Brief bringen lassen, der heute morgen für mich abgegeben wurde?« Ich hatte den Beamten, der mich zur Vernehmung gebracht hatte, nach dem Umschlag gefragt, um den ich Brigitte gebeten hatte. Er war angekommen, sollte mir aber erst nach richterlicher Kontrolle am Montag ausgehändigt werden. »Wenn nur Sie ihn aufmachen und anschauen, geht's auch ohne Richter.«

Nach einigem Hin und Her ließ Franz den Umschlag bringen, öffnete ihn und hielt eine Kopie der amerikanischen Akte in den Händen.

»Lesen Sie!«

Er las, und sein Mund wurde schmal. Die gelesenen Seiten gab er eine um die andere an Rawitz weiter, von dem sie über

Bleckmeier an Nägelsbach gingen. Für zehn Minuten war es ganz still im Raum. Durch das kleine Fenster sah ich ein kleines Stück Heidelberger Schloß. Ab und zu fuhr ein Auto den oberen Faulen Pelz entlang. In der Ferne übte jemand Klavier. Alle schwiegen, bis Nägelsbach die letzte Seite gelesen hatte.

»Wir müssen das Original kriegen. Machen wir eine Hausdurchsuchung!«

»Er hat das Original schwerlich zu Hause rumliegen.«

»Vielleicht doch – einen Versuch ist es jedenfalls wert.«

»Warum reden wir nicht mit den Amerikanern?«

Als Nägelsbach zu reden begann, sah er mich mit traurigen Augen an. »Mir gefällt die ganze Sache auch nicht. Aber ein Anschlag bei Viernheim, bei dem Giftgas freigesetzt wurde, Giftgas der Amerikaner oder auch aus alten deutschen Beständen – das ist einfach nicht drin.«

»Wurde denn Giftgas freigesetzt?«

»Unsere amerikanischen Freunde«, setzte Bleckmeier an, um unter Rawitz' Blick sogleich wieder zu verstummen. Ich fragte noch mal.

»Auch wenn keines freigesetzt wurde – wenn sich der Prozeß darum dreht und die Presse sich damit beschäftigt, ist der Teufel los. Auch wenn man eine Panik vermeiden kann, ist Viernheim eine gebrandmarkte Stadt. Mit Viernheim werden die Leute genausowenig zu tun haben wollen wie mit Tschernobyl. Dieses Schadens- und Bedrohungspotentials sollen sich die Terroristen nicht rühmen können. Und die Bevölkerung hat es nicht verdient, von den Terroristen derart in Furcht versetzt zu werden.«

»Damit wollen Sie rechtfertigen, daß...«

»Nein«, unterbrach Franz, »umgekehrt wird ein Schuh daraus. Daß der Prozeß so nicht laufen kann, kann doch wohl nicht rechtfertigen, daß die Täter davonkommen. Es gibt nun einmal diese doppelte Verantwortung zum einen für die Leute in der Region, besonders in Viernheim, und zum anderen für die Durchsetzung des staatlichen Strafanspruchs. Und damit ist die Verantwortung noch nicht zu Ende; wir haben auf die Amerikaner Rücksicht zu nehmen, auf das deutsch-amerikanische Verhältnis und darauf, daß das Problem der Weltkriegsaltlasten einer geordneten, umfassenden Lösung bedarf. Wenn es in Viernheim Eis gibt, dann haben wir's mit der Spitze eines Eisbergs zu tun und müssen klotzen, nicht klekkern. Sie wissen genausogut wie ich ...«

Ich hörte nicht mehr zu. Ich war des Redens müde, hatte die großen Worte von der doppelten, drei-, vier- und fünffachen Verantwortung satt und das Schachern um meinen Kopf. Plötzlich war's mir nicht mehr um die Drohung zu tun, den Käfertal-Prozeß platzen zu lassen, und nicht mehr darum, daß man mich laufenließ, um den Prozeß zu retten. Ich wollte in meine Zelle, auf meine Pritsche und mich um nichts und niemanden kümmern.

Franz sah mich an. Er wartete auf eine Antwort. Was hatte er gefragt? Nägelsbach half. »Herr Dr. Franz meint mit dem gegenseitigen Entgegenkommen einerseits Ihre Rolle im gerichtlichen Verfahren und andererseits die Straf-, aber auch die Schuldfrage.« Sie sahen mich voller Erwartung an.

Ich mochte die Rolle nicht, die sie mir zugedacht hatten. Ich sagte es ihnen. Sie ließen den Beamten kommen und mich zurück in die Zelle bringen.

21

Ein bißchen gestottert

Am späten Nachmittag war ich frei. Es hatte keine weitere Vernehmung gegeben und keine richterliche Anhörung. Der Kalfaktor hatte mir ein Tablett mit Blumenkohlsuppe, Kasseler Rippenspeer, Leipziger Allerlei, Kartoffeln und Vanillepudding gebracht. Sonst war ich allein geblieben und hatte mit Keres' Hilfe Aljechin mattgesetzt. Bis der Beamte kam, mir sagte, ich könne gehen, und mich ans Tor geleitete. Schön, daß Gefängnisse es anders machen als Krankenhäuser, die ihre Patienten auch dann nicht am Wochenende entlassen, wenn sie gesund sind.

Ich stand mit meinem Köfferchen vor dem Gefängnistor und genoß den Geruch der Freiheit und die Wärme der Sonne. Auch als ich zum Neckar kam, mochte ich den Geruch nach totem Fisch, Motorenöl und alten Erinnerungen. An der Schleuse am Karlstor wurde ein Lastkahn hinabgelassen. Auf der Abdeckung über dem Laderaum war eine Decke ausgebreitet und ein Laufstall aufgestellt, in dem ein kleines Kind spielte.

»Nehmen Sie mich mit?«

Der Schiffer merkte, daß ich ihm zurief, aber verstand nicht. Ich zeigte auf mich, auf seinen Kahn und deutete mit wedelnden Händen neckarabwärts. Er zuckte lachend die Schultern, ich nahm's als Zustimmung, hastete die Böschung hinunter und sprang vom Schleusenrand auf den Kahn, der rasch in der Tiefe der Schleusenkammer verschwand. Es war dunkler als oben, kälter, und durch einen Spalt im hinteren Schleusentor quoll drängend und drohend Wasser. Es war schön, als das vordere Schleusentor aufging und wir den Fluß vor uns hatten, die alte Brücke und die Silhouette der Altstadt.

»Das hätten Sie nicht tun dürfen.« Die Frau des Schiffers hatte das Kind auf dem Arm und sah mich zugleich tadelnd und neugierig an.

Ich nickte. »Wenn ich wenigstens Kuchen mitgebracht hätte! Aber als ich bei der Konditorei vorbeikam, wußte ich noch nichts von Ihnen. Wirft mich Ihr Mann über Bord?«

Natürlich tat er's nicht, und seine Frau gab mir vom Sandkuchen, den sie gebacken hatte. Ich setzte mich, ließ die Beine über Bord baumeln, aß den Kuchen und sah die Stadt an mir vorüberziehen. Unter der Alten Brücke echote das Jauchzen des Kindes, dem seine Mutter den Bauch küßte, unter der Neuen kam mir die hölzerne Brücke in den Sinn, die hier nach dem Krieg über den Neckar geführt hatte, und der Anblick der Insel weckte wieder die Sehnsucht der Kindheit nach Geborgenheit und Abenteuer. Dann fuhren wir auf dem Kanal, und die Autobahnbrücke kam in Sicht. Vom Damm hätte ich die Stelle sehen können, an der Wendt gelegen hatte.

Ich hatte eine Geschichte aufgeklärt, die mich verwirrt, zu der ich aber eigentlich nicht ermittelt hatte. Ein paar junge Leute machen einen Anschlag, die Polizei will den Anschlag vertuschen, die Leute gleichwohl bestrafen und kommt auf die geniale Idee, den Anschlag von hier nach dort zu verschieben. Zu verlagern gewissermaßen, würde Bleckmeier richtig sagen. Dabei muß sie mit Behutsamkeit und Fingerspitzengefühl vorgehen und darf die Fahndung nach den jungen Leuten nicht an die große Glocke hängen. Wegen eines Anschlags in Käfertal nach ihnen fahnden, sie bei oder nach der Verhaftung vor der laufenden Kamera und dem gezückten Bleistift des Reporters vom Anschlag in Viernheim reden hören – das paßt schlecht. Also fahndet die Polizei verdeckt, bis Wendts Tod, der irgendwie im Zusammenhang mit dem Anschlag steht und wer weiß was befürchten läßt, keinen weiteren Aufschub bei der Fahndung mehr zuläßt. Die Polizei geht an die Öffentlichkeit. Immerhin hat sie mit dem einen Täter, den sie beim Anschlag gefaßt hat, den Handel perfekt: Er gesteht den Anschlag in Käfertal und kriegt dafür eine mildere Strafe. Vielleicht wird er auch Kronzeuge. Die Polizei riskiert, daß die anderen was verpatzen oder nicht mitspielen. Denn Patzer lassen sich korrigieren. Und warum sollten sie nicht mitspielen?

Viel mehr, als daß Wendts Tod irgendwie im Zusammenhang mit dem Anschlag stand, wußte auch ich nicht. Der tote Wendt hatte eine Karte von Viernheim bei sich. Er starb an einer Kugel aus Lemkes Pistole. Er kannte Lemke von früher, wurde von Lemke mit Leo bekanntgemacht und half Leo nach dem Anschlag. Sollte er der fünfte Mann gewesen sein, den Lemke zum Anschlag mitgebracht hatte? Den Leo nicht erkannte? Der vor ihr zurück im Psychiatrischen Landeskrankenhaus war?

Bei der Schwabenheimer Schleuse ging ich von Bord. Ich spazierte am Neckar zum Schwabenheimer Hof und setzte mich beim Landgasthaus ›Zum Anker‹ in den Garten. Viele Familien waren zu Fuß oder mit dem Fahrrad von Ladenburg, Neckarhausen oder Heidelberg gekommen. Die Kaffee- und Kuchenzeit war vorbei, die Väter waren zu Bier übergegangen, und die Kinder quengelten, weil sie auch noch was wollten, aber nicht wußten, was. In einer Nische der Hauswand stand eine Madonna mit hellblauem Kleid und dunkelblauem Umhang. Zwei Tische weiter saß eine Frau mittleren Alters, las Zeitung, trank Wein und war vergnügt. Sie gefiel mir. Alleine in ein Gasthaus gehen, sich's dort mit Zeitung und Wein wohl sein lassen – das machen, Emanzipation hin, Emanzipation her, Männer, nicht Frauen. Sie machte es. Manchmal schaute sie auf, manchmal trafen sich unsere Blicke.

Als die Taxe da war, die mir der Wirt bestellt hatte, und ich bezahlt hatte, ging ich an ihren Tisch, setzte mich, sagte ihr, wie gut sie mir gefiel, und stand auf und war weg, kaum daß sie sich verwundert lächelnd für das Kompliment bedankt hatte. Ich glaube, ich habe ein bißchen gestottert.

Auf der Fahrt nach Heidelberg war ich zuerst stolz auf mich. Ich bin eigentlich schüchtern. Dann fing ich an, mich zu ärgern. Warum war ich weggelaufen? Warum nicht sitzen geblieben? Hatte nicht eine Einladung in ihrem Blick gelegen, ein Versprechen in ihrem Lächeln?

Schon wollte ich den Fahrer umkehren lassen. Aber ich tat's nicht. Man soll nicht zuviel auf einmal wollen. Und das Versprechen – vielleicht hatte sie es nur gegeben, weil sie mir ansah, daß sie es nicht würde halten müssen.

22
Schreiben Sie einen Artikel!

Bei Brigitte saß Peschkalek: »Wir wollten Sie zusammen besuchen, da kam der Anruf von Hauptkommissar Nägelsbach. Herzlichen Glückwunsch – Sie sind bis zur Hauptverhandlung aus der Untersuchungshaft entlassen?«

»Ich weiß nicht. Vielleicht muß ich nicht einmal zur Hauptverhandlung. Einen störrischen alten Mann, der darauf besteht, daß der Anschlag in Viernheim war und nicht in Käfertal – vielleicht hält man ihn lieber raus aus dem Prozeß.«

Peschkalek runzelte die Stirn. »Sie haben gesagt, daß der Anschlag in Viernheim war?«

Ich nickte. »Ich glaube, man hat mich entlassen, weil...«

»Sie sind wohl von allen guten Geistern verlassen!« Peschkalek unterbrach mich fassungslos. »Ich hatte Ihnen doch gesagt, wie es laufen muß. Im Prozeß sollten Sie die Bombe platzen lassen. Jetzt war's nur ein Bömbchen, das niemand gehört und gesehen hat. Was wird jetzt aus dem Prozeß?« Er wurde wütend. »Was haben Sie sich eigentlich gedacht? Sie haben meine ganze Arbeit kaputtgemacht – soll ich wieder von vorne anfangen? Daß die Polizei einen Anschlag vertuscht, interessiert Sie nicht mehr? Ihnen ist egal, daß der Prozeß eine Farce wird?« Jetzt schrie er mich an.

Ich verstand nicht. »Was ist los? Bomben platzen zu lassen ist Ihr Geschäft, nicht meines. Schreiben Sie einen Artikel!«

»Einen Artikel!« Er winkte ab, nicht mehr wütend, nur müde. »Es ist verrückt. Da ist das Ziel zum Greifen nahe, wir haben den Bericht von den Amis, Sie stehen vor dem Prozeß, und dann war's nichts.«

Brigitte sah vom einen zum anderen. »Den Bericht, den ich...«

Ich wollte nicht, daß sie weiterredete. Solange mir nicht klar war, warum Peschkalek ein solches Theater machte, wollte ich ihn nicht wissen lassen, daß ich der Polizei den Bericht gezeigt hatte. Also fuhr ich Peschkalek an: »Was war nichts? Und was heißt das: Sie stehen vor dem Ziel, und ich stehe vor dem Prozeß? Was ist das Ziel?«

Aber er winkte wieder ab und stand auf. Das Lächeln war gequält: »Tut mir leid, daß ich laut geworden bin. Hat nichts mit Ihnen zu tun, ist das Erbteil meines Vaters. Meine Mutter hält's mit ihm nur aus, weil sie ein Hörgerät hat und abschaltet, wenn er laut wird.«

Brigitte überredete ihn, zum Essen zu bleiben. Nach dem Essen half er Manu beim Aufsatz. *Ein Besuch im Planetarium* wurde eine fetzige Reportage, und Manu war von ihm begeistert. Auch Brigitte war angetan. Als er ihr in der Küche beim Abwasch half, bat er sie ums Du. Beim Wein fand sie, wir sollten uns doch auch duzen, und ich konnte schlecht nein sagen. »Gerd« – »Ingo« – wir stießen an. Aber mir war nicht wohl dabei.

23
RIP

Am nächsten Tag fuhr ich nach Husum. Es ist eine Fahrt ans Ende der Welt; hinter Gießen werden die Berge und Wälder eintönig, hinter Kassel die Städte ärmlich, und bei Salzgitter wird das Land flach und öde. Wenn bei uns Dissidenten verbannt würden, würden sie ans Steinhuder Meer verbannt.

Beim Sekretariat der Evangelischen Akademie hatte ich telephonisch erfahren, daß der Leiter, von dem mir Tietzke als einem ehemaligen Gefährten Lemkes berichtet hatte, derzeit den Workshop *Bedroht – bedrückt – betroffen. Vom Umgang mit Fährnis im Rasen der Zeit* leite und daß ich mich einfach dazusetzen und in einer Pause auf ihn zugehen könne. Ich fand den Raum und stahl mich auf den letzten freien Stuhl. Der Referent kündigte an, zum Ende zu kommen, und kam dort auch mit einiger Verspätung an. Ich hörte, daß Bedrücktheit eine passive und Betroffenheit eine aktive Haltung ist und daß wir uns unter dem Rasen der Zeit nicht wegducken können, sondern behaupten müssen. Ich lernte auch das Gesetz der Entropie kennen; danach nimmt es mit der Welt kein gutes Ende. Von einem bärtigen Herrn um die Fünfzig wurde dem Referenten gedankt. Dieser habe mit dem Referat eine warme, offene Hand ausgestreckt, die wir herzlich ergreifen und schütteln wollten. Den Raum dafür biete die Diskussion um vierzehn Uhr dreißig, jetzt gebe es Mittagessen. War das der Leiter, der 1967/1968 mit Lemke in der ersten Reihe gesessen und Italowestern gesehen hatte? Zunächst war er von Teilnehmern des Workshop umlagert. Als diese sich verlaufen und den Referenten mitgenommen hatten, blieb er und schrieb.

Ich begrüßte ihn und stellte mich vor. »Ich habe eine Frage, die mit dem Workshop nichts zu tun hat. Ich bin Detektiv, ermittle wegen eines Mordes, und Sie kennen vielleicht den Hauptverdächtigen oder haben ihn gekannt. Waren Sie 1967/1968 Student in Heidelberg?« Er war vorsichtig. Er ließ sich von mir den Personalausweis zeigen, sich vom Sekretariat mit Wendt-Immobilien in Heidelberg verbinden und von Frau Büchler bestätigen, daß ich im Auftrag des alten Wendt wegen des Mords am jungen Wendt ermittele. Als er den Hörer auflegte, war er blaß. »Eine furchtbare Nachricht. Da wird jemand, den ich kenne, das Opfer eines Verbrechens. In Ihrem Beruf ist das vermutlich alltäglich. In meiner Welt erfahre ich es als tiefe Bedrohung.«

Es nahm ihn mit. So verzichtete ich darauf, ihm eine Hand zu reichen und Betroffenheit statt Bedrücktheit zu empfehlen. »Wann hatten Sie mit Rolf Wendt zu tun?«

»Wann gab's in Heidelberg das SPK, das Sozialistische Patientenkollektiv? Als damit Schluß war, suchte Rolf einen neuen Weg, eine neue Richtung, lernte uns kennen und war eine Weile eine Art kleiner Bruder für uns. Er muß damals siebzehn oder achtzehn gewesen sein.«

»Sie sagen ›uns‹ – sprechen Sie von sich und Helmut Lemke?«

»Von Helmut, von Richard und von mir – wir drei waren besonders viel zusammen.« Er sann den alten Zeiten nach. »Wissen Sie, sosehr mich die Nachricht von Rolfs Tod zunächst erschüttert hat – wenn ich zurückdenke, merke ich, daß mir der tote Rolf auch nicht toter ist als die anderen beiden, die vermutlich noch leben, von denen ich aber seit Jahren nichts mehr weiß. Dabei haben wir damals gelebt wie danach nie mehr, mit allen Gedanken und Gefühlen in der Gegenwart. Trotz Weltrevolution – oder wegen ihr? Ist man älter, hängt immer ein Stück des Herzens an der Vergangenheit, sorgt der Kopf sich um die Zukunft. Und daran, daß Freundschaften für die Ewigkeit sind, glaubt man auch nicht mehr.« Ich weiß nicht, woran man überhaupt noch glaubt, wenn man Jahr um Jahr die Schicksalsfragen der Welt zu Workshopthemen portioniert. Er stand auf: »Setzen wir uns raus, ich komme dieser Tage kaum an die Luft.«

Auf der Bank vor dem Haus lehnte er sich weit zurück und bot sein Gesicht der Sonne. Ich fragte ihn, ob Lemke und Wendt damals ein besonders gutes oder besonders schlechtes Verhältnis zueinander hatten, und erfuhr, daß zu Lemke alle ein besonderes Verhältnis hatten. »Man verehrte ihn, man rieb sich an ihm oder beides. Einfach so mit ihm umgehen, von gleich zu gleich, das ging nicht. Und wenn ich von uns als Rolfs großen Brüdern gesprochen habe, dann stimmt's nicht ganz. Helmut war der, zu dem Rolf besonders aufschaute.«

»Verehrung, Reibung, kein Umgang von gleich zu gleich – trotzdem sind's in der Erinnerung goldene Tage?«

Er setzte sich auf und sah mich an. Die Stirn war glatt für einen Mann um die Fünfzig. Aber die Augen waren altersmüde. So schaut, wer die Menschen von Berufs wegen lieben muß, obwohl sie ihn nur noch nerven. Als Pfarrer, Therapeut, oder was er von Haus aus war, hatte er mehr Rat gegeben, Trost gespendet und Verzeihung zugesprochen, als er hatte. »Goldene Tage – so habe ich das nicht gesagt und so würde ich's auch nicht sagen. In meinem Arbeitszimmer hängt ein Photo von damals, in dem ich alles wiedererkenne: das Goldene, wenn's denn golden war, Zwänge und Konflikte, das Zuhausesein in der Gegenwart. Ich kann's Ihnen nachher zeigen, wenn Sie wollen.«

»Wie lange war Ihre Viererbande zusammen?«

»Bis Helmuts Karriere beim KBW steil nach oben ging. Da hatte er keine Zeit mehr für Tischfußball und Italowestern, und für Politik nur noch, wenn's um den KBW ging. Seltsam, keiner von uns ist mit ihm zum KBW gegangen, obwohl er so dominant gewesen war, daß wir uns ohne ihn in alle Winde zerstreut haben. Vielleicht hat er uns auch gar nicht dabeihaben wollen. Er hat uns nicht agitiert. Eigentlich war er plötzlich einfach weg.«

»Und überließ auch Rolf von heute auf morgen sich selbst?«

»Ja. Ich glaube, es gab Krach zwischen beiden. Richard war der einzige, der Kontakt zu Helmut hielt und zu dem auch Helmut noch Kontakt suchte. Wie lange das ging, weiß ich nicht. Ich habe Richard zuletzt gesehen, als ich Examen gemacht hatte, nach Pforzheim ins Vikariat fuhr und im Heidelberger Bahnhof auf den Zug wartete. Anders als in den Jahren davor arbeitete er nicht mehr in seinem erlernten Beruf als Laborant, sondern beim Anwalt – Scheidungsanwalt, sagte er, und ich fragte mich, ob's wirklich ein Scheidungs- und nicht ein Terroristenanwalt war, einer von denen, die mit den Terroristen gemeinsame Sache gemacht haben. Richard war immer traurig, daß wir die Italowestern nur sehen und nicht leben konnten. Großgrundbesitzer, korrupte Generale, gierige Priester auf der einen Seite und auf der anderen arme mexikanische Bauern in weißen Pyjamas und Revolutionäre mit gekreuzten Patronengurten über der Brust, dazu reife Mangos, Wein und Mariachis – das hätte er gerne hierhergeholt.«

Das Mittagessen war vorüber. Die Teilnehmer der verschiedenen Workshops vertraten sich im Park die Beine. Als eine Gruppe uns erspähte und ansteuerte, stand er auf. »Die halten Sie für den nächsten Referenten. Oder haben's auf mich abgesehen. Gleich geht's weiter – kommen Sie, ich zeige Ihnen noch das Photo.«

Es hing in seinem Arbeitszimmer. Ich hatte mir ein postkartengroßes Bildchen vorgestellt, aber es war auf Plakatformat vergrößert, hinter Glas und in schwarzem Rahmen. In Schwarzweiß zeigte es ein Picknick: eine Wiese, ein weißes Tuch mit Früchten, Brot und Wein, daneben in lagerndem Gegenüber Lemke und Wendt, dahinter, schon mit Bart, den neben mir stehenden Leiter der Akademie, der sich bückt und

Blumen pflückt, wenige Schritte entfernt einen Borgward mit offenem Verdeck und statt eines Kennzeichens die Buchstaben RIP auf dem Nummernschild. Lemke redet mit erregter Gebärde auf Wendt ein, und dieser, den Kopf in die Hand und den Arm aufs Knie gestützt, hat ihm zugehört. Jetzt schaut er hoch, und auch der Blumen pflückende künftige Akademieleiter richtet aus gebückter Haltung Kopf und Blick nach oben. Sie hatten wohl beim Picknickplatz an dünnem, glitzerndem Stab eine kleine rote Fahne aufgepflanzt. Gerade fliegt eine Elster mit Stab und Fahne davon.

»Ist das... nein, das ist kein Schnappschuß, oder?«

»Wegen des Manet-Zitats? Wir haben uns nicht mit Absicht so plaziert. Wir haben auch die Elster nicht bestellt. Allerdings hatte sie uns davor schon eine silberne Gabel geklaut, und Richard hat das Fähnchen locker genug gesteckt, daß sie es schnappen konnte. Er hat uns den ganzen Nachmittag mit der Kamera umkreist, aus der Ferne und aus der Nähe, mit Tele und ohne, und zig Bilder gemacht. Mit dem hier hat er aufgehört. Gefällt's Ihnen?«

Ich fand es hübsch. Zugleich machte es mich traurig. Lemke mit dunklem Jackett, weißem Hemd und schmaler dunkler Krawatte sah altmodisch jungenhaft aus, dabei energisch und selbstbewußt. Wendts Gesicht zeigte schon die Überforderung, die ich an ihm kannte. Ein kindliches, ängstliches Gesicht, das sich über den davonfliegenden Vogel freuen wollte, aber nicht recht zu freuen getraute. »Warum sollte der wunderschöne Borgward in Frieden ruhen?«

Er verstand nicht.

»RIP, requiescat in pace – galt das nicht dem Wagen? War der Kapitalismus gemeint oder...«

Er lachte. »Das war nicht am Wagen. Richard hat es hineinretuschiert. Bei den Photos, die er als besonders gelungene Arbeiten ansah, hat er immer irgendwo seine Initialen untergebracht. RIP – das steht für Richard Ingo Peschkalek.«

24
Nach dem Herbst kommt der Winter

Hätte ich selbst es merken können? Die Frage war natürlich müßig. Trotzdem beschäftigte sie mich bis Göttingen. Mir fiel das Gespräch im Gefängnis ein, bei dem Peschkalek von mir und Leo gesprochen hatte, vom alten Mann und dem jungen Mädchen. Von mir hatte er über sie nichts gehört – hatte er's von Lemke? Mir fiel auch auf, daß er bei Brigitte aufgetaucht war, obwohl ich ihm von ihr nichts gesagt hatte. Hatte er mir nachspioniert? War schon unsere erste Begegnung auf der Autobahn nicht Zufall gewesen, sondern bewußt von ihm gesucht? Hatte er mir auch damals gerade nachspioniert?

Alles wurde noch verworrener. Daß Peschkalek von Lemke über Leo und mich gehört hatte und zugleich die Wahrheit über Lemkes Anschlag rauskriegen wollte, paßte nicht zusammen. Hatte er nicht von Lemke, sondern von der Polizei über Leo und mich und meine Ermittlungen gehört? Er liest die Notiz im Viernheimer Tageblatt, wird neugierig, ermittelt, erfährt von einem Gewährsmann bei der Polizei, daß ich auch ermittle, und heftet sich an meine Fersen? Und hinter allem steckt zufällig sein alter Kumpan Lemke? Mir war das zuviel Zufall.

Als ich nach langer Fahrt am Abend in Mannheim war, hatte ich Rückenschmerzen, aber keine Antworten auf meine Fragen. Ich wußte nur, wo ich die Antworten suchen wollte. Das Telephonbuch wies Peschkaleks Wohnung und Atelier in der Böckstraße aus. Ich rief Brigitte an, sagte ihr, daß ich noch unterwegs sei und auf acht Uhr käme, bat sie, auch Peschkalek auf acht zum gemeinsamen Abendessen einzuladen, und parkte rechtzeitig in der Böckstraße. Kurz vor acht trat er aus dem Haus, setzte sich in seinen Golf und fuhr los. Er hatte nicht einmal die Straße hinauf- und hinuntergeschaut. Ich las die Klingeln und ging ins Haus.

Der Hausflur war eng und düster. Nach wenigen Schritten weitete er sich links zum Treppenhaus. Geradeaus führte er in den Hinterhof. Peschkaleks Klingel war neben einer Tafel mit sechs Klingeln montiert. Das sprach für das Hinterhaus, und als ich mich an die Dunkelheit gewöhnt hatte, erkannte ich auch das Schild mit dem Pfeil, der geradeaus zeigte.

Im Hof stand eine alte Ulme und lehnte sich ein zweistökkiger hölzerner Schuppen an die Brandmauer des Nachbarhauses. Neben der Außentreppe zum zweiten Stock war wieder das Schild: »Atelier Peschkalek«. Ich folgte dem Pfeil und stieg hoch. Der Treppenabsatz war groß genug, um von Peschkalek mit einem Tisch und zwei Liegestühlen als Balkon genutzt zu werden. Die Tür hatte nur ein Guckloch, das vom Treppenabsatz zugängliche Fenster war vergittert. Ich griff in die Tasche, öffnete den großen Ring, an dem rund hundert Systemschlüssel hängen, und probierte einen nach dem anderen aus. Es war still im Hof. In der Ulme rauschte der Wind.

Es dauerte lange, bis ich den Schlüssel hatte, der sich drehte, der griff und Riegel und Falle löste. Die Tür öffnete sich in einen großen Raum. Die Längswand zeigte die unverputzte Brandmauer des Nachbarhauses. Rechts gingen drei Türen ab und führten in ein winziges Schlafzimmer, eine schrankgroße Küche und ein Bad, das zugleich Dunkelkammer war und in dem die Bedürfnisse der Körperpflege vor denen des Filmentwickelns kapituliert hatten. Links sah ich durch zwei große Fenster in den Nachbarhof. Eine Lücke in der Bebauung der Hafenstraße gab sogar einen schmalen Blick auf die Hallen und Kräne des Handelshafens und den roten Streifen frei, den die untergegangene Sonne am blassen Himmel hinterlassen hatte.

Es dämmerte, und ich mußte mich beeilen. Zwar war der Raum voller Lampen, die ihn taghell hätten erleuchten können. Es gab auch schwarze Jalousien an den Fenstern. Aber eine klemmte. So mußte ich mir einen Überblick verschaffen, was da war, und Interessantes im fensterlosen Badezimmer näher in Augenschein nehmen.

Ich merkte bald, daß Peschkalek trotz des Durcheinanders von Lampen, Vorhängen, Spanischen Wänden, venezianischem Sessel, Klavierhocker, Standuhr, Styroporsäule und Musikboxattrappe auf Ordnung hielt. In der einen Schublade seines Schreibtisches war das Papier mit Briefkopf, in der anderen das ohne, in die nächste hatte er die Umschläge nach Größe sortiert, und in der letzten verwahrte er die Bürooutensilien vom Locher bis zur Schere. Die unerledigte Post und die unbezahlten Rechnungen lagen in einem Körbchen auf der Schreibtischplatte. Alles, was nicht zu unmittelbarer Erledigung anstand, mußte sich in den Ordnern befinden, die die rechte Wand zwischen den Türen füllten. Sie trugen keine Aufschriften, sondern Nummern von 1.1 bis 1.7 und unter vierzehn weiteren Führungszahlen zwischen zwei und elf Folgezahlen. Die Führungszahlen standen für Themen: Portrait, Akt, Mode, Politik, Verbrechen, Werbung usw., die Folgezahlen für einzelne große Projekte oder auch alle kleinen Projekte eines Jahrs. Es war ganz einfach. Unter der Führungszahl 15 hatte Peschkalek seine großen Reportagen abgeheftet, die erste über italienische Baßgeigenbauer, die zweite über stillgelegte Stahlwerke in Lothringen und die nächsten drei über Football, Alphornblasen und Kinderprostitution in Deutschland. Der Ordner 15.6 war dem Viernheimer Anschlag gewidmet.

Ehe ich mich mit ihm auf die Toilette im Badezimmer setzte, rief ich bei Brigitte an und erzählte von Baustellen und Staus. »Ingo ist schon da? Ich werd's vor zehn nicht schaffen, wartet bitte nicht länger.«

Sie waren mit der Suppe schon fertig und hatten gerade mit dem Seeteufel angefangen. »Wir stellen dir was warm.«

Wie in den anderen Ordnern kamen auch in diesem zuerst

die Photos und dann die Texte. Ich brauchte eine Weile, bis ich erkannte, was die Photos zeigten. Sie waren dunkel, und ich wollte sie schon für mißraten halten. Aber es waren Nachtaufnahmen. Ein Wagen, vermummte Gestalten in einem Wald, Erdaufschüttungen, an denen sich die Vermummten zu schaffen machen, Uniformierte, eine Explosion mit zwei durch die Luft wirbelnden Körpern, ein Feuer, Rennende. Der Viernheimer Anschlag im Bild.

Die Texte begannen mit einem Brief an die regionale und überregionale Presse, in dem sich die Gruppe »Nach dem Herbst kommt der Winter« zum Anschlag auf das Giftgaslager im Lampertheimer Forst bekannte und Drohungen gegen Kapitalismus, Kolonialismus und Imperialismus ausstieß. In einem späteren Brief schrieb Peschkalek über einen Terroristen, der aussteigen wolle und sich ihm anvertraut, ihm Bekenntnisse übergeben und einen Videofilm überlassen habe, in dem es um den Anschlag auf das Giftgaslager in der Viernheimer Heide gehe. Peschkalek pries das Material, legte zum Beweis seiner Qualität Ausschnitte aus dem Videofilm und Auszüge aus den Bekenntnissen bei und forderte für alles zusammen eine Million. Der Brief war an das ZDF gerichtet. Das nächste Blatt des Ordners listete auf, an wen er sich danach gewandt hatte: die verschiedenen Rundfunkanstalten, das Hamburger Nachrichtenmagazin und Wochenblatt, nach den renommierten Zeitschriften die Skandalblätter, zuletzt die Boulevardpresse. Es folgten die Antworten. Bestenfalls waren sie erstaunt gehalten: Das Material sehe interessant aus, aber von einem Anschlag auf ein Giftgaslager in der Viernheimer Heide sei nichts bekannt. Gelegentlich hieß es süffisant, vom Anschlag wisse die Polizei nichts – da hatte jemand recherchiert und sich geärgert. Meistens wurde mit Vordruck oder nach Textbausteinen ohne Umschweife dankend abgesagt. Schließlich fand ich im Ordner noch die Bekenntnisse des Terroristen, ein Manuskript von 80 Seiten, sichtbar von demselben Drucker gedruckt wie Peschkaleks Briefe, und in einer Plastikfolie die amerikanische Akte. Ich verzichtete darauf, mir den Videofilm anzuschauen, der mit 15.6 gekennzeichnet war, mir reichten die Ausschnitte.

Ich brauchte eine Weile, bis ich mich auf den Weg zu Brigitte machen konnte. Ich steckte ein paar Photos ein, löschte das Licht im Badezimmer, stellte den Ordner zurück, setzte mich in den venezianischen Sessel und schaute zum Fenster hinaus. Auf dem Balkon gegenüber hatten sich drei zum Skat eingefunden; ich hörte das Reizen und Bieten und manchmal eine Faust mit der Karte auf den Tisch schlagen. Über dem Handelshafen blinkte ein rotes Licht und warnte die Flugzeuge vor einem Baukran.

Hatten also Lemke und Peschkalek ein Spektakel für die Medien inszeniert? Ich hätte schon viel früher wissen können, daß Lemke an keine politischen Kämpfe mehr glaubt und keine mehr führt. Ein Fanatiker, ein Terrorist – das paßte nicht zu ihm. Er mochte in die entsprechende Rolle schlüpfen und sie überzeugt und überzeugend spielen. Aber das war auch alles. Lemke war Spieler, Stratege, Spekulant. Mit ein paar dummen jungen Leuten hatte er Terrorismus inszeniert, so inszeniert, daß die Medien eigentlich hätten davon voll sein und sich um das Material reißen müssen. Es gab sogar Tote, vermutlich nicht geplant, jedoch nützlich für den Wert des Spektakels und den Preis des Materials. Aber niemand spielt mit: nicht die Amerikaner, nicht die Polizei, nicht die Medien. Nichts wird aus der Million, die sie kassieren wollten.

25
Komisch

Ich rief Nägelsbach nicht an. Ich fuhr zu Brigitte, fand sie mit Peschkalek und Manu bei Schokolade, Espresso und Sambuca und über einer Partie ›Risiko‹. Ich tat mich nicht leicht mit ihrer Fröhlichkeit. Aber wegen langer Autobahnfahrt wurde mir Müdigkeit konzediert. Ich schaute beim Spiel zu und aß die Reste auf.

Es ging heiß her. Nachdem er jahrelang in Rio gelebt hat, erobert und verteidigt Manu Südamerika um jeden Preis. Zur Sicherung Südamerikas versucht er, Nordamerika und Afrika zu besetzen, sonst ist ihm die Welt egal. Brigitte spielt ›Risiko‹ zwar mit, weil sie kein Spielverderber sein will. Aber wenn sie Australien hält, phantasiert sie ihr harmonisches Zusammenleben mit den Aborigines und ist an weiteren Eroberungen nicht interessiert. So konnte Peschkalek mühelos Europa und Asien einnehmen. Aber seine Aufgabe war, Australien und Südamerika zu befreien, und anders als Brigitte und Manu nahm er seine Aufgabe ernst, verstrickte sich in einen heillosen Zweifrontenkrieg und gab erst Ruhe, als er von Manu und Brigitte vernichtend geschlagen war. Sie freuten sich, und er lachte mit. Aber es wurmte ihn. Er war kein guter Verlierer.

»Zeit fürs Bett!« Brigitte klatschte in die Hände.

»Nein, nein, nein.« Manu war aufgedreht, rannte vom Wohnzimmer in die Küche, von der Küche ins Wohnzimmer und schaltete den Fernsehapparat an. Jugoslawien brach auseinander. Rostock war bankrott. Ein Baby, in Lüdenscheid aus dem Krankenhaus entführt, wurde in Leverkusen in einer Telephonzelle gefunden. Der Franzose Marcel Croust besiegte den Russen Viktor Krempel im Kandidatenturnier in Manila und etablierte sich als Herausforderer des Schachweltmeisters. Die Bundesanwaltschaft meldete, daß die mutmaßlichen Terroristen Helmut Lemke und Leo Salger in einem Dorf in Spanien verhaftet worden seien und nach Deutschland überstellt würden. Das Fernsehen zeigte, wie sie mit gefesselten Händen von Polizisten mit schwarzgelackten Hüten zu einem Hubschrauber geführt wurden.

»Ist das nicht...«

»Ja.«

Brigitte kannte Leo von dem Photo, das auf meinem Schreibtisch am Löwen gelehnt hatte. Sie schüttelte den Kopf. Mit ungewaschenem, strähnigem Haar, übernächtigtem Gesicht und schmuddeligem kariertem Hemd fand Leo nicht ihre Billigung.

»Wirst du sie wiedersehen?« Sie fragte ganz angelegentlich. Schon als ich ihr von der Fahrt mit Leo nach Locarno erzählt habe, hat sie nicht viel Aufhebens davon gemacht. Auch damals habe ich ihr nicht geglaubt.

»Ich weiß nicht.«

Peschkalek schaute wortlos auf den Fernsehschirm. Ich konnte sein Gesicht nicht sehen. Als die Nachrichten gelaufen waren, räusperte er sich. »Phantastisch, was die europäische Zusammenarbeit der Polizei heute leistet.« Er wandte sich mir zu und holte zu einem kleinen Vortrag über Interpol, das Schengener Abkommen, das Europäische Kriminalamt und Kommissar Computer aus.

»Du wirst versuchen, an die beiden ranzukommen...«

»Sollte ich wohl, oder?«

»...und willst sie überreden, die Rolle zu spielen, die ich nicht spielen wollte?«

Er überlegte, was ich auf welche Antwort als nächstes fragen würde, war sich nicht sicher und wich aus. »Muß mal sehen.«

»Was hast du ihnen zu bieten?«

»Ich verstehe nicht.« Ihm wurde ungemütlich.

»Nun, die Bundesanwaltschaft kann Anklagepunkte fallenlassen, niedrigere Strafen beantragen, Begnadigungen befürworten, um den Käfertal-Anschlag zu retten. Was kannst du bieten? Geld?«

»Ich und Geld?«

»Für eine gute Reportage gibt's doch auch ein gutes Geld, oder?«

»Das ist alles nicht so toll.« Er stand auf. »Ich muß los.«

»Nicht so toll? Da sollten doch Hunderttausende drin sein und mit den richtigen Photos und echten Texten noch mehr. Wie wär's mit einer Million?«

Er sah mich irritiert an. Er hätte gerne gewußt, ob ich nur so drauflos geredet hatte oder ihm etwas bedeuten wollte. Der Fluchtinstinkt siegte. »Also dann.«

Brigitte hatte uns irritiert zugehört. Als Peschkalek gegangen war, nach Kuß links und Kuß rechts, wollte sie von mir wissen, was los sei. »Habt ihr Streit?« Ich wich aus. Dann lagen wir im Bett, sie legte ihren Kopf auf meinen Arm und sah mich an.

»Du?«

»Was ist?«

»War das der Preis dafür, daß sie dich aus dem Gefängnis gelassen haben? Hast du ihnen gesagt, wo die beiden zu finden sind?«

»Um Gottes willen ...«

»Ich find's in Ordnung. Das Mädchen kenne ich nicht weiter, aber sie zieht mit ihm rum, und er hat dich zusammengeschlagen. Das war er doch? Der mir damals begegnet ist, als ich dich gefunden habe, blutig und fertig?«

»Ja. Aber ich hatte keine Ahnung, daß sie in Spanien waren. Leo hat ein- oder zweimal angerufen, und es klang weit weg – das war alles.«

»Komisch.« Sie drehte sich um, kuschelte sich mit dem Rücken an mich und schlief ein.

Mir war klar, was sie komisch fand. Wie kommt ein Polizist in einem gottverlassenen Dorf in der spanischen Provinz dazu, sich um deutsche Terroristen zu kümmern? Nicht ohne einen Hinweis. Ich stellte mir den deutschen Touristen vor, der im Ausland zur Polizei geht und zu Protokoll gibt, er erkenne in den Bewohnern des benachbarten Bungalows gesuchte Terroristen. Dann fiel mir der Hinweis ein, der Rawitz und Bleckmeier zu mir geführt hatte, und vor allem der andere, der mich ins Gefängnis gebracht hatte. Der war nicht von einem Touristen gekommen. Ebensowenig der Hinweis, der Tietzke zu Wendts Leiche geholt hatte. Auf mich mochte einer hingewiesen haben, der mich zufällig gesehen und erkannt hat, ein Mannheimer, den ein schöner, sommerlicher Tag in den Odenwald und nach Amorbach gelockt hatte. Den Hinweis auf Wendts Leiche hatte Wendts Mörder gegeben.

26
Spitzes Kinn und breite Hüften

Philipp war nicht in seinem Krankenzimmer.

»Er ist im Garten.« Die Krankenschwester trat mit mir ans Fenster. Im Morgenmantel ging er um einen kleinen runden Teich, jeden Schritt so vorsichtig setzend, als bewege er sich auf dünnem Eis. Ich sah ihm zu. So laufen alte Männer, und wenn Philipp auch bald wieder normal laufen würde – eines Tages würde es nur noch so vorangehen. Eines Tages würde auch ich nur noch so vorankommen.

»Ich bin schon bei der dritten Runde. Vielen Dank, deinen Arm brauche ich nicht, ich nehme auch den Stock nicht, den sie mir geben wollen.«

Ich lief neben ihm her und widerstand der Versuchung, mit derselben Vorsicht aufzutreten wie er.

»Wie lange behalten Sie dich noch?«

»Ein paar Tage, vielleicht eine Woche – du kriegst nichts raus aus den Ärzten. Wenn ich ihnen sage, daß sie mir nun wirklich nichts vormachen müssen, lachen sie. Ich hätte mich selber operieren sollen, dann wüßte ich jetzt Bescheid.«

Ich überlegte, ob das geht.

»Ich muß hier raus.« Er fuchtelte mit den Armen. Die jungen, hübschen Krankenschwestern machten ihm zu schaffen. »Es ist verrückt – ich hab sie immer gemocht, die netten wie die biestigen, die knackigen und die weichen. Ich gehöre nicht zu den Männern, die große Brüste brauchen oder blondes Haar. Wenn sie jung waren, wenn sie diesen Blick hatten, diesen leeren Blick, bei dem du nicht weißt, ob er alles durchschaut oder nichts begreift, wenn sie so dufteten, wie nur junge Frauen duften können – das war's. Jetzt«, er schüttelte den Kopf, »jetzt kann eine noch so nett sein und mir schöne Augen machen – ich sehe nicht das junge Mädchen, das sie ist, sondern die alte Frau, die sie mal sein wird.«

Ich verstand nicht. »Eine Art Röntgenblick?«

»Nenn's, wie du willst. Da ist zum Beispiel morgens Schwester Senta, ein süßes Gesicht, zarte Haut, spitzes Kinn, kleiner Busen und breite Hüften, tut streng, aber kichert gern – früher hätte es geknistert. Jetzt sehe ich sie an und sehe vor mir, wo sie eines Tages vom Strengtun den mißmutigen Zug um den Mund kriegt, wo auf der Backe die Adern platzen, wie der Hüftspeck über die Taille quillt – ist dir übrigens schon aufgefallen, daß alle Frauen mit spitzem Kinn breite Hüften haben?«

Ich versuchte, mir Kinne und Hüften der Frauen, die ich kenne, zu vergegenwärtigen.

»Oder Verena, die Nachtschwester. Ein rassiges Weib, aber was jetzt verrucht aussieht, sieht bald nur noch verlottert aus. Früher wär mir das schnuppe gewesen. Jetzt seh ich's, und der Ofen ist aus.«

»Was hast du gegen verlotterte Frauen? Ich dachte, du siehst Helenen in jedem Weibe.«

»Hab ich auch, und ich hab's immer gerne so gehabt und würde es gerne weiter so haben.« Er schaute traurig. »Aber es klappt nicht mehr. Jetzt sehe ich in jeder Frau nur die Xanthippe.«

»Vielleicht liegt es einfach daran, daß du krank bist. Du warst noch nie krank, oder?«

Er hatte diese Erklärung auch schon erwogen. Aber er hatte sie verworfen. »Es war ein alter Traum von mir, einmal im Krankenhaus Patient zu sein und von den Schwestern verwöhnt zu werden.«

Es gelang mir nicht, ihn aufzumuntern. Auf dem Rückweg zur Station stützte er sich auf meinen Arm. Schwester Eva half ihm ins Bett. Sie hieß nicht nur so, sondern sah auch so aus, aber er würdigte sie keines Blickes. Als ich ging, hielt er mich fest. »Muß ich jetzt dafür büßen, daß ich die Frauen geliebt habe?«

Ich ging. Aber ich ging zu spät. Sein trauriges Grübeln hatte mich angesteckt. Da macht einer die Frauen zum Sinn seines Lebens, nichts Flüchtiges wie Ruhm und Ehre, nichts Äußerliches wie Geld und Gut, nicht die trügerische Gelehrsamkeit und nicht die eitle Macht. Aber es hilft ihm nicht; die Sinn- und Lebenskrise kommt trotzdem, wie bei allen anderen. Mir fiel nicht einmal ein Verbrechen ein, mit dem Philipp seine Lebenslüge retten könnte.

Ich rief Frau Büchler an: »Ich weiß den Mörder. Aber ich kenne sein Motiv nicht und habe keine Beweise. Vielleicht weiß Herr Wendt mehr, als er weiß – ich sollte jetzt wirklich mit ihm reden.«

»Rufen Sie in ein paar Stunden noch mal an. Ich gucke, was sich machen läßt.«

Ich ging in den Luisenpark und fütterte die Enten. Um drei sprach ich wieder mit Frau Büchler. »Seien Sie morgen vormittag in Ihrem Büro. Er weiß noch nicht, wann er bei Ihnen vorbeikommt, aber er kommt vorbei.« Sie zögerte einen Moment. »Er ist ein machtgewohnter Mann und kann herrisch und ruppig sein. Zugleich ist er sensibel. Was Sie ihm Schmerzliches über seinen Sohn und dessen Tod sagen müssen – bitte sagen Sie's vorsichtig. Und drücken Sie ihm nicht die Rechnung in die Hand, sondern schicken Sie sie mir.«

»Frau Büchler, ich...«

Sie legte auf.

27

Nägel mit Köpfen

Um neun Uhr war ich in meinem Büro. Ich goß die Zimmerpalme, leerte die Aschenbecher, wischte auf Schreibtisch und Aktenschrank Staub und legte Füllhalter und Bleistifte ordentlich nebeneinander.

Es klingelte. Über das Autotelephon unterrichtete mich der Chauffeur, Wendt werde in einer halben Stunde bei mir sein.

Er fuhr im Mercedes vor. Der Chauffeur hielt ihm den Schlag auf. Ehe Wendt ausstieg, musterte er das Haus und mein Büro, das verspiegelte Rauchglas in Tür und Schaufenster des ehemaligen Tabakladens und die goldene Schrift: »Gerhard Selb, Private Ermittlungen«. Er wuchtete sich aus dem Auto und blieb stehen, vorsichtig, tastend, als müsse er für seinen schweren Körper die Balance finden. Ein Elefant, der den Rumpf wiegt, Kopf und Rüssel schwingt und bei dem man nicht weiß, ob er verlernt hat, seine Kraft zu gebrauchen, oder ob er gleich losstapft und alles platt macht. Mit schweren Schritten kam er an die Tür. Ich öffnete.

»Herr Selb?« Seine Stimme dröhnte.

Ich begrüßte ihn. Trotz der sommerlichen Temperatur fror er und behielt den Mantel an.

Als wir uns am Schreibtisch gegenübersaßen, kam er sofort zur Sache: »Wer hat ihn umgebracht?«

»Sie werden ihn nicht kennen. Ihr Sohn und er waren einmal befreundet, dann hatten sie jahrelang nichts miteinander zu tun, und jetzt haben sich ihre Wege wieder gekreuzt, und sie sind aneinandergeraten. Ich weiß noch nicht, ob er ihren Sohn unter Druck gesetzt hat oder umgekehrt von

Ihrem Sohn unter Druck gesetzt wurde, ob er was von Ihrem Sohn wollte oder Ihr Sohn was von ihm. Hatten Sie mit Ihrem Sohn in den Tagen oder auch Wochen vor seinem Tod Kontakt?«

»Wo denken Sie denn hin? Wir sind Vater und Sohn! Er ist studiert und hat das Examen und den Doktor – manchmal ist es mir zu hoch, was er spricht und macht. Und er versteht oft nicht, wie meine Sachen laufen. Aber er hat mich immer respektiert, immer.« Der alte Wendt polterte. Dabei blieb sein Gesicht starr. Mit starken Knochen an Schläfen, Backen und Kinn war es eckig, trotz des vielen Fetts, die Augen sahen unter breiter Stirn und wulstigen Brauen hervor, ohne daß die Pupillen zitterten oder die Lider zuckten, nur der Mund bewegte sich und ließ die Worte herausdröhnen.

»Herr Wendt, kennen Sie die Gegend zwischen Viernheim und Lampertheim? Den Wald, in dem die Amerikaner ein Lager haben?«

»Wieso?«

»Ihr Sohn hatte mit einem Anschlag zu tun, der dort verübt wurde, genau gesagt mit den Leuten, die den Anschlag verübt haben. In seiner Aktentasche fand sich ein Plan der Gegend. Hat die Polizei Ihnen nichts davon gesagt?«

Er schüttelte den Kopf. »Was für ein Plan?«

»Nichts Tolles. Er zeigte das Autobahndreieck Viernheim und ein paar Kilometer darum herum mit den Gemarkungs- oder Abteilungsnummern, eine schwarzweiße Kopie in DIN A 4.«

»Rolf...« Er redete nicht weiter.

»Ja?«

»Ich hätte gerne mehr für meinen Sohn getan. Sie wissen, wo er wohnte und wie – was hätte er für Wohnungen haben können! Wofür habe ich mein Leben lang geschafft?«

Ich konnt's ihm nicht sagen und wartete.

»Alles hätte er von mir haben können, alles. Aber die Karte...«

»Welche Karte?«

Er starrte auf die Schreibtischplatte zwischen uns, griff nach einem Bleistift und drehte und wendete ihn in seinen klobigen Händen. »Ich wollte nicht, daß alles wieder losgeht. Ich weiß nicht, wie tief er damals dringesteckt hat. Jedenfalls ist er nicht leicht davon losgekommen. Als er mit der Arbeit anfing, hätt's ihn beinahe eingeholt, und jetzt, wo er was werden sollte, mit der eigenen Praxis oder dem eigenen Krankenhaus, konnte er doch nicht wieder reingeraten.«

»Was hat das miteinander zu tun – die politischen Geschichten, die Ihr Sohn Anfang der siebziger Jahre mitgemacht hat, und die Karte, von der Sie gesprochen haben?«

Der Bleistift zerbrach, und Wendt knallte die beiden Hälften auf den Schreibtisch. »Ich habe Sie nicht angestellt, damit Sie mich verhören.«

Ich sagte nichts.

Auch er schwieg und sah mich an, als sei ich eine bittere Medizin. Schlucken oder nicht Schlucken? Als ich ansetzen und ihm zureden wollte, winkte er ab und begann zu reden. Rolf hatte wenige Tage vor seinem Tod die Karte haben wollen, auf der verzeichnet war, wo am Ende des Krieges Giftgas in der Viernheimer Heide und im Lampertheimer Forst vergraben worden war. Er hatte die Karte schon einmal haben wollen. »Da war er noch auf der Schule und hatte gerade einen Unfall mit gestohlenem Wagen und ohne Führerschein hinter sich. Ich habe Himmel und Hölle in Bewegung gesetzt, um die Sache in Ordnung zu bringen, und kaum hab ich's geschafft, erwische ich ihn, wie er sich nachts an meinem Schreibtisch und meinem Safe zu schaffen macht und nach der Karte sucht. Ich hab ihn verdroschen, daß ihm Hören und Sehen vergangen ist. Vielleicht...« Sein Blick wurde unsicher. »Dann hat es keinen Ärger mehr gegeben, er hat sein Abitur gemacht und das Examen und den Doktor. Also haben die Schläge geholfen, oder? Daß er nicht Chirurg geworden ist, habe ich ihm nicht weiter übelgenommen, das muß jeder selber wissen. Und daß er mit mir nicht mehr viel geredet hat – ich weiß nicht, was man Ihnen erzählt hat, aber das wäre wieder geworden. In einem bestimmten Alter tun sich die Buben schwer mit ihren Vätern. Das geht vorbei.« Er sah mich wieder fest an.

»Warum wollte Ihr Sohn die Karte?«

»Beim ersten Mal habe ich ihn nicht recht zu Wort kommen lassen, fürchte ich, und beim zweiten hat er es mir nicht sagen wollen. Hat der Mörder meines Sohns die Karte haben wollen? Wollen Sie sagen, daß mein Sohn noch leben würde, wenn ich ihm die Karte gegeben hätte?« Er stand auf. »Es ging mir um ihn, verstehen Sie, um ihn. Daß Schluß ist mit dem verrückten politischen Kram. Meinethalben hätte er die Karte haben können, ich brauche sie nicht mehr.«

Ich konnte ihm nicht garantieren, was er hören wollte. Ich wußte nicht, was Rolfs Tod an dem regnerischen Nachmittag unter der Autobahnbrücke vorausgegangen war. Aber selbst wenn die Karte einen Mord wert war – ich konnte mir nicht vorstellen, daß einer Rolf ermordete, wenn er die Karte von ihm erpressen wollte. Ich sagte es Wendt. »Ist die Karte einen Mord wert?«

»Heute? Vielleicht war sie es einmal. Schauen Sie sich den Großraum Ludwigshafen–Mannheim–Heidelberg an: Wenn man, statt ihn zusammen- und zuwachsen zu lassen, zur Entlastung eine Stadt gründen wollte, eine richtige Stadt, dann kommt nur die Gegend zwischen Lampertheim, Bürstadt, Lorsch und Viernheim in Frage. Autobahn- und Eisenbahnanschluß, zwanzig Minuten mit dem Hochgeschwindigkeitszug bis Frankfurt und ebenfalls zwanzig Minuten mit dem eigenen Auto bis Heidelberg, ringsum Natur, Odenwald und Pfälzer Wald zum Greifen nah – klingt gut, nicht? In den sechziger und siebziger Jahren klang es sehr gut. Aber heute denkt und plant man nicht mehr so. Heute ist alles wieder klein und niedlich und mit Türmchen und Erkerchen. Nur den Hochgeschwindigkeitszug baut man inzwischen. Wenn

Sie mich fragen – wir wären alle besser dran, wenn man damals Nägel mit Köpfen gemacht hätte.«

»Wollten die Amerikaner damals weg?«

»Das hieß es. Und so haben wir zu kaufen angefangen. In Neuschloß gingen die Preise hoch, und ein Immobilienhändler aus Frankfurt wollte besonders schlau sein und hat für die alte Revierförsterei an der Straße nach Hemsbach eine halbe Million hingelegt.« Er lachte und schlug sich auf die Schenkel. »Eine halbe Million!«

»Und mit der Karte wußten Sie, was zu kaufen lohnte und wovon man besser die Finger ließ.«

»Nein, an das eigentliche Gelände war nicht dranzukommen, da saßen und sitzen die Amerikaner. Aber wenn sie gegangen wären und wenn sie, als sie da waren, nicht schon selbst aufgeräumt haben, und wenn die Stadt gebaut worden wäre – dann wäre die Karte Gold wert gewesen. Wenn, wenn, wenn – ein sicherer Gewinner war sie nie.«

»Wo haben Sie die Karte her?«

»Ich habe sie gekauft.«

Ich sah ihn fragend an.

»Natürlich nicht in der Buchhandlung. Ein junger Mann hat sie im Nachlaß seines Vaters gefunden und war gescheit genug, ihren Wert fürs Immobiliengeschäft zu erkennen. Ich habe ganz schön was berappen müssen.«

Ich zeigte ihm den jugendlichen Lemke auf einem Photo aus Leos Album. Er sah es an und nickte. Ich glaubte nicht, daß Lemke die Karte aus dem Nachlaß seines Vaters hatte. Leo hatte vom Praktikum erzählt, das Lemke bei ihrem Vater im Verteidigungsministerium absolviert hatte – damals muß er auf die Karte gestoßen sein und sie gestohlen haben. Dann hatte er sie dem alten Wendt verkauft, um sie vom jungen Wendt wieder beschaffen zu lassen. Vermutlich wollte er beim nächsten Immobilienmagnaten das gleiche Geschäft noch mal machen, für die Kasse des KBW oder auch für den eigenen Beutel.

»Herr Wendt, haben Sie Ihrem Sohn gesagt, wie Sie an die Karte gekommen sind?«

»Werd ich wohl.«

»Das hat geholfen, nicht Ihre Schläge. Lemke, der Ihnen die Karte verkauft hat, hat Ihren Sohn dazu gebracht, sie Ihnen wieder wegzunehmen. Er wird ihm nicht gesagt haben, daß er Ihnen die Karte verkauft hat, wird überhaupt nicht von Geld geredet haben, sondern von hohen politischen Zielen. Er war das politische Idol Ihres Sohnes, Ihr Sohn hat an ihn geglaubt – bis er gemerkt hat, daß Lemke ihm nur was vorgemacht und ihn benutzt hat.«

»Hat er …?«

»Nein, er hat Ihren Sohn nicht umgebracht.«

Er nahm die beiden Hälften des zerbrochenen Bleistifts und versuchte, sie zusammenzusetzen.

»Kann ich die Karte haben?«

»Hilft sie Ihnen bei der Arbeit?«

»Ich glaube schon.«

Er schwieg und musterte mich. Das Gespräch hatte ihn erschöpft. Ohne mich zu fragen, nahm er mein Telephon, rief seinen Chauffeur an und hieß ihn vorfahren. Er stand auf, stützte sich auf den Schreibtisch, fand die Balance, trat ans Fenster und wartete, bis der Wagen vorfuhr. Unter der Tür sagte er über die Schulter: »Sie hören von mir.«

28
Rot markiert

Wendts Antwort ließ nicht lange auf sich warten. Als ich mit Brigitte telephoniert hatte, kam der Anruf von Frau Büchler. Sie schicke gerade einen Boten zu mir. Herr Wendt wüßte den Inhalt der Sendung gerne vernünftig verwendet; wiederhaben wolle er ihn nicht. Nach dem Abschluß der Ermittlungen erwarte er einen ausführlichen schriftlichen Bericht. »Der Bericht geht an mich, und an mich geht auch die Rechnung. Ich wünsche Ihnen viel Erfolg, Herr Selb.«

Ich wartete auf den Boten und schaute aus dem Fenster. Auf der Augustaanlage sind selten Fußgänger unterwegs. Es gibt ringsum einige Schulen, aber die Kinder nehmen den Schulweg über die Nebenstraßen. Es gibt auch einige Büros, große und kleine, aber die, die dort arbeiten, fahren Auto. Ich schaute der Politesse bei der Arbeit zu. Dann blieb das Fenster lange leer, bis zwei dunkle Herren in hellen Anzügen in den Blick kamen, stehenblieben, aufeinander einredeten und weitergingen, der eine verärgert voraus, der andere besorgt hinterher. Eine junge Frau schob einen Kinderwagen durchs Bild. Ein kleiner Junge mit Schulranzen rannte vorbei. Ich zündete mir eine Zigarette an.

Der Bote kam mit dem Motorrad. Er stellte die Maschine nicht aus, während er mir auf den Stufen, die zur Tür führen, einen großen gelben Umschlag übergab und sich den Empfang bestätigen ließ. Ehe er davondonnerte, legte er den Zeigefinger grüßend an den Helm.

Ich mußte den Schreibtisch leerräumen, um die Karte auszubreiten. Sie sah völlig belanglos aus. Kleine grüne Einsen und Zweien für Nadel- und Laubwald, westlich vom blauen

Baumholzgraben ein paar braune Höhenlinien und das ganze Gelände von grauen Schneisen in Rechtecke geschnitten, die mit Zahlen zwischen zehn und vierzig numeriert waren. An elf Stellen waren neben den Schneisen streichholzschmale, etwa zwei Zentimeter lange Flächen rot markiert. Manche Flächen waren mit besonders breiter Schraffur, einige zusätzlich mit einem Fragezeichen gekennzeichnet. War das da, wo Giftgas vom Ersten Weltkrieg vergraben war oder vermutet wurde? Die Karte hatte keine Legende. Sie trug auch keine Überschrift, nur eine vielstellige Zahl, die Angabe des Maßstabs, einen Stempel mit Reichsadler und Hakenkreuz und ein Handzeichen, das nicht zu entziffern war.

Ich faltete die Karte wieder zusammen. Ich habe keinen Safe, aber noch nie hat jemand meinen Aktenschrank aufgebrochen. Ich legte die Karte in das mittlere Fach unter die Schreckschußpistole. Ob es Kopien gab? Ich nahm an, daß Lemke damals eine gemacht hatte, die er jetzt für die Vorbereitung des Anschlags brauchen konnte. Vielleicht hatte sie ihn überhaupt auf die Idee gebracht. Sonst war mit Kopien nicht viel anzufangen, damals nicht und jetzt nicht. Kein Immobilienhändler würde für sie gezahlt haben, keine Zeitung sich für sie interessieren.

Dann studierte ich das Schattenspiel, das die Sonne und die goldene Schrift meiner Glastür auf den Boden zauberte: lange, leichte Buchstaben, die nach oben elegant auseinanderstrebten. Bis zum Abend hatte ich nichts zu tun. Aber ich hatte auch auf nichts Lust. Ich wollte die Sache hinter mich und den Fall zu seinem Ende bringen.

Ich aß im Kleinen Rosengarten Kalbsschnitzel in Zitronensauce. In einer frühen Nachmittagsvorstellung sah ich einen Film, in dem zuerst sie ihn liebt, aber er sie nicht, dann er sie, aber sie ihn nicht, dann keiner keinen und schließlich, nach einer zufälligen Begegnung nach vielen Jahren, er sie und sie ihn. Ich schwitzte, schwamm und schlief im Herschelbad. Ich wachte auf, als Peschkalek und Brigitte mir einen Geburtstagskuchen brachten, dessen Kerzen ich ausblasen sollte und nicht konnte. Die beiden standen neben mir, redeten auf mich ein und schlugen mir auf die Schultern. Immer wieder trafen sich dabei ihre Hände. Als ich spürte, daß sie sich festhielten, wollte ich mich umdrehen. Aber ich konnte nicht. Sie hatten mich in einen Schraubstock gespannt.

Ich wickelte mich aus dem Leintuch und sah auf die Uhr. Es war soweit.

29
Zweierlei Ding

Ich hatte mir den Schlüssel gemerkt. Das Schloß war sofort auf.

Ich sah mich um. Eineinhalb Stunden mußten reichen; länger konnte ich Brigitte, die meine Anregung gerne aufgegriffen und Peschkalek wieder eingeladen hatte, nicht vertrösten. Ich rief sie an. »Es tut mir leid, aber...«

»Wird's bei dir wieder später?«

»Ja.«

»Ist nicht so schlimm. Manu ist auch noch nicht zu Hause. Wann kommst du?«

Die Standuhr schlug. »Es ist jetzt acht. Halb zehn – das sollte ich schaffen. Laßt's euch schmecken, und laßt mir was übrig.«

»Wird gemacht.«

Es war ein bißchen länger hell als beim letztenmal. Noch konnte ich gut sehen. Diesmal warf ich nicht nur ein paar Blicke in den Schreibtisch, sondern suchte jedes Fach und jede Schublade nach der Pistole ab. Ebenso schaute ich hinter jeden Ordner. Ich ging das Schlafzimmer durch, tastete mich im Schrank von den Pullovern über die Hemden und die Unterwäsche zu den Socken und klopfte jede Jacke und jede Hose ab. Ich fand seine Schuhe nicht; da war kein entsprechender Schrank, kein entsprechendes Regal, und sie lagen auch nicht einfach herum. Ein Mann ohne Schuhe – das konnte nicht sein. Als ich mir das Bett vornahm und die Matratze hochhob, fand ich die Schublade, die unter das Bett gebaut war, und in ihr Schuhe über Schuhe, nach Farben sortiert und blank gewienert. Sie ganz herauszuziehen, um hinter ihr Ende zu schauen, erwies sich im engen Zimmer als schwierig. Aber ich schaffte auch das, kroch bäuchlings unter das Bett und tastete den Raum zwischen Schubladenende und Wand ab. Nichts.

Unter dem Bett war es eng, und ich wollte raus. Aber raus ging es schwerer als rein. Ich stemmte die Hände gegen die Wand, strampelte mit den Beinen und kam nicht weit. Mit den Beinen hatte ich mich unter das Bett geschoben. Aber ich konnte mich mit ihnen nicht hervorziehen. Da sieht man mal wieder, dachte ich, in eine Sache reinzugeraten und aus ihr rauszukommen ist zweierlei Ding. Mir fielen das Kloster und die Ehe ein, Fremdenlegion und schlechte Gesellschaft. Mir fiel der Löschteich ein, in den ich als kleiner Junge gesprungen war. Ich hatte gerade schwimmen gelernt. Nach zwei Runden merkte ich, daß an den glatten Betonwänden kein Hoch- und Rauskommen war. Ich war gefangen.

Schließlich stemmte und strampelte, schob und zog ich mich Zentimeter um Zentimeter hervor. Als mein Po nicht mehr zwischen Bett und Boden eingeklemmt war, ging es besser voran. Dann waren die Schultern frei, dann der Kopf. Ich atmete auf. Für einen Moment schloß ich die Augen und rollte auf den Rücken – ich konnte einfach nicht sofort aufstehen.

Als ich die Augen aufschlug, stand Peschkalek über mir. Er hatte die eine Hand in der Tasche, zwirbelte mit der anderen den Schnurrbart und sah auf mich herab.

»Wie lange stehst du schon da?« Es war keine gute Eröffnung. Ich hätte ihm das erste Wort lassen und ruhig aufstehen sollen.

»Ich hätte dich wohl rausziehen sollen, was? Vielleicht mit einer kleinen Entschuldigung, weil's unter meinem Bett so eng ist? Und eine Einladung: Was darf's als nächstes sein? Wo würden Sie jetzt gerne schnüffeln, Herr Privatdetektiv?« Er machte eine ironische Verbeugung.

»Wie kommst du überhaupt hierher?« Auch das war kein

guter Auftakt. Ich war durcheinander. Immerhin stand ich auf.

Er grinste. »Ich habe meine Uhr schlagen hören, als du vorhin telephoniert hast.« Das Grinsen wurde gehässig. »Und rat mal, warum ich mitgehört habe, als du angerufen hast. Warum hatten wir wohl unsere Köpfe zusammengesteckt, deine Brigitte und ich? Na?«

Er nahm die Hand aus der Tasche und ballte die Fäuste. Ich weiß nicht, ob er hoffte oder fürchtete, daß ich auf ihn losgehe. Ich dachte nicht daran. Ich stand auf und ließ mir Zeit.

»Na?« Er tänzelte.

»Wo hast du die Pistole?«

Er stand stocksteif. »Pistole? Wovon redest du?«

»Komm, Ingo. Außer dir und mir ist niemand hier. Es gibt keinen Polizeikommissar im Schrank und kein Mikrofon in meiner Krawattennadel. Du weißt, wovon ich rede, und ich weiß, daß du's weißt – warum sollen wir Theater spielen?«

»Ich verstehe wirklich nicht, wie...«

»Du hast recht, meine Frage war auch Theater. Warum sollst du mir sagen, wo du die Pistole versteckt hast. Oder hast du sie überhaupt weggeworfen?«

»Es langt, Gerd. Ich hab Brigitte gesagt, ich hol nur schnell das Gerät. Das werde ich jetzt auch tun. Dann mache ich die Bilder von Manu, die sie haben will, und esse den Kartoffelauflauf, der im Ofen schmort. Mach dir Licht, such weiter nach Pistolen, und schließ bitte ab, wenn du gehst.«

Er drehte sich um und ging ins andere Zimmer. Er war gut. Er war viel besser, als ich gedacht hatte. Und die Selbstverständlichkeit, mit der er von Brigitte, von Manu und vom Auflauf redete, traf mich mehr als das grobe Geschütz vom Kopf an Kopf beim Telephonieren. Ich sah ihm zu, wie er zwei Kameras und ein Blitzlicht in eine Ledertasche packte.

»Ich würde auch noch die 15.6 mitnehmen, Ordner und Video.«

Ganz langsam schob er den Riemen durch die Schlaufe,

setzte den Dorn in den Riemen und zog den Riemen fest. Er warf einen kurzen, suchenden Blick zum Regal.

»Ist alles noch da.«

Er hatte fertiggepackt. Aber er war sich nicht schlüssig. Er stand da, die Hände auf der Ledertasche, und sah aus dem Fenster.

»Übrigens habe ich die Karte, die du von Rolf kriegen wolltest.«

Jetzt wußte er noch weniger, was er machen sollte. Warf ich einen Köder aus? Machte ich ihm ein Angebot? Mit seiner Linken klopfte er einen wirren Rhythmus auf die Ledertasche.

»Ist Lemke nicht doch ein Risiko? Du bist davon ausgegangen, daß er mitspielt und dichthält. Dann hat er seinen Auftritt im Prozeß und du deine Story in den Medien. Wenn er dann aus dem Gefängnis kommt, kriegt er die Hälfte und kriegt sie mit Zins und Zinseszins. Davor kriegt er – was, acht Jahre, zehn Jahre? Ein hoher Preis, aber wo er nun eh erwischt wurde und bestraft wird – was hätte er davon, wenn er nicht mitspielen und dichthalten würde?«

Peschkaleks Hand klopfte langsam und gleichmäßig.

»Er hätte schon was davon. Er könnte dir heimzahlen, daß du ihn hast hochgehen lassen.«

Er wandte sich mir zu. »Ich ihn hochgehen lassen? Ich verstehe nicht...«

»Ich weiß nicht, ob man es dir regelrecht nachweisen kann. Tonbandaufnahmen, Stimmenvergleich – da gibt es heute zwar allerhand Möglichkeiten, aber der Polizei wird es den Aufwand nicht wert sein.« Ich schüttelte den Kopf. »Lemke braucht keinen regelrechten Nachweis. Wenn ich ihm auf die Sprünge helfe, weiß er genausogut wie ich, daß nur du es sein konntest und nicht der Spanientourist oder was weiß ich, als was du dich ausgegeben hast.«

Peschkalek sah mich an, als erwarte er den nächsten Schlag.

Ich holte aus. »Das Schlimme für dich ist, daß es für Lemke

gar nicht nur ums Heimzahlen geht. Wenn er schon beim Auspacken ist, kann er gleich die eigene Haut retten. Wenn er als Kronzeuge aussagt, kriegt er vielleicht nur noch vier bis fünf Jahre. Also was soll's? Er packt aus und erzählt die ganze Geschichte. Er erzählt sie so, daß du hinter allem steckst. Du hattest die Idee, hast alles ausgetüftelt und durchgeführt. Du hast geschossen, schon in Viernheim und dann in Wieblingen. Du bist es gewesen.«

30
Alles drin

Er gab auf. Köder, Angebot, Drohung – was immer ich spielen mochte, er traute sich nicht, nicht weiter mitzuspielen. Ans Mitspielen dachte er, nicht ans Aufgeben. Aber mein Spiel mitspielen, hieß seines aufgeben.

»Du glaubst doch nicht ernsthaft, daß ich Rolf Wendt erschossen habe!« Peschkalek sah mich entsetzt an.

»Du hast ihn unter Druck gesetzt. Du hast Lemkes Pistole gehabt. Du hast die Zeitung benachrichtigt. Du ...«

»Aber wie ...«

»Wie?« Ich fuhr ihn an. »Du möchtest wissen, wie man's dir beweisen soll? Du kannst sicher sein, daß die Polizei, wenn sie die Spur hat, auch die Beweise findet und was sie nicht selbst findet, von Lemke erfährt.«

»Nein, ich meine, wie kann ich ihn umbringen, wenn ich ihn erpressen will?«

»Das soll doch nicht meine Sorge sein!«

»Es war ein Unfall. Rolf ...«

»Der Schuß ein Unfall? Komm, Ingo ...«

»Hör mir wenigstens zu, wenn ich schon rede.« Er sah mich an, halb verzweifelt und halb wütend, und ich schwieg. »Ich weiß selbst, daß es verrückt klingt. Rolf und ich hatten gestritten, weil ich die Karte haben und er sie nicht geben wollte und ich gedroht habe, ich werde der Polizei melden, daß er Leo in der Anstalt versteckt hat. Er hat mich gepackt, und ich habe seine Arme weggeschlagen und ihn zurückgestoßen, und dann ist er hinterrücks gestürzt.«

»Und?«

»Er blieb liegen. Zuerst habe ich gedacht, er macht einen

Witz, und dann, er ist ohnmächtig. Dann war mir auf einmal so seltsam, und ich habe seinen Puls gefühlt. Nichts. Er war tot.« Peschkalek setzte sich in den venezianischen Sessel, legte die Arme auf die Lehnen, hob die Hände und ließ sie fallen. Ich wartete. Mit schiefem Lächeln warf er mir einen kurzen Blick zu. »Ich hatte die Pistole dabei, um ihm Eindruck zu machen, und wo er nun eh tot war... Also hab ich geschossen.«

»Alles, um deine Geschichte loszukriegen? Du dachtest...«

»Ich dachte nicht nur. Es hätte auch geklappt, wenn du nicht dazwischengekommen wärst. Dann wäre der Reporter vor der Polizei dagewesen, hätte die kleine Karte gefunden und sich Gedanken gemacht, und ich hätte ihm auf die Sprünge helfen können. Aber auch so ist die Sache in Bewegung und an die Öffentlichkeit gekommen.«

»Hat Lemke dir die Pistole gegeben?«

»Der und mir was geben?« Er lachte. »Helmut ist vom Stamm Nimm. Und ich war jahrelang vom Stamm Gib. Ich war stolz, daß ich dabeiwar, und hab mich herumkommandieren lassen. Die Mädels haben Kaffee machen und Spaghetti kochen müssen, und ich war für elektrische Leitungen, Geräte und Autos zuständig. Deswegen wollte Helmut mich auch dabeihaben, als er in Spanien eine New-Age-Geschichte mit Gruppen und Seminaren und Nacktbaden und heißen Quellen aufgezogen hat. Als es danebenging und er zurückkam, ging's gerade so weiter. Ich sollte dazugehören – das hieß, ich sollte die Technik organisieren. Aber ich hatte gelernt.«

Peschkalek hatte gelernt, daß einem nichts geschenkt wird daß man liegt, wie man sich bettet, und daß einen keine zudeckt. Das Ganze war Lemkes Idee gewesen.

»Man muß den Leuten was bieten, war sein Motto. Fußballspiele, Prominentenhochzeiten, Unfälle und Verbrecher – der postmoderne Terrorismus ist ebenso ein Medienereig nis und muß ebenso veranstaltet und vermarktet werden wie alles andere.« Um die Marktlücke zu füllen, brauchte Lemke Peschkalek, diesmal nicht nur, weil es bequemer war, sich nicht selbst um die Technik kümmern zu müssen, sondern weil er selbst dazu gar nicht in der Lage war. Er brauchte einen Kameramann. »Aber obwohl er mich brauchte, wollte er nicht halbe-halbe machen, sondern sollte ich nur ein Drittel kriegen. Ich hab mit ihm geredet, aber das hat nichts genützt. Er ist... irgendwie ist schlecht mit ihm reden. Da hab ich mir gesagt: Na warte, meine Stunde kommt noch.«

Sie kam. Zuerst war das Entsetzen groß. »Der Morgen danach – du machst dir keine Vorstellung. Wir sitzen vor dem Radio, jede volle Stunde gibt's Nachrichten, jedesmal denken wir: jetzt, und jedesmal ist nichts. Dabei hatten wir zwei Tote zu bieten – keine kleine Sache.« Auch die nächsten Tage war nichts, und zur Enttäuschung kam die Unsicherheit, was aus Bertram und Leo geworden war, was er nach seiner Festnahme ausgesagt hatte und ob auch sie festgenommen oder wohin sie untergetaucht war. Aber Bertram konnte eigentlich nichts Wichtiges verraten, weil er von Helmut und Ingo nichts Wichtiges wußte, und bei Leo war Helmut sicher, daß sie nichts würde verraten wollen. So machten sie sich an die Arbeit und schrieben Fernsehen und Zeitungen an. Als daraus nichts wurde, wollte Helmut die ganze Sache aufgeben. »Er hat dich zwar noch in Marsch gesetzt, damit du nach der Kleinen suchst, und er hat gesagt, er macht's, damit wir mehr Druck machen können, ohne fürchten zu müssen, daß sie die Sache eines Tages verpatzt. Mein Geld hat er dafür genommen. Aber ich glaube, er hat's nur gemacht, weil er die Kleine wiederhaben wollte, und hat längst an neue Sachen gedacht.«

Das war Peschkaleks Stunde. Er beschattete mich, wäre dadurch beinahe Leo auf die Spur gekommen, und hetzte Rawitz und Bleckmeier auf mich. Als auch der Schuß auf Rolf die Sache nicht hinreichend öffentlich machte, zeigte Peschkalek zunächst mich an und dann Helmut und Leo. »Helmut ist immer in Kontakt mit mir geblieben. Daß auch er mal auf die Nase fallen kann, daran hat er nicht gedacht.«

Peschkalek hatte sich warmgeredet und sah mich hoffnungsvoll fragend an. »Es ist noch alles drin, Gerd. Wenn der Prozeß kommt, Helmut Käfertal platzen läßt und Viernheim präsentiert – das schlägt ein wie eine Bombe, und Fernsehen und Zeitungen, alle, die von meiner Story nichts wissen wollten, werden sich um sie reißen. Mit der Karte, die du hast, wird die Geschichte noch besser und noch teurer. Das bringt leicht für jeden von uns eine halbe Million, leicht.« Er suchte vergebens in den Taschen von Jacke und Hose. »Hast du eine Zigarette?«

Ich zündete mir selbst eine an, warf ihm das gelbe Päckchen und das Feuerzeug zu und lehnte mich ans Regal. »Vergiß es. Das wird nichts mehr. Aber du könntest mir das Material geben.«

»Was willst du damit?«

»Keine Angst, ich mach's nicht zu Geld. Vielleicht kann ich Leo damit rausholen.«

»Du spinnst. An Viernheim arbeite ich seit einem halben Jahr. Das alles soll für die Katz sein?«

»Es ist eh aus. Die Polizei weiß, daß der Schuß auf Wendt aus Lemkes Waffe kam. Wenn sie es Lemke vorhält, weiß er, daß du ihm die Pistole genommen und auf Wendt geschossen hast. Er wird nicht für einen Mord zahlen wollen, den er nicht begangen hat. Er muß dich der Polizei nennen. Er hat gar keine andere Wahl. Gib's auf, Ingo.«

Ich griff 15.6 aus dem Regal, Ordner und Kassette. Er sprang auf und packte den Ordner und die Kassette. Ich versuchte, beides festzuhalten, aber hatte keine Chance. Er war jung, kräftig und wütend. Es gab ein kurzes Gezerre, dann hatte er sein Zeug wieder.

Peschkalek sah mich an, böse und lauernd. »Damit kommst du nicht durch.« Spielerisch holte er mit der Rechten nach mir aus. Ich wich zurück. Er legte den Ordner und die Kassette aus der Linken und kam näher. Ich hatte keine Ahnung, was er wollte. Er tanzte einen Schattenboxtanz, holte mal mit der einen, mal mit der anderen Faust aus, und ich wich weiter zurück. Drehte er durch? Dann traf mich sein Schlag, und ich stolperte rückwärts durch die offene Badezimmertür, riß Gläser, Flaschen und Wannen zu Boden und lag in den Trümmern der Dunkelkammer.

Ich rappelte mich auf. Es roch nach Chemie. Mit dem leisen Ploff, mit dem im Gasherd der Backofen angeht, zündete die Zigarette, die ich beim Sturz verloren hatte, die Pfütze unter der Badewanne. Ich stürzte am erschrockenen Peschkalek vorbei ins große Zimmer. Hinter mir machte es noch einmal Ploff und noch einmal, ich spürte die Wärme des Feuers, drehte mich um, sah das Feuer aus der Badezimmertür schlagen, den Teppich und das Regal ergreifen. Peschkalek zog sich die Jacke vom Leib und schlug auf das Feuer ein. Es war völlig aussichtslos.

»Raus!« Ich schrie. Das Feuer wurde laut. Im Schlafzimmer flammten Bett und Schrank. »Raus!«

Die Jacke, mit der er aufs Feuer einschlug, brannte. Ich packte ihn, aber er machte sich los. Ich packte ihn noch mal und zerrte ihn zur Tür. Ich riß sie auf. Als ein Windschwall hineinwehte, stand das ganze Zimmer in Flammen. Die Hitze trieb uns auf den Treppenabsatz. Hier blieb Peschkalek stehen und starrte gebannt in das flammende Zimmer. »Weg hier!« Aber er hörte mich nicht. Als er wie ein Schlafwandler auf die Tür und die Flammen zuschritt, stieß ich ihn die Treppe hinunter und hastete hinterher. Er stolperte, fing sich, stolperte wieder und überschlug sich.

Am Fuß der Treppe blieb er bewegungslos liegen.

31
Rawitz lachte

In den Häusern ringsum waren Lichter an- und Fenster aufgegangen. Die Leute lehnten heraus und riefen einander zu, was jeder sah: Es brennt. Noch vor der Feuerwehr war der Krankenwagen da und nahm den ohnmächtigen Peschkalek mit. Die Feuerwehr kam. Mit phantastischer Schnelligkeit zogen die Männer mit den blauen Uniformen, den putzigen Helmen und Beilchen am Koppel die Schläuche durch den Hausflur und eröffneten das Wasser. Viel war nicht mehr zu löschen.

Dann stocherte ich im heißen, nassen, schwarzen Matsch rum. Noch ehe mich der Feuerwehroffizier des Platzes verwies, sah ich, daß alles Suchen vergebens wäre. Da war nichts, was auch nur die entfernteste Ähnlichkeit mit einem Ordner oder einer Videokassette hatte.

Als die Polizei Zeugen notierte, stahl ich mich aus dem Hof. Ich wäre lieber in den ›Kleinen Rosengarten‹ oder nach Hause gegangen als zu Brigitte. Aber ich konnte sie nicht einfach warten lassen. Ich gab ihr eine geglättete und geschönte Version der Begegnung zwischen Peschkalek und mir. Sie gab sich damit zufrieden und ich mich damit, nicht zu erfahren, was es mit dem Kopf an Kopf auf sich hatte. Am späten Abend riefen wir in den Städtischen Krankenanstalten an, wo Peschkalek mit einer Gehirnerschütterung lag. Er hatte ein Bein und einen Arm gebrochen, aber sonst keinen Schaden davongetragen.

Dann lag ich im Bett und betrachtete die Trümmer meines Falls. Ich dachte an den Tod von Rolf Wendt, der in einer schicken Wohnung wohnen und sein eigenes Krankenhaus haben könnte, an Ingo Peschkalek, den kläglichen Mörder, und an Leos unstetes Leben zwischen Flucht und Gefängnis. Ich fürchtete, kein Auge zu schließen, und schlief doch wie in Abrahams Schoß. Im Traum mußte ich, von Flammen gejagt, steile Treppen hinunter- und Gänge entlangrennen. Aus dem Rennen wurde bald ein Schweben und Gleiten; ich sauste im Schneidersitz mit wehendem Nachthemd über die Treppen und durch die Gänge, ließ schließlich die Flammen weit hinter mir, bremste und landete sanft auf grüner Wiese zwischen bunten Blumen.

Der kürzeste Weg von Brigitte zu mir führt auf dem Steg über den Neckar zum Collini-Center, hinter dem Nationaltheater vorbei und über den Werderplatz. Morgens um sechs begegnet man keinem Menschen, nur die Goethestraße und die Augustaanlage sind schon einigermaßen befahren. Es hatte in der Nacht nicht abgekühlt, und der warme Morgen verhieß einen heißen Tag. In der Rathenaustraße kreuzte eine schwarze Katze meinen Weg. Ich konnte Glück brauchen.

Den Bericht für den alten Wendt schrieb ich, soweit ich ihn schreiben konnte. Dann ging ich das letzte Kapitel an.

Ich rief im Verteidigungsministerium an, wurde einige Male falsch und ein paar Male richtig weiterverbunden und hatte schließlich einen Beamten am Apparat, der mit den Giftgaslagern der beiden Weltkriege zu tun hatte. Er wolle nichts sagen und könne nichts sagen, aber natürlich seien sie an allem interessiert, das helfe, Gefahren abzuwehren und Schäden zu beseitigen. Viernheim? Kartenmaterial aus den Beständen zunächst der Wehrmacht und später des Verteidigungsministeriums? Eine Belohnung für die Herausgabe? Er wolle der Sache gerne nachgehen. Als ich ihm meine Telephonnummer nicht gab, gab er mir seine, die im Büro, die der Geschäftsstelle und die zu Hause.

Auch Nägelsbach wollte oder konnte nichts sagen. »Wie

es Frau Salger geht? Das Vorverfahren läuft auf vollen Touren, und wir haben strikte Weisung, vorerst gar nichts nach draußen zu geben. Die Bereitschaft, ausgerechnet bei Ihnen eine Ausnahme zu machen, dürfte gering sein.« Der Ton war so spitz wie der Satz. Aber Nägelsbach war bereit, ein Treffen mit Franz von der Bundesanwaltschaft zu arrangieren.

So saß ich ihnen am Nachmittag in der Heidelberger Staatsanwaltschaft noch mal gegenüber: dem eleganten Franz, dem unvermeidlichen Rawitz und Bleckmeier mit seiner sozusagen unverdrossenen Verdrossenheit. Nägelsbach war dabei, hatte seinen Stuhl aber nicht an den Tisch gerückt, um den wir anderen saßen, sondern neben die Tür gestellt, als wolle er schnell weglaufen oder auch einen von uns am Weglaufen hindern können.

»Sie wollten mich sprechen?«

»Ich habe Ihnen einen Sachverhalt zu berichten und ein Angebot zu machen.«

»O Gott!« Rawitz schaute genervt. »Jetzt sollen wir mit ihm handeln.«

»Ich fange mit dem Sachverhalt an, ja?«

Franz nickte, und ich erzählte von Lemkes postmodernem Terrorismus, von Wendts und Peschkaleks erster Begegnung vor vielen Jahren und ihrer letzten Begegnung unter der Autobahn bei Wieblingen. Ich erzählte von meinem Besuch bei Peschkalek, von Peschkaleks Material und von der Karte. Alles in allem blieb ich bei der Wahrheit. Ich ließ mich nur den Ordner und die Videokassette vor den Flammen gerettet haben.

»Sie meinen, der Mörder von Wendt liegt im Krankenhaus fest und wartet gewissermaßen auf seine Festnahme?«

»Gewissermaßen. Allerdings habe ich nicht gesagt, daß er Wendt ermordet hat. Ich halte seine Version für glaubhaft.«

»Pah«, blaffte Rawitz.

»Und welches Angebot haben Sie zu machen?« Franz trug wieder sein freundliches Lächeln.

Ich lächelte zurück, ließ sie ein bißchen warten und die Spannung steigen. »Ich behalte Peschkaleks Material, schließe es weg und gebe Ihnen die Garantie, daß es weder an die Medien noch an den Verteidiger geht. Sie können Peschkalek und Lemke sagen, es sei verbrannt.«

»Und was will er wohl dafür?« Rawitz griente.

»Erst gibt es noch was. Ich gebe Ihnen auch die Karte.«

»Wir machen doch keine Erdkunde.«

»Lassen Sie mal, Kollege Rawitz. Wenn sie was taugt, taugt sie was.«

Ich gab Franz die Telephonnummern meines Gewährsmanns im Verteidigungsministerium, und er schickte Bleckmeier zum Telephonieren.

»Und?«

»Sie lassen Frau Salger frei und aus dem Prozeß draußen.«

»Na bitte!« Rawitz lachte.

»Das hätten Sie also gerne«, nickte Franz. »Und was sagt Ihr Auftraggeber dazu?«

»Zu den letzten Sachen, die sein Sohn gemacht hat, gehört, daß er sich um Frau Salger gekümmert hat. Er hat sie in Amorbach untergebracht und davor im Psychiatrischen Landeskrankenhaus versteckt. Meinem Auftraggeber liegt, was sein Sohn war und getan hat, sehr am Herzen.«

Rawitz hatte wieder zu lachen begonnen. Franz schaute ihn ärgerlich an. »Wir bekommen Kopien von Peschkaleks Material?«

»Nein.«

»Warum nicht?«

»Ich möchte nicht, daß Sie das Material kennen und sich etwas zurechtlegen, was es entschärft.«

»Aber wir dürfen es einmal anschauen.«

»Das Risiko bleibt.«

»Wir sollen also die Katze im Sack kaufen?«

»Sie können sich das Material zeigen lassen, das Peschkalek an die Medien gegeben hat. Das ist ohnehin in der Welt. Und ein paar Kostproben habe ich immerhin mitgebracht.« Ich legte ihnen Kopien von Photos vor, die ich bei meinem ersten Besuch bei Peschkalek eingesteckt hatte.

»Kann man ihm trauen?« Franz drehte sich zu Nägelsbach um. »Können wir uns darauf verlassen, daß er das Zeug für sich behält, komme, was wolle?«

»Für sich behält – wer garantiert uns, daß er es überhaupt hat? Womöglich ist's verbrannt, und er blufft nur. Oder auch Peschkalek und Lemke haben noch Kopien.« Rawitz grummelte, aber dazwischen gluckste er, als schlucke er ein Lachen.

Nägelsbach sah zuerst mich an und dann Franz. »Ich würde ihm trauen. Und ob es noch Kopien gibt, merken wir daran, wie Peschkalek und Lemke auf die Nachricht vom Brand reagieren.«

Franz schickte Nägelsbach los, die Festnahme von Peschkalek zu veranlassen. Bleckmeier kam zurück, und Franz bat mich, draußen zu warten. Als Nägelsbach wiederkam, standen wir uns im Flur verlegen gegenüber.

»Danke.«

»Sie haben mir nicht zu danken.« Er ging ins Zimmer.

Ich hörte sie reden. Ab und zu lachte Rawitz. Nach zwanzig Minuten trat Franz auf den Flur. »Sie hören von uns. Und besten Dank für Ihre Mitarbeit.« Er entließ mich mit Handschlag.

Ich fuhr ins Büro, schloß den Bericht und schrieb die Rechnung. Ich lehnte Leos Bild an den steinernen Löwen, saß, sah und rauchte. Zu Hause schmollte Turbo. Ich setzte mich auf den Balkon in die Hitze, und er kam, wandte sich von mir ab und putzte sich.

Kurz vor acht klingelte das Telephon. Nägelsbach hatte mir mitzuteilen, ich könne Leo am nächsten Morgen am Faulen Pelz abholen. Ich solle die Karte mitbringen. Er klang amtlich, und ich nahm an, er werde sich nach der Mitteilung verabschieden und auflegen. Aber er zögerte, ich wartete, und so entstand ein peinliches Schweigen. Er räusperte sich. »Es wird mit Frau Salger schwierig werden, Herr Selb, ich wollt's nur sagen. Auf Wiedersehen.«

32
Zu spät

Ich war zu stolz, Nägelsbach um eine Erläuterung seiner Bemerkung zu bitten. Außerdem konnte ich mir die Leo, die ich im Fernsehen gesehen hatte, durchaus erschöpft, verwirrt, vielleicht sogar verbittert und aggressiv vorstellen.

Am nächsten Morgen brachte ich die Wohnung in Ordnung, legte den kalifornischen Champagner ins Eis, den ich vor Jahren als dritten Preis beim Seniorensurfen gewonnen habe, duschte heiß und kalt, verbrachte zwanzig Minuten vor dem Kleiderschrank, bis es bei einem messingfarbenen Anzug, einem hellblauen Hemd und der Krawatte mit den kleinen Wölkchen blieb. »Führst du dich nicht auf wie ein verliebter Pennäler?« höhnte die innere Stimme auf der Fahrt nach Heidelberg. Als ich mich an der Gefängnispforte gemeldet und dem kurz angebundenen Bleckmeier die Karte übergeben hatte, war mir aus vielen Gründen mulmig.

Sie hatte das karierte Hemd an, wie nach ihrer Verhaftung im Fernsehen. Aber sie hatte es gewaschen, hatte die Übernächtigung weggeschlafen, und die braunen Locken fielen ihr wieder voll und weich auf die Schultern. Sie sah mich, winkte, lachte und breitete die Arme aus. Mir fiel ein Stein vom Herzen. Was sollte hier schon schwierig werden!

»Ist das alles?« Sie hatte eine Plastiktüte dabei.

»Ja, alle meine Sachen sind verlorengegangen, irgendwann und irgendwie, die letzten bei der Festnahme. Dein Freund, der Kommissar, hat mir ein bißchen was gebracht, sogar ein Eau de toilette. Schau!« Sie ging zum Tisch und breitete ihre Habe aus. Sie schob die paar Sachen hin und her, als gelte es, eine bestimmte, allerdings erst zu entdeckende Ordnung zu realisieren. Das Eau de toilette gehörte in die Mitte, die anderen Toilettenartikel auf eine Kreisbahn darum herum, aber für das Taschentuch, den Schreibblock und den Kugelschreiber fand sich kein Platz.

Der Gefängnisbeamte, der hinter einer Glasscheibe die Knöpfe für die Pforte bediente, sah herüber. »Was gibt das?«

»Sofort.« Sie machte einen weiteren Versuch. »Nein, es will nicht.« Sie hielt die Plastiktüte auf und fegte ihre Sachen hinein. »Gerd, ich würde gerne ein bißchen rausfahren und rumlaufen, geht das? Der Heiligenberg hat mir die ganzen Tage in die Zelle geguckt.«

Wir fuhren zum Mönchhofplatz, stiegen den Mönchberg hinauf und in weiten Serpentinen zur Michaels-Basilika. Es war fast wie beim Aufstieg zur Wegelnburg, Leo war oft voraus, und wenn sie rannte, flog ihr Haar. Wir redeten kaum. Sie tobte sich aus, ich schaute ihr zu, und manchmal war die Erinnerung an die gemeinsame Reise so schmerzhaft, als gelte sie lang vergangenen Jugendtagen. Vor der ›Waldschenke‹ setzten wir uns unter den hohen, alten Bäumen an einen Gartentisch. Es war erst halb elf, und wir waren die einzigen Gäste.

»Erzähl!«

»Was?«

»Wie es dir ergangen ist, seit du mich verlassen hast.«

»Ich hab dich nicht verlassen. Hab ich dich verlassen? Ich kann dir die vierhundert Franken noch nicht wiedergeben. Ich hab sie nicht. Helmut hatte sie, und ich wollte sie dir schicken, aber Helmut fand, du hättest genug an uns verdient. Hast du an uns verdient? Helmut hat an mir verdienen wollen, und sein Freund hat auch an mir verdienen wollen. Das habe ich rausgefunden. Aber du ...« Sie runzelte die Stirn und zeichnete mit dem Finger die Karos auf der Tischdecke nach.

»Ohne Auftrag hätte ich dich nicht kennengelernt. Aber als wir zusammen gereist sind, hatte ich keinen Auftrag und bekam kein Geld. Wie bist du von Locarno zu Helmut gekommen?«

»Ich hab ihn angerufen, und er ist gekommen. Dann sind wir den ganzen Stiefel runter, bis nach Sizilien und wieder rauf an die Riviera und rüber nach Spanien. Helmut hat überall geguckt. Er hat Geld beschaffen wollen, aber nicht können.« Sie redete, als berichte sie über zwei Fremde. Auf meine Fragen kamen karge Antworten. Ich trug zusammen, daß Helmut und Leo, nachdem sie das Geld, das er mitgebracht hatte, mit vollen Händen ausgegeben hatten, im Auto schliefen, die Zeche prellten, tankten, ohne zu bezahlen, und im Supermarkt klauten. »Dann wollte Helmut, daß ich ... Es gab Touristen, auch andere, die scharf auf mich waren, und Helmut fand, ich soll nett zu ihnen sein. Ich hab das nicht gewollt.«

»Warum hast du keine R-Gespräche angemeldet? Das war doch der Grund, daß du mich nicht mehr angerufen hast: Du hattest kein Geld.«

Sie lachte. »Es war lustig, nachts miteinander zu telephonieren, nicht? Manchmal warst du nicht da, aber ich war ja auch nicht da.« Sie lachte noch mal. »Ich hab Helmut gesagt, er soll seinem Freund sagen, er soll dich grüßen, aber ich hab mir schon gedacht, daß er's nicht macht.«

Wir aßen zu Mittag. Früher gab es in der ›Waldschenke‹ redliche Hausmannskost. Heute erlaubt der Mikrowellenherd dem schlichtesten Gasthaus, in Minutenschnelle ein schlechtes Bœuf Bourgignon auf den Tisch zu bringen.

»Wir haben schon besser gegessen.« Sie zwinkerte mir zu. »Weißt du noch das Hotel über dem Murtener See?«

Ich nickte. »Wir gehen heute abend richtig essen. Was hast du eigentlich vor? Bleibst du in Heidelberg? Studierst du weiter? Besuchst du deine Mutter? Sie wurde sicher benachrichtigt – hast du von ihr gehört?«

Sie dachte nach. »Ich möchte nachher gerne zum Friseur gehen. Mein Haar ist so strähnig.« Sie nahm eine Locke und zog sie glatt. »Und es stinkt so eklig.« Sie roch daran und rümpfte die Nase. »Hier, riech selbst!«

Ich saß ihr gegenüber und winkte ab. »Kein Problem, wir fahren zum Friseur.«

»Nein, du sollst riechen.« Sie stand auf, kam um den Tisch, bückte sich und hielt ihren Kopf vor meinen.

Ich roch die Sonne in ihrem Haar und einen Hauch Eau de toilette. »Dein Haar stinkt doch nicht, Leo, es riecht ...«

»Wohl stinkt es. Du mußt besser hinriechen.« Sie hielt ihren Kopf noch näher. Ich nahm ihr Gesicht in beide Hände. Sie gab mir einen kurzen Kuß. »Und jetzt sei ein braver Junge und riech richtig hin.«

»Gut, Leo, du hast gewonnen, nachher geht's zum Friseur.«

Den Berg hinab ging es langsamer als hinauf. Es war drükkend heiß geworden. Zugleich war es eigentümlich still; kein Wind, kein Vogel mochte bei der Hitze zwitschern, weder Autos noch Wanderer waren unterwegs, und der Dunst, der über der Rheinebene lag, dämpfte die Geräusche, die sonst von der Stadt hinaufdringen. Unsere Tritte waren laut, schwer und beschwerlich. Ich hatte Scheu zu reden.

Unvermittelt und unbefangen begann Leo, mir vom Dolmetschen zu erzählen. Obwohl mit dem Studium noch nicht fertig, half sie seit Jahren bei Partnerschaftstreffen kleiner deutscher, französischer und englischer Gemeinden aus. Sie erzählte von Bürgermeistern, Pfarrern, Vereinsvorsitzenden und anderen Honoratioren, vom Leben in den Vereinen und in den Familien, bei denen sie während der Partnerschaftstreffen untergebracht gewesen war. Sie spielte mir den englisch schwäbelnden Pfarrer von Korntal und den Apotheker von Mirande vor, der in der Kriegsgefangenschaft auf einem Bauernhof in Sachsen Deutsch gelernt hatte. Ich mußte lachen, daß ich Seitenstechen bekam.

»Das klingt schön, nicht? Aber hast du dir mal überlegt, was Dolmetschen wirklich bedeutet?« Sie sah mich verzweifelt an. Dolm – da steckt der Dolmen drin, der Stein und auch der Dolch, und metschen – das klingt nach matschen und nach metzeln. Das ist es, was ich gelernt habe und kann: mit dem Dolch umgehen.«

»Quatsch, Leo. Ich weiß nicht, woher das Wort ›dolmetschen‹ kommt, aber daher bestimmt nicht. Wenn es einen so düsteren Hintergrund hätte – warum sollte man es dann für das harmlose Übersetzen des gesprochenen Worts nehmen?«

»Du hältst Übersetzen für harmlos?«

Ich wußte nicht, was ich sagen sollte.

Leo, die ihre Sachen auf dem Tisch im Gefängnis ordnet, die über sich wie über eine Fremde spricht, die mir ihr Haar unter die Nase hält, die wirres Zeug übers Dolmetschen redet – was sollte ich davon halten? Aber Leo wartete nicht auf meine Antwort, sondern redete weiter. Als wir wieder beim Auto waren, hatte sie mir nicht nur eine Theorie des Übersetzens vorgetragen, die ich nicht verstand. Auf meine Frage hin, ob die Theorie von Professor Leider stamme, hatte sie mich auch mit dessen Stärken, Schwächen und Gewohnheiten, Frau, Sekretärin und Mitarbeitern vertraut gemacht.

»Hast du einen bestimmten Friseur im Auge?«

»Such einen für mich aus, Gerd.«

Ich bin mit dem Haarschneider in der Schwetzinger Straße, zu dem ich gehe, seit ich in Mannheim lebe, immer zufrieden gewesen. Er ist mit mir alt und ein bißchen zittrig geworden. Die paar Haare, die ich habe, machen ihm keine Probleme. Aber für Leo war das nichts. Mir fiel ein, daß ich auf dem Weg zum Herschelbad immer an einem chromblitzenden Coiffeursalon vorbeikomme. Das war's.

Der junge Chef begrüßte Leo, als sei sie ihm gestern abend auf einer Party vorgestellt worden. Mich behandelte er mit einem eleganten Respekt, der allem gerecht wurde, was ich für Leo sein mochte: Großvater, Vater oder älterer Herr. »Sie können natürlich gerne hier warten. Aber vielleicht mögen Sie lieber in einer Stunde wiederkommen?«

Ich spazierte zum Paradeplatz, kaufte die Süddeutsche und las sie im Café Journal über einem Eis und einem Espresso. Auf der Technik- und Wissenschaftsseite lernte ich, daß Küchenschaben ein inniges Familienleben pflegen. Wir tun ihnen unrecht, wenn wir sie verabscheuen. Dann sah ich die Flasche Sambuca im Regal hinter der Bar. Ich trank einen auf Leo, den nächsten auf ihre Freiheit und den dritten auf ihre neue Frisur. Es ist erstaunlich, wie der eine oder andere Sambuca die Welt zurechtrücken kann. Nach einer Stunde trat ich wieder in den Salon.

»Einen Moment noch«, rief hinten der Figaro, der mich sah, obwohl ich ihn nicht sah. Ich setzte mich. »Wir kommen!«

Natürlich weiß ich, daß Frauen anders vom Friseur kommen, als sie zu ihm gehen. Deswegen gehen sie hin. Ich weiß auch, daß sie danach meistens unglücklich sind. Sie brauchen eine Weile und brauchen unsere Bewunderung und Bestätigung. Jede kritische, erst recht jede besserwisserische oder schadenfrohe Bemerkung verbietet sich. Wie der tapfere Indianer keinen Schmerz, so zeigt der tapfere Teilnehmer einer Frisurpremiere keinen Schreck.

Einen Moment lang erkannte ich Leo nicht. Einen Moment lang dachte ich, daß die junge Frau mit dem bürstigen Kopf jemand anderes ist, und setzte mein aufmerksames, anerkennendes Gesicht ab. Als ich sie erkannte und es wieder aufsetzte, war es zu spät.

»You don't like it.«

»Doch, ich mag's. Du siehst strenger und herber aus. Du erinnerst mich an die Frauen in den existentialistischen französischen Filmen aus den fünfziger Jahren. Zugleich siehst du jünger aus, zart und fein. Ich...«

»No, you don't like it.«

Sie sagte es so bestimmt, daß ich den Mut verlor. Dabei war es nicht ganz falsch gewesen, was ich gesagt hatte. Ich mochte die Frauen in den existentialistischen französischen Filmen, und Leo hatte etwas von deren verletzlicher Entschlossenheit. Ich mochte auch Leos Kopf, dessen schöne Form die fingerbreit gestutzten Haare sichtbar machten. Ich hatte ihre Locken geliebt, aber wenn sie weg waren, dann waren sie weg. Locken laden die Hand ein, darin zu wühlen, ein bürstiger Kopf, darüber zu streichen, und das paßte auch besser. Wenn Leo nur nicht so geschoren ausgesehen hätte. Sie sah nach Gefängnis aus, nach Anstalt, und ich hatte Angst.

»Okay, let's go.«

Ich zahlte, wir gingen zum Auto und fuhren nach Hause. »Willst du dich hinlegen und ausruhen?«

»Why not.«

Sie legte sich aufs Sofa. Sein Leder ist kühl und erlaubt auch im heißen Sommer den kuscheligen Komfort einer leichten Decke. Ich deckte Leo zu und machte die Balkontür weit auf. Turbo kam herein, durchmaß das Zimmer, sprang aufs Sofa und kringelte sich an Leos Seite. Sie hatte die Augen geschlossen.

Ich ging auf Zehenspitzen in die Küche. Dort setzte ich mich an den Tisch, breitete die Zeitung aus und tat, als ob ich lese. Der Wasserhahn tropfte. Am Fenster brummte eine dicke Fliege.

Dann hörte ich Leo leise weinen. Weinte sie sich in den Schlaf? Ich wartete und lauschte. Das Weinen wurde lauter, gleichmäßig, kehlig, stöhnend und klagend. Ich ging hinüber, setzte mich zu ihr, redete mit ihr, hielt sie und streichelte sie. Sie verstummte, aber die Tränen flossen weiter. Nach einer Weile setzte die Klage wieder ein, schwoll wieder an und verstummte wieder. So ging es fort und fort. Die Tränen versiegten nie.

Ich mochte lange nicht wahrhaben, daß ich der Situation nicht gewachsen war. Aber dann wurde das Klagen so heftig, daß Leo eine Weile keine Luft bekam. Ich rief Philipp an. Philipp riet mir, mit Eberlein zu sprechen. Eberlein wies mich an, Leo sofort ins Psychiatrische Landeskrankenhaus zu bringen. Auf der Fahrt weinte sie weiter. Sie hörte auf, als ich sie vom Auto zum alten Bau führte.

Auf der Heimfahrt weinte ich.

33
Ins Gefängnis

Es wurde ein langer, heißer Sommer. Für zwei Wochen fuhr ich mit Brigitte und Manu an die See, sammelte Muscheln und Seesterne und baute eine Sandburg. Sonst saß ich viel auf meinem Balkon. Ich traf Eberhard im Luisenpark zum Schachspielen und Philipp auf seiner Yacht zum Angeln. Manchmal übte ich Flöte, manchmal Plätzchenbacken für Weihnachten. Eines mutigen Tags ging ich zum Zahnarzt. Dreisieben konnte gerettet werden, und die Prothese blieb mir erspart. Aufträge kamen in den Sommermonaten schon immer zögernd. Jetzt, wo ich älter bin, zögern sie erst recht. Ich muß mich nicht zur Ruhe setzen, ich kann die Arbeit einfach allmählich auslaufen lassen.

Im September fand vor dem Oberlandesgericht Karlsruhe der Prozeß gegen Helmut Lemke, Richard Ingo Peschkalek und Bertram Mohnhoff statt, der sogenannte Käfertaler Terroristenprozeß. Die Zeitungen waren mit allem sehr zufrieden: mit den raschen Ermittlungen der Polizei, mit dem zügigen Gerichtsverfahren und mit den geständigen Angeklagten. Lemke war souverän in Einsicht und Reue, Mohnhoff kindlich eifrig. Nur Peschkalek verhedderte sich. Er wollte mit Wendts Tod nichts zu tun gehabt, Wendt nicht in Wieblingen getroffen und die Pistole nicht besessen haben, bis die Nachricht in die Verhandlung platzte, daß die Waffe bei Reparaturarbeiten in der Böckstraße hinter einem Backstein der Brandmauer gefunden worden war, an die seine Wohnung grenzte. Als er dann seine Unfallversion präsentierte, kam sie nicht gut an, obwohl die Gerichtsmedizin tatsächlich nicht ausschließen mochte, daß Wendt nicht durch den Schuß, sondern durch den Sturz zu Tode gekommen war. Peschkalek bekam zwölf Jahre, Lemke zehn und Mohnhoff acht. Auch damit waren die Zeitungen zufrieden. Der bekannte Leitartikler der Frankfurter Allgemeinen Zeitung pries das Zeichen, das der Rechtsstaat gesetzt, die Brücken, die er reuigen Terroristen gebaut habe: golden und dornig zugleich.

Ich war nicht nach Karlsruhe gefahren. Wie chirurgische Operationen, Gottesdienste und geschlechtliche Begegnungen gehören auch Gerichtsverhandlungen für mich zu den Ereignissen, bei denen ich entweder mitspiele oder wegbleibe. Nichts gegen Gerichtsöffentlichkeit. Aber ich würde mich als Voyeur fühlen.

Als der Prozeß vorbei war, rief Nägelsbach an. »Es sind dies die letzten Abende des Sommers, an denen man draußen sitzen kann. Kommen Sie vorbei?«

Wir saßen unter dem Birnbaum und redeten Nichtigkeiten. Wie und wo wir die Ferien verbracht hatten, sie in den Bergen und ich an der See, interessierte sie ebensowenig wie mich.

»Wie geht es Leonore Salger?« fragte Frau Nägelsbach unvermittelt.

»Ich durfte sie noch immer nicht besuchen. Aber ich habe dieser Tage mit Eberlein telephoniert, der nach dem Abschluß des Karlsruher Verfahrens rehabilitiert ist und auch seinen Posten als Direktor wieder hat. Er weiß noch nicht, wann sie entlassen werden kann. Aber er ist sicher, daß sie wieder gesund wird, ihr Studium abschließen und ein normales Leben leben wird.« Ich zögerte.

»Trauen Sie sich, Herr Selb. Was Sie und mein Mann jetzt nicht klären, klären Sie nie mehr.«

»Aber Helga, ich finde...«

»Für dich gilt es genauso.«

Er und ich sahen uns verlegen an. Natürlich hatte Frau Nägelsbach recht. Frau Nägelsbach hat immer recht. Aber wir beiden fragten uns, ob es nicht schon zu spät war.

Ich gab mir einen Ruck. »Sie wußten, wie es um Leo stand?«

»Sie war seltsam. Bei den Vernehmungen war sie manchmal abwesend, als höre und sehe sie uns nicht, mal kam sie vom Hölzchen aufs Stöckchen und hörte und hörte nicht auf, und dann mußten wir wieder um jeden Satz, jedes Wort von ihr kämpfen. Rawitz sagte gleich ›die spinnt‹ und daß ihr Verteidiger ein kompletter Idiot ist, wenn sie verurteilt wird. Deswegen hat er so lachen müssen, als Sie sie loskriegen wollten. Wir anderen waren nicht so sicher.« Jetzt zögerte er. Aber auch er gab sich einen Ruck. »Wie steht es mit Peschkaleks Material? Haben Sie's, oder ist es verbrannt?«

»Selb, der betrogene Betrüger? Das paßt doch. Lemke und Peschkalek haben Leo und deren Freunde betrogen, Polizei und Staats- oder Bundesanwaltschaft haben das Gericht betrogen, vielleicht hat das Gericht auch mitgespielt und mitbetrogen, und die betrogene Öffentlichkeit feiert ihre Betrüger. Ist eigentlich Giftgas in Viernheim, von wem und von wann auch immer?«

Nägelsbach sah mich feindselig an. Dann sah er feindselig zu seiner Frau. »Siehst du, er will gar nichts klären, er will mich nur verletzen.« Dann sah er wieder feindselig zu mir. »Ich mag auch nicht, wenn gemauschelt und geschachert wird, und mir war beim Käfertaler Terroristenprozeß von Anfang bis Ende nicht wohl. Das war's auch den anderen nicht. Aber wir alle haben es so gut zu machen versucht, wie es eben ging. Aber Sie ... Sie mogeln erst Ihren Kopf aus der Schlinge und dann den von Frau Salger. Vielleicht hätte sie nicht verurteilt werden können. Aber selbst dann ist sie jetzt, wo sie aus freien Stücken in die Anstalt gekommen ist und auch wieder gehen kann, besser dran, als wenn ein Richter sie eingewiesen hätte, und außerdem ist ihr das Verfahren erspart geblieben. Gratuliere, Herr Selb, und wie fühlen Sie sich dabei? Meinen Sie, für Sie gelten die Regeln nicht, die für die anderen gelten? Dann betrügen Sie noch vor allen anderen und schlim mer als alle anderen sich selbst.« Er deutete den Blick seiner Frau als Aufforderung zur Mäßigung. »Nein, Helga, jetzt muß es auch heraus. Da sitzt er, erfolgreicher Betrüger, und erhebt sich über den Betrug der Polizei. Wollen Sie behaupten, daß das Urteil die Falschen erwischt hat, und können Sie leugnen, daß auch Sie und Frau Salger auf die Anklagebank gehört hätten und mindestens Sie auch verurteilt?«

Was sollte ich sagen? Daß ich der Polizei immerhin geholfen hatte, Lemke und Wendt zu überführen? Daß ich weiß, daß die Regeln, die für alle gelten, auch für mich gelten, und daß ich darum doch meine eigenen Regeln habe? Daß es Regeln und Regeln gibt und Betrug und Betrug? Daß er Polizist ist und ich nicht?

»Ich erhebe mich nicht über Sie, Herr Nägelsbach. Und ich habe Peschkaleks Material nicht. Es ist verbrannt. Was ich habe, sind die Photos, von denen ich Kopien gezeigt habe.«

Er nickte und sah lange den Mücken zu, die ums Windlicht tanzten. Dann schenkte er nach. »Giftgas? Ich weiß nicht, ob es in Viernheim Giftgas gibt. Man hat's mir nicht gesagt und wird's mir auch nicht sagen. Ich höre, daß sich auf dem Gelände allerhand tut – wenn es Giftgas gibt, dann scheint man sich immerhin darum zu kümmern.«

Der Wind rauschte in den Blättern. Es wurde kühl. Aus einem Nachbargarten schallten Stimmen und zog der Rauch vom Grill herüber. »Wie wär's mit einer heißen Gulaschsuppe? Und einer Decke über die Knie?«

»Vielleicht gehöre ich eigentlich ins Gefängnis. Aber ich bin weiß Gott froh, statt dessen bei Ihnen unterm Birnbaum zu sitzen.«

»Ganz bleibt Ihnen das Gefängnis nicht erspart. Sie ganz ohne davonkommen zu lassen, konnte mein Mann denn doch nicht hinnehmen. Kommen Sie!«

Frau Nägelsbach stand auf und führte uns zum Atelier. Ich hatte keine Ahnung, was mich erwartete, und konnte mir nicht vorstellen, daß mir Schlimmes drohen sollte. Aber auf dem Weg blieben beide stumm, im Atelier war es stockfinster, und mir wurde ein bißchen mulmig. Dann ging zuckend die Neonleuchte über der Arbeitsplatte an.

Nägelsbach war zur Architektur zurückgekehrt. Auf der Arbeitsplatte stand, aus tausend und abertausend Streichhölzern geklebt, ein Gefängnis aus dem neunzehnten Jahrhundert. Zentralbau und Zellenflügel als Stern mit fünf Zacken, darum herum die Mauer mit Tor und Türmen, feinfädrige Drähte auf dem Mauerkranz und klitzekleine Gitter in den winzigen Zellenfenstern. Nägelsbach bevölkert seine Arbeiten nie mit Figuren. Aber hier hatten er oder seine Frau eine Ausnahme gemacht, eine kleine Gestalt aus festem Papier.

»Ich?«

»Ja.«

Im gestreiften Anzug und mit gestreifter Mütze stand ich einsam im Hof. Ich winkte mir zu.

Inhalt

Erster Teil

ZWEITER TEIL

Bernhard Schlink im Diogenes Verlag

Der Vorleser

Roman

Eine Überraschung des Autors Bernhard Schlink: Kein Kriminalroman, aber die fast kriminalistische Erforschung einer rätselhaften Liebe und bedrängenden Schuld.

»Ein Höhepunkt im deutschen Bücherherbst. Eine aufregende Fallgeschichte, so gezügelt wie Genuß gewährend erzählt. Das sollte man sich nicht entgehen lassen, weil es in der deutschen Literatur unserer Tage hohen Seltenheitswert besitzt.«
Tilman Krause/Tagesspiegel, Berlin

»Ein genuiner Schriftsteller kommt hier ans Licht. Nach drei spannenden Kriminalromanen ist dies Schlinks persönlichstes Buch.«
Michael Stolleis/FAZ

»Der beklemmende Roman einer grausamen Liebe. Ein Roman von solcher Sogkraft, daß man ihn, einmal begonnen, nicht aus der Hand legen wird.«
Hannes Hintermeier/AZ, München

»Die Überraschung des Herbstes. Ein bezwingendes Buch, weil eine Liebesgeschichte so erzählt wird, daß sie zur Geschichte der Geschichtswerdung des Dritten Reiches in der späten Bundesrepublik wird.«
Mechthild Küpper/Wochenpost, Berlin

Selbs Justiz

Zusammen mit Walter Popp

Roman

Privatdetektiv Gerhard Selb, 68, wird von einem Chemiekonzern beauftragt, einem ›Hacker‹ das

Handwerk zu legen, der das werkseigene Computersystem durcheinanderbringt. Bei der Lösung des Falles wird er mit seiner eigenen Vergangenheit als junger, schneidiger Nazi-Staatsanwalt konfrontiert und findet für die Ahndung zweier Morde, deren argloses Werkzeug er war, eine eigenwillige Lösung.

»Selb, eine, auch in ihren Widersprüchen, glaubwürdige Figur, aus deren Blickwinkel ein gesellschaftskritischer Krimi erzählt wird.«
Jürgen Kehrer/Stadtblatt, Münster

»Selb hat alle Anlagen, den großen englischen, amerikanischen und französischen Detektiven, von Philip Marlowe bis zu Maigret, Paroli zu bieten – auf seine ganz spezielle, deutsche, selbsche Art.«
Ditta Rudle/Wochenpresse, Wien

1992 verfilmt von Nico Hofmann unter dem Titel *Der Tod kam als Freund*, mit Martin Benrath und Hannelore Elsner in den Hauptrollen.

Die gordische Schleife

Roman

Georg Polger hat seine Anwaltskanzlei in Karlsruhe mit dem Leben als freier Übersetzer in Südfrankreich vertauscht und schlägt sich mehr schlecht als recht durch. Bis zu dem Tag, als er durch merkwürdige Zufälle Inhaber eines Übersetzungsbüros wird – Spezialgebiet: Konstruktionspläne für Kampfhubschrauber. Polger gerät in einen Strudel von Ereignissen, die ihn Freund und Feind nicht mehr voneinander unterscheiden lassen.

Ausgezeichnet mit dem Autorenpreis der Kriminalautorenvereinigung ›Syndikat‹ anlässlich der Criminale 1989 in Berlin.

Selbs Betrug

Roman

Privatdetektiv Gerhard Selb sucht im Auftrag eines Vaters nach der Tochter, die von ihren Eltern nichts mehr wissen will. Er findet sie, aber der, der nach ihr suchen läßt, ist nicht ihr Vater, und es sind nicht ihre Eltern, vor denen sie davonläuft.

»Ebenso wie *Selbs Justiz* und der 1988 erschienene Band *Die gordische Schleife* bietet *Selbs Betrug* höchstes Lesevergnügen. Die Figur des Gerhard Selb kann gut und gerne in einem Atemzug mit Krimi-Detektiven wie Maj Sjöwalls und Per Wahlöös schwedischen Ermittlern um Martin Beck, mit Manuel Vázquez Montalbáns Katalane Pepe Carvalho und mit Jakob Arjounis Deutsch-Türke Kemal Kayankaya genannt werden.« *Thorsten Langscheid/Mannheimer Morgen*

»Es gibt wenige deutsche Krimiautoren, die so raffinierte und sarkastische Plots schreiben wie Schlink und ein so präzises, unangestrengt pointenreiches Deutsch.« *Wilhelm Roth/Frankfurter Rundschau*

Selbs Betrug wurde von der Jury des Bochumer Krimi Archivs mit dem Deutschen Krimi Preis 1993 ausgezeichnet.

Hans Werner Kettenbach im Diogenes Verlag

»Schon lange hat niemand mehr – zumindest in der deutschen Literatur – so erbarmungslos und so unterhaltsam zugleich den Zustand unserer Welt beschrieben.« *Die Zeit, Hamburg*

»Hans Werner Kettenbach erzählt in einer eigenartigen Mischung von Zartheit, Humor und Melancholie, aber immer auf erregende Art glaubwürdig.«
Neue Zürcher Zeitung

»Dieses Nie-zuviel-an Wörtern, diese unglaubliche Leichtigkeit und Selbstverständlichkeit... ja, das ist in der zeitgenössischen Literatur einzigartig!«
Visa Magazin, Wien

»Ein beweglicher ›Weiterschreiber‹ nicht nur der Nachkriegsgeschichte, sondern der Geschichte der Bundesrepublik ist Hans Werner Kettenbach. Seine sieben bis acht Romane aus dem bundesrepublikanischen Tiergarten sind viel unterhaltsamer und spitzer als alle Weiterschreibungen Bölls.«
Kommune, Frankfurt

Minnie oder Ein Fall von Geringfügigkeit
Roman

Hinter dem Horizont
Eine New Yorker Liebesgeschichte

Sterbetage
Roman

Schmatz oder Die Sackgasse
Roman

Der Pascha
Roman

Der Feigenblattpflücker
Roman

Davids Rache
Roman

Die Schatzgräber
Roman

Jakob Arjouni im Diogenes Verlag

»Ein großer, phantastischer Schriftsteller, der genau und planvoll und lesbar schreibt.«
Maxim Biller / Tempo, Hamburg

»Seine Virtuosität, sein Humor, sein Gespür für Spannung sind ein Lichtblick in der Literatur jenseits des Rheins, die seit langem in den eisigen Sphären von Peter Handke gefangen ist.« *Actuel, Paris*

»Seine Texte haben Qualität. Sie sind ambitioniert, unaufdringlich-provokativ, höchst politisch.«
Barbara Müller-Vahl / General-Anzeiger, Bonn

»Arjouni weiß als Dramatiker genauso wie als Krimiautor, wie er Spannung erzielt, ohne platt zu wirken.«
Christian Peiseler / Rheinische Post, Düsseldorf

Magic Hoffmann
Ein Roman

Edelmanns Tochter
Theaterstück

Ein Freund
Geschichten

Die Kayankaya-Romane:

Happy birthday, Türke!
Ein Kayankaya-Roman

Mehr Bier
Ein Kayankaya-Roman

Ein Mann, ein Mord
Ein Kayankaya-Roman